笭菁作品

苓菁作品

苓菁作品

苓菁作品

惡童書

Horror Fairy Tales

白雪公主

笭菁 著

CONTENTS

白雪公主

惡童書

楔子

遠方的交通號誌閃了黃燈，國內的人總習慣見了黃燈便踩足油門向前飆去，但她卻選擇踩下煞車，緩緩減速直到斑馬線前。

真搞不懂，搶那幾分鐘要做什麼？想送死也不必這麼積極吧？十次車禍九次快沒聽過嗎？當然，她自然得留意後方車輛有保持一定的安全距離，省得對方想踩油門，而她卻踩了煞車，那倒楣的可就是自己了。

車速漸緩，慢慢靠近斑馬線區，後方車聲隆隆，深怕世人不知道他的引擎改裝過似的，轟隆隆的由後而近，她從窗外的後照鏡瞥了一眼，可惡，居然用刺眼的白燈！

眼睛不舒服的避開，到底為什麼要裝這麼閃的燈呢？這不僅影響對向來車，光從後照鏡看她就覺得要瞎了。

引擎聲逼近，機車自她車子右邊擦過，真的是「擦過」，因為砰的一聲，她右邊的後照鏡被撞飛了！

「喂！」居然撞掉她的後照鏡！她使勁的按下喇叭。

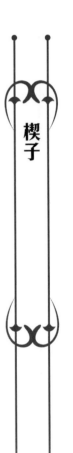

正準備踩下油門急起直追，卻發現到那台機車騎得歪歪斜斜的，而且為什麼……黑氣罩頂？這邪氣也太重了吧！

車上時鐘顯示十一點半，這是魍魎鬼魅活躍之際，看看這路口一大堆在等超速酒駕抓交替的，一見那台機車靠近卻紛紛閃邊，搞得像摩西過紅海似的，表示車上一定有東西！

十秒後綠燈一亮，她立即加足油門追上，只是對方的速度相當快，真仗著半夜路上沒車嗎？

好不容易逼近，她轉頭望著車窗外的機車騎士，全罩式安全帽讓她瞧不見對方的臉，但趴在他前擋板前的「東西」卻一清二楚！

有個應該是女性的亡者，正趴在前擋板上，雙手死握著騎士的雙手，長髮飛得亂七八糟，完全看不清模樣，她正在開車也不宜細看。

「喂！喂——」她搖下車大喊著，「聽得見嗎？你要不要考慮煞車啊！」

「不要再逼我了！」騎士忽然大吼，幾乎把油門轉到底的飆了出去。

呃……葛宇彤愣愣的看著像火箭似衝出去的騎士，他不要命，她可還要好好珍惜自己的命呢，路再寬、車再少也不能這樣開車啊！

只能一路尾隨了，她深吸一口氣，謹慎的跟上前，但卻維持一定的距離。

騎士緊緊握著把手，他多想按下煞車啊，但是、但是那隻手卻包握住他的手，不讓他有機會張開五指去扣煞車！

「滾開！」他緊閉起雙眼，希望再睜開時她就走了。「哇啊！不關我的事啊！妳找我做什麼！」

女孩的臉就靠在儀表板上方，雙手包住騎士的雙手，將油門轉到最底，吃吃笑著。她的雙腳緊緊夾住前擋板，透露出無論如何都不會鬆手的執著。

『啊啊……哈哈……』她張開嘴，哈哈哈的抽著氣。

「妳找錯人了！」騎士哭著大吼，「我們根本不知道妳出事了啊，妳現在來找——」

餘音未落，前擋板上的女孩倏地鬆手，下一秒竟然跳撲上來！

她雙手緊緊抱住騎士的頭，雙腳纏住他的身子，騎士措手不及，眼前只見一片黑，車身跟著歪斜。

然後，機車筆直撞向了電線桿，巨大的聲響震撼了附近所有已入睡的住戶。

葛宇彤趕緊煞車，遠遠看見四射的輪胎、零件，然後是起火的機車；她抓著手機下了車，邊跑邊報案，看著撞擊的機車已然成為一團廢鐵，解體的零件四處都是，騎士飛到更前方，離車體有段遙遠的距離。

葛宇彤繼續往騎士身邊奔去，當看到鮮血急速自騎士頭部湧出時，她就知道對方已凶多吉少，再靠近些，就能看見變形的頭顱與破裂的安全帽，再往前走幾步，才好看清楚跪在他身邊的亡靈。

對方頭髮非常非常的長，披頭散髮的蓋住臉龐，看不清容貌，只知道她低著頭望著騎士的屍體，然後咧開了笑容。

彷彿知道她的存在，她顫了一下身子，微微抬首，用厚重瀏海下的眼睛望著她似的。

「妳搞的？」葛宇彤皺起眉。

女孩沒有回應，身影卻逐漸消失，葛宇彤雖然偶爾能看見這些亡魂，不過她不喜歡干涉別人的事，這個女孩也沒傷害她……只是傷害女孩的，可能是這位騎士先生吧？

回頭望向自己的車子，後頭的車也紛紛停下，車主奔上前問需不需要幫忙，基本上這台機車散落的範圍囊括了所有車道，大家連想要繞道而行都有點困難。

「我報案了，等警方來吧！每條車道都有殘骸！」她揚聲說道，朝自己車子走了回去。

高跟鞋的聲音在夜裡顯得特別清脆，她走了幾步忽然停下，困惑的往地上看去，怎麼……有什麼東西散落在地上，卻不像零件呢？

她低頭望著地面，從廢鐵機車開始，一路到騎士的屍體旁，柏油路上有著一撮一撮的黑色條狀物，她狐疑的蹲下，從口袋裡拿出原子筆，以筆勾起那黑色的東西。

唰……黑色髮絲勾起一秒便紛紛散落，她錯愕的看著落在地上的幾許黑絲。

「頭髮？」

這些頭髮如同足跡般散佈在地上，葛宇彤趕緊踅回騎士身邊，定神一瞧，才發現他身上竟有一大撮黑色長髮。

這是什麼情況啊？

『嘻……』冷不防的，聲音從空中幽幽響起。『我漂亮嗎？』

第一章

「啊……」葛宇彤很沒氣質的打了個大大的呵欠，努力撐著快闔上的眼皮，單手支在頰邊，她覺得現在不管是誰跟她倒數三秒，她都會立刻睡著。

一、二……「葛宇彤小姐！」

她嚇了一跳，差點沒跳起來喊「有」，回首看著承辦員警，他正笑著走向她。「真是謝謝妳了，妳可以回去了。」

「喂，都四點了，你們有沒有搞錯啊？」她沒好氣的說著，「做個筆錄這麼久，早知道這麼麻煩我就不留在現場了。」

「我們有程序要走嘛！」員警也很尷尬，「真的謝謝妳提供的資訊，對我們偵查此案很有幫助。」

「嗯，反正最後結果應該就是車速過快自撞電線桿吧？」她起身，拎過外套，不論是用現實或是科學的角度看，只能有這個結果。

什麼前擋板上有阿飄逼得他車速失控，就算是事實也不能報導，因為民眾不會相信……

但是這些民眾會去求神拜佛，相信天地間有鬼神存在，卻不相信許多意外都是鬼下的手。人啊，真是奇妙的生物！

「是啊，的確是這樣！」員警點點頭，「您看到的不也是這樣嗎？我看行車紀錄器……」

「是是是，就是這樣。」她趕緊敷衍的回答，她早上十點有約，回去只剩下幾小時可睡，這也太折騰人了。

匆匆步出警局，原本想買宵夜回家休息的計劃全被打亂了，有點後悔何必追上那名騎士？啊，天哪！她忘記她的後照鏡了！

「我感覺妳話中有話。」

才剛踏出警局大門，耳邊就傳來充滿質疑加挑釁的低沉嗓音，她挑了挑眉，緩緩朝左邊望去。

一名高大精實，理著平頭的男人，雙手抱胸一派閒散的靠在牆上，對她皮笑肉不笑的說著。

「先生，你不睡覺的嗎？」她知道這是他轄區，但這只是場車禍耶。「別告訴我因為我是目擊者，所以有人通知你，你就半夜跑過來——」

「我五點的班。」他冷冷打斷，只差沒說不要自己往臉上貼金。「提早來就看見外面有台熟悉的車……妳後照鏡不見了。」

「被剛車禍的機車騎士撞掉了，我現在只能認賠。」她無奈的聳了聳肩，「不跟你抬槓了，我得回去睡覺……」

卓璟璿，是名相當幹練的刑警，因緣際會認識了葛宇彤，也開啟他的「視野」，從只相信科學辦案到親眼目睹詭異的魍魎魑魅、靈異離奇事件後，也就不再過分武斷了。

惡鬼曾站在他面前過，也曾傷害過他，他很難再去否認他們的存在。

而那個步履蹣跚的女人叫葛宇彤，是小報記者……就是八卦小報那種，專報一些唯恐天下不亂的新聞，還有靈異玄奇事件，只要奇怪的新聞她都報；認識她之前，他都將那些當是娛樂消遣的垃圾新聞，好奇記者究竟能掰到什麼地步。只是後來……

當自己曾身在那詭譎的事件裡後，看著報導的心態便截然不同了。

原來，那些大家以為荒唐離譜的新聞，幾乎都是真實的！

「喂，我載妳回去，疲勞駕駛等等又出事！」卓璟璿突然出聲，跟著她後面下來。「妳在車上順便跟我說，剛剛發生了什麼事。」

葛宇彤停下腳步，忍不住挑高了眉。「我說刺警官毛啊，就一場車禍嘛！幹嘛問這麼多！」

刺毛，是葛宇彤習慣叫他的方式，因為他總是理著一顆平頭，每根頭髮看起來就是刺手，索性叫他刺毛；當然，卓刑警本人一點都不喜歡這樣的稱呼。

「我姓卓！剛才不是單純的車禍，妳那種顧左右而言他的樣子我還不知道？」他還鼻孔哼氣，一把拉過了她。「我的車在這裡！」

「欸欸……」她被拽拉著，「你認真的喔？我自己可以開車回去啦！」

「少來，妳眼皮都快闔上了。」他逕自拉開副駕駛座的車門，把她扔進去。「沒多遠，妳不是會客氣的女人，少裝。」

唉，好吧！有人載也不錯，她也擔心自己開車開到一半睡著就麻煩了。

跟卓璟璿的交情不算差，雖不是那種會傳 LINE 或打電話談心事的等級，但卻是同生共死的夥伴，一起出生入死過好幾回了，面對生死的情感總是比較深刻，而且卓璟璿正直不阿，她對他不需要太多防心，最重要的是還是個值得相信的傢伙。

她還記得前不久遇上厲鬼，鐵皮屋倒塌時，還是他奮不顧身衝過來為她擋下落物的！

當然，她也沒忘記，那時還有個不明人物及一個紅眼長角怪獸在他們身旁，事實上是那怪物阻止了屋頂的急速倒塌，救了他們兩個。

「其實不必太在意那場車禍，你又不能去逮捕一個阿飄。」車子一發動她就開口了，「可能是那個騎士之前傷害對方吧，所以來尋仇的。」

「鬼造成的嗎？」

「嗯，整個趴在前擋板上，還操控他的油門，我就是看到了才追上去，原本希望死者能盡量煞車或乾脆跳車的。」她聳了聳肩，「也不知道那人有沒有聽見，他戴全罩式安全帽，我看不到他的臉……反正最後還是出事了。」

「最近這種車禍不止一起啊！都是超速自撞，機車全成了廢鐵。」他擰起眉，「有的機車車身堅固，性能優異，卻也……」

「因果吧！就當一般事故處理吧……啊前面前面。」她指著前方大樓。

車子停妥，葛宇彤大方的說了句謝啦，鬆開安全帶。

「喂，我問妳。」卓璟璿突然又開口，「妳知道顏家又打算收養孤兒的事嗎？」

這句話讓已經開門的葛宇彤凍住，向後挪動身子，又把門給重重關上。

「我明天十點就是要去育幼院一趟！」她臉色變得非常難看，「這家人不停不停的收養孤兒是想怎樣？」

「世人可是認為大集團總裁很有愛心，所以收養孩子。」雖然卓璟璿也覺得怪異。

顏意紹是知名財團的董事長，白手起家，事業橫跨飯店、建築和娛樂業，這幾年經營的事業均蓬勃發展，在低迷的景氣中業績依舊長紅，也因此令人佩服其經營手腕。

在賺錢的同時，顏家對公益也不遺餘力，行善總不落人後，也因此跟兒福機構常有聯繫；顏意紹原本有一雙兒女，只是小女兒早逝，後來便領養了一個女孩，叫顏思吟。

以記者的身分來說，葛宇彤自然知道他們，但之所以有接觸，卻是因為身為兒福機構的志工，她曾經接觸過一個身世坎坷的灰姑娘，灰姑娘的同學恰巧是這位顏思吟。

那時發生了一連串的詭異事件，顏思吟最後失蹤，遍尋不著，於是顏家決定收養身世坎坷的灰姑娘，結果……這位灰姑娘最後也莫名其妙的失蹤了，人間蒸發，完全找不到。

爾後顏家繼續積極打算收養女孩，之前有件震驚社會的醃頭案，死者遺下一個乖巧的女孩叫庭庭，原本有意收養，但最後卻因為不適應而回到育幼院。

「我不是對財團有偏見，他們有錢是他們的本事，想做善事也行……但為什麼不能資助那些困苦者就好，非要收養呢？」葛宇彤想到這點就有氣，「你知道多少孤兒巴不得被顏家收養？搞得跟電視劇的後宮一樣，每個女生都擠破頭想要被顏老闆注意到！」

「我有聽說，林蔚珊提起育幼院裡有女孩還將雀屏中選的人從樓上推下去，導致半身不遂，顏家只得放棄收養，後來調查才知道居然是同伴推的。」卓璟璿嘆了口氣，「才幾歲的女孩……」

「人性大概就是這樣吧，我不覺得意外，只是我討厭他掀起的風浪！」葛宇彤不爽的抿著唇，「我當然希望那些孩子都有健全的家，如果能像顏家這麼有錢也很好，但不知道為什麼……他們家就是讓我感覺很不安。」

一再的收養、一再的失蹤、意外、死亡，上次失蹤的小女兒顏思吟，是他們收養的第三個女孩，其實待在顏家相當久也很穩定，卻突然失蹤……葛宇彤後來再深入調查，才發現在顏思吟前還有另兩個被領養或照顧的女孩，一個車禍喪生，一個離家出走。

「審核嚴格一點啊？」卓璟璿手在方向盤上輕敲著，「那家人我直覺也有問題。」

「我只是志工，唉。」葛宇彤重重嘆了口氣，重新打開車門。「好啦，不談不愉快的事了，晚安。」

「晚安。」他淺淺一笑。

目送葛宇彤走進大樓，確定了大樓鐵門關上後，卓璟璿驅車往前數公尺，來到可以看得見她房子之處；開門下車，在夜裡靜靜仰首等待，直到她屋中透出燈光後，才開門坐入。

雖然葛宇彤不是需要人擔心的弱女子，但他覺得確定她平安到家是份責任。

重新坐入車內，反鎖車門，向右探身到後座的紙箱中拿出檔案夾，面色凝重的打開，檔案夾上有著嚴重車禍的照片、頭顱變形的死者，以及……一綹黑髮。

之前就有類似的案件，今晚這個不知道有沒有頭髮在身上？若有，就是第二起一樣的車禍。

他望向窗外，如果葛宇彤看見了什麼……那就表示這不只是單純的車禍。

如果有因果，那前擋板上的女孩也跟太多人有因果了吧！

九點四十分，林蔚珊已經進入育幼院跟院方打招呼，也和小朋友玩在一起，多數小朋友都認識這個溫柔可人的蔚珊姐姐，還有另一個可以跟他們玩在一起的彤姐姐。

葛宇彤把車停在停車場，人還坐在裡面吃早餐喝咖啡，昨天碰到枕頭時已經五點了，九點就起床，她不多喝點咖啡怎麼撐？

遠遠的看見黑頭賓士駛來，她不免皺眉，那車子大概撞爛她都認得，不就是富可敵國的顏大財團嗎？其實人家既不財大氣粗，待人也謙和有禮，她只是對他們不斷的收養孤兒，又不斷的弄丟孤兒感到不快而已。

是，有時孩子失蹤不是他們造成的，但他們是監護人啊，讓這些孩子被收養是希望他們過得更好，而不是面對比在院裡更危險的人生。

只是換個角度想，誰的人生能永遠平順呢？唉！

她與賓士車裡的人同時下了車，是董事長顏意紹及他的寶貝兒子顏思哲，一個十幾歲的少年，有著如同明星般耀眼的容貌、卻謙恭的態度，是學校裡的偶像，更是每個少女心中的王子。

「啊，彤姐姐！」顏思哲一眼就瞧見她，一臉喜出望外。「妳果然在這裡！」

「當然嘍，知道你們要來，我排除萬難都一定得過來一趟。」葛宇彤倒是沒給太好的臉色，因為她也覺得這少年怪怪的。「我可不希望你們又把我們的孩子搞丟了。」

現場登時一陣尷尬，顏董事長五十歲上下，看上去也是文質彬彬，莞爾一笑。「是啊，葛小姐說得對，我也不希望再有孩子失蹤了……思哲是那麼想要一個妹妹，他也不能接受妹妹一直不見。」

「是嗎？顏思哲都高中了吧，高中生還想一個妹妹，又有年齡限制……你知道很少人願意收留十歲以上的孩子嗎？」葛宇彤對上顏思哲的雙眸，「你是蘿莉控嗎？」

「呵……」顏思哲立刻笑了起來，「蘿莉控……說不定喔！哈哈！彤姐姐真有趣！我只是想要一個跟我差兩歲的妹妹，因為我的親生妹妹如果活著，也是這個年紀。」

葛宇彤怔住，飛快的思考，顏思哲原本還有個貨真價實的妹妹嗎？啊啊，所以才一直想收養女孩。

「我知道葛小姐擔心的事，但妳想想，正因為較大的孩子難有人收養，我們這樣不正好給他們一個家嗎？」顏意紹和藹的說著，眼神裡還帶了點感嘆。「雖說可能有點替代品的嫌疑，但我們想要有個女兒，孩子想要有個家，也算各取所需了，是吧？」

葛宇彤挑起一邊嘴角，敷衍式的笑笑，他們要領養她本來就不能阻止，只是面對顏思哲的過度謙和，以及董事長的大氣，她都覺得渾身不對勁；不是仇富、而是當她與他們四目相交時，總覺得看不進眼底。

顏董畢竟在商場上歷練許久，深沉也算正常，但顏思哲只是個青少年，為什麼望進他眼底時會感覺像一潭黑水，不僅什麼都看不見，甚至……葛宇彤舉起戴錶的手，將袖子拉高，上頭的雞皮疙瘩全立正站好。

她因為不得已的因素有「敏感體質」，對陰邪之物很難沒反應，更相信自己的第六感，至少目前為止，沒有錯過。

拜託他們能不能停止認養孩子啊？目前被收養的明明沒有一個還好端端的存在啊！

「葛宇彤！」林蔚珊瞧見她進來了，趕緊走過來。「顏董他們來了耶！」

「嗯啊，」葛宇彤皺眉打量她，「妳怎麼眼睛這麼亮，聲音這麼飛揚啊？」

「唉，顏思哲今天有來啊，真是個漂亮的男生。」林蔚珊完全養眼心態，遠遠望著在跟老師們寒暄的顏思哲。

「喂，他未成年喔！」葛宇彤不懷好意的瞄著她，「林蔚珊小姐，妳少說大他十歲……」

「亂說什麼啦！純欣賞！欣賞！」她微紅了臉，「漂亮的事物大家都喜歡啊，顏思哲不當明星真是太可惜了。」

「是是是……」葛宇彤留意到一大群孩子乖巧的跟在院長身後，「那些是要讓顏思哲挑選的嗎？」

「喂，妳口氣很差耶！是先熱絡！」林蔚珊拽了拽她，「妳不要對他們成見這麼深，之前的事也不是他們的錯啊，有人離家出走、有人是在學校失蹤，找也找不到……警方也不是沒搜過他們家……」

「我知道！就是說不上來的不舒服。」葛宇彤指指頭，「直覺妳知道嗎？我直覺很準的！」

「不能什麼事都用直覺！」林蔚珊身為志工的「學姐」，有義務指正這位才剛當志工沒多久的「學妹」。

只是這學妹太難帶，老惹麻煩不說，嗚，還一直撞鬼，真是嚇死她了。

葛宇彤沒在聽她說話，遠遠望著女孩們用發光的雙眼看著顏思哲，他們一起說笑，一起往廣場走去，惹得葛宇彤踮起腳尖，一副想跟過去的樣子。

「小朋友都很想妳！」林蔚珊早看出來了，立刻把她往另一棟樓拉。「他們一直在問彤姐姐呢？彤姐姐呢？快去陪他們玩！」

「是嗎？好哇！」葛宇彤拎著手裡一袋糖，「我帶了些糖果來，可以跟他們玩點遊戲！」

「不能給太多喔！」林蔚珊嚴肅交代。

「知道了啦，我有分寸的！」葛宇彤輕快的往前走，雖然她非常想去看「挑選過程」，但是她心知肚明，顏家不希望她去，院長也不希望她在，那些引頸企盼被收養的孩子上個月更是跪求她不要出現，全世界都能感覺到她對顏家的敵意，可每次問她為什麼討厭顏家的人，她都說不出所以然。

直覺這兩個字，還真不好用。

反正個人造化，她只好放鬆心情去跟小朋友玩，她陪伴的這群孩子最大只有七歲，小的僅三歲，真難想像為什麼這麼可愛的孩子，會有父母忍心丟棄他們？

選擇當兒福機構的志工，是因為她想關懷弱勢者，而弱勢者她選擇從孩子開始，除了孩子較為純淨外，就是他們是被迫走上這條路的，毫無改變的能力，並不是因為曾做過什麼而導致現在的景況。

盡力讓他們快樂、溫飽、學習，她能做的就只有這樣。

葛宇彤講故事給孩子們聽，陪他們玩遊戲，由於下堂課是體育課，便有老師來領著他們離開。她自然去找林蔚珊，這時間她可能在檔案室裡幫忙歸檔。

「林蔚珊！林蔚珊！」葛宇彤一邊吆喝著，一邊找人。

「這邊！」某間房間傳出聲音，「小聲點！」

葛宇彤步入一間滿是書架的房間，果然每一層鐵架都是滿滿的箱子，比鞋盒大一點而已，她在第二條走道找到林蔚珊，她果然正在整理檔案。

「在處理哪一年的？」

「有些案子需要人手去抽查一下，院方希望我們秘密的去觀察一下，但不能出面。」林蔚珊指指落在一旁的檔案，「我想說那順便把那一年未探訪過的都走一下好了。」

「妳攬這麼多工作幹嘛？」葛宇彤有點無奈，「我是有正職的喔，不能陪妳耗這麼多件。」

「我知道啦，我自己可以跑啊！」林蔚珊笑著，「還有別的志工嘛！」

「妳能理解就好，至少我可以幫妳歸檔……這個探訪過了、這個還沒……」她從箱子裡拿起檔案夾，一一留意最近的探訪日期。

其實每次看檔案都會有點心酸，許多寄養家庭的孩子都在輾轉流浪，一家換過一家，評語越來越差，離開時是純真燦爛的孩子，不知道為什麼回來的全變成陰鷙偏執，甚至暴力相向。

孩子的本質是好的，但到了外面，進入不同家庭後卻變了。

「其實探訪也只是表象妳知道吧？」葛宇彤望著林蔚珊，「很多事是我們沒辦法做的。」

林蔚珊翻閱檔案的手一顫，她太溫柔，心腸又太軟，總是會因此傷心；她抬頭看向葛宇彤，默默點點頭。

「我知道的，我會調整。」她勉強一笑，事實上她總哭得比孩子多。「但無論如何，我們能做的還是要做，就怕在我們沒探訪的時間，萬一孩子出事的話……」

砰！

「呀！」兩個女人同時尖叫出聲，嚇得回首看向聲音來源。

葛宇彤立刻伸手要她別動，她謹慎緩步的踏出，聽起來是什麼東西掉落的聲音，她越過三個走道，在第四與第五個書架中間，看見掉落的紙箱，檔案散落一地。

「是什麼……」林蔚珊跟了過來，倒抽一口氣。「天哪！全倒了！」

她急忙要蹲下來收拾，葛宇彤卻一把擋下她。

「無緣無故箱子怎麼會掉下來？」她仰頭向上，鐵架共有六層，這是第五層的箱子。「剛剛沒地震，也沒有什麼晃動，整排箱子就只有它掉下來？」

「掉就掉了，妳問這麼多？」林蔚珊只覺得莫名其妙，「可能是誰剛動過沒放好吧？一開始撐得住，但沒擺放好的話，時間一久就掉下來也說不定！」

最好事情有這麼簡單啦！葛宇彤左顧右盼，第六個書架旁有另一道門，但門是關上的，總不會有人偷溜進來，沉重的箱子會突然從上層掉落，說巧合她打死不信。

如果是……有什麼用意的話呢？她遲疑了一會兒，立刻蹲下身跟著林蔚珊一起收拾殘局。檔案自是散亂得所有紙張都掉出了，她們只得一個個翻找，把檔案正確的歸檔，再整齊的放回箱子裡。

「白雪……白……」葛宇彤拿著落在外面的單子，找尋寫著白雪的檔案夾。「妳腳邊有沒有白雪的檔案夾？」

「白白……有！這裡！」林蔚珊抽起檔案夾，遞給她。「好特別的名字喔，白雪耶！」

「呵！」葛宇彤跟著輕哂，「是啊，白雪公主……」

打開卷宗，她愣了一下，仔細翻閱上頭的紀錄，連同手上這張紙；翻紙聲引起林蔚珊的注意，她知道那是在查找的聲音。

「怎麼了嗎？」

「白雪是四歲去寄養家庭的，但是……六歲之後竟沒有探訪紀錄！」她索性一張一張都拿出來看，「不在家、再訪、電聯……最後的聯繫只到八歲，算一算白雪今年已經——十四歲了！」

「十年！」林蔚珊趕緊湊過來看，跟著檢視。「天哪，五歲之後沒有人再見過她嗎？」

「這追蹤也太爛了吧！」葛宇彤看著上頭的照片，「好漂亮的小女孩！」

「老實說一直探訪不到我覺得很詭異，通常都是有狀況。」林蔚珊是經驗豐富的志工，蹙起眉看著照片裡的小白雪，那是才四歲的可愛模樣。「我記得她啊……等等，她好像還有回來過！」

「咦？那就是還活著？」

「不管怎樣，這樣的紀錄不行！」林蔚珊堅定嚴肅的看著檔案夾。

她們互看一眼，什麼都沒說，便已經決定了！葛宇彤把白雪的檔案夾放到一旁，繼續整理手邊其他的檔案，反正也在北部，既然是要去探訪，順路一探又何妨。

只是……葛宇彤再回頭瞥了那檔案一眼，這箱子掉下來，難道是為了讓她發現白雪的狀況嗎？

她忍不住搬過梯子，踩上去想看看有沒有什麼問題，箱子掉落後的原位是一個整齊的方形空格，由於四周都有灰塵，所以置放箱子之處特別明顯，她看著那方格，好像也沒什麼值得……葛宇彤蹙起眉頭，踮起腳尖好看得更清楚。

在架子另一側，也就是箱子掉落的反方向架上，竟然有著八個圓點痕跡——像是指頭攀在這離地兩公尺高的架子上……

將箱子推了下來。

第二章

當跑到第五個地方時，葛宇彤完全瞭解為什麼後來沒有人再追蹤白雪，因為這對父母實在太誇張了！

早就搬離原地址不說，還輾轉搬了又搬，連續搬了好幾個地方，她跟林蔚珊最後被迫分開尋找，否則這樣北中南的跑，根本浪費時間！更別說她還有工作在身，幾個特殊採訪還等著她去呢！

「有沒有搞錯啊？」關上車門時，林蔚珊不可思議的看著眼前的這條舊街道。「我們、我們第一次不是就來這裡嗎？」

可不是嘛！葛宇彤煩躁的看著車旁的門牌，這就是原本養父母登記的那條街啊！只是號碼不同而已，偏偏這一帶的門牌號碼亂七八糟，這一戶是A街，隔壁居然變成B街某巷，完全大混亂。

「他們是在遊台灣嗎？」葛宇彤不耐煩極了，「找了整整四天又回到這裡。」

「希望這次就找到了。」林蔚珊忍不住闔眼祈禱，「拜託拜託！」

葛宇彤拉整外套，她覺得耐性都消耗光了。「新竹那位挺信誓旦旦的，說他們才搬來這裡不到一年，之前還有聯繫過，應該有希望……」

看著手上透明資料夾裡夾著的紙張，上面寫著地址，她明明身在這條街裡，為什麼旁邊的門牌是某路的某巷？可以再亂一點啊！

剛巧有幾個人經過，林蔚珊連忙攔住他們問路，幾個看起來是大學生的男生拿著飲料晃過來，有個耳後刺青的男生低頭看了看她手上的地址，回頭一指：「往下走，轉彎那個地方往左轉進去就是！」

轉彎……葛宇彤朝前方看，巷子往下的確有個彎道。「謝了！」

她們循著指示走去，果然就在轉彎的地方看到了地址，果然還是問當地人才快，瞧位置多精準，不然她們不知道得找到何時！

地址寫著六樓……仰頭看去，這裡都是五樓公寓，看來是住頂樓違建加蓋了。

林蔚珊深呼吸，按下門鈴，一邊碎碎唸著。「拜託一定要有回應啊！」

『喂！』男人的聲音傳來。

她瞬間喜出望外的回頭看向葛宇彤，然後就要開口——

「掛號！」葛宇彤驀地壓住她肩膀往前，朝對講機喊。

咦？林蔚珊愕然的望著她，掛號？還沒思考清楚，鐵門應聲而開，還聽見對講機那頭掛上話筒的聲音。

「為、為什麼說……」

「妳該不會要說，我們是兒福機構的志工吧？」葛宇彤輕笑著，逕自推門而入。「我保證妳這樣一說，他們就會說妳找錯人了！」

「啊……」林蔚珊抿了抿唇，「因為他們一直搬家嗎？」

「問題太多了啦！反正能上樓就贏了！」葛宇彤疾步上樓，一邊回頭暗示她噤聲。

她們邊走，邊聽見樓上鐵門開啟的聲音，過了五樓，果然違建都很囂張的會在樓梯間加裝鐵門，好像五樓以上全是他們的地盤，絲毫沒有考量到發生意外或火災時，其他住戶該怎麼辦。

加快腳步一路往上奔，果然連頂樓的門都開了，葛宇彤直接推開鐵門，旋即一股惡臭撲鼻，她忍不住皺眉，隨即就看見旁邊有幾袋不知道擱了多久的垃圾。

一個男人懶洋洋的拿著印章站在鐵皮屋門口，有點狐疑的看著她。

「嗨，您好，白思齊先生嗎？」葛宇彤換上專業微笑，「我們是兒福機構的志工，代表美好育幼院前來。」

瞬間男人臉色丕變，轉身就想閃進門裡，只是葛宇彤更快，不但緊緊跟隨還直接從旁鑽進了玄關。

「程安喜小姐！」葛宇彤揚聲喊著。

林蔚珊仔細觀察亂七八糟的玄關，鞋子根本隨地亂丟，牆上到處都是灰塵跟蜘蛛網，白色的磁磚上都積了一層灰，她瞥著角落那像國中生的鞋子，灰塵也有相當厚度了。

「唉，妳們……」白思齊主動閃身而入，將玻璃門拉開。「唉！進來吧！」

「謝謝！」葛宇彤堆起豔麗的笑容，「您得諒解我們是關心小孩子。」

「嗯……」白思齊避開眼神，感覺有點怪異。

葛宇彤見白思齊也沒換鞋，所以就沒脫鞋直接進入，只是一踏進混亂的客廳時，她不免驚訝的哇了一聲。

「這……」身後跟來的林蔚珊也有點瞠目結舌。

她們倆很快的在各處看見另一個自己，一個又一個，這間屋子每面牆上幾乎都貼著鏡子！

扣掉牆上黏著的，門口還有等身立鏡，桌上也有小立鏡，她們兩個站在玻璃門前往右邊一望，這邊就有個立鏡映照出她們錯愕的臉。

整間客廳，滿滿的都是鏡子！

「妳們怎麼找來這裡的？」女子的聲音傳來，程安喜從裡面拖著身子出來，滿臉的不高興。

程安喜穿著絲質的睡衣，身材相當好，肌膚白皙，而且長得非常漂亮，是模特兒等級的美女，資料紀錄是二十六歲領養白雪，現在不過三十六，看上去卻好像只有二十出頭。

深紅大波浪捲髮，看得出來臉上有上淡妝，只是葛宇彤暗忖著在家也要化妝？

「我們已經八年沒聯繫了，所以想來看看白雪的現況。」林蔚珊客氣的上前，「白雪在嗎？」

「她……不在。」程安喜到廚房倒水，「去上學了。」

葛宇彤真想翻白眼，「今天星期六，也要上學嗎？」

倒水的手微頓了數秒，「啊補習，我是說補習啦！」

林蔚珊掛著淺笑，她一直在觀察四周的環境。「白雪現在進入青少年時期了，我想請問她有沒有什麼特殊狀況？」

「沒有啊，她人好得很。」程安喜端著兩杯茶走來，因為茶几實在也沒有空間，便直接把茶杯塞進她們兩個手裡。「健健康康的，就這樣。」

「這樣的環境能健康喔？」葛宇彤倒是直言無諱，想著手上的杯子到底有沒有洗過？「恕我直言，你們家的整潔不太OK耶，挺髒亂的！」

「那是他的工作！」程安喜倒是乾脆，瞥了一眼已經坐回桌邊打電動的白思齊。「成天就知道打電動！」

「喂！」白思齊不耐煩的回頭瞥了她們一眼，很勉強的按下暫停。「我覺得還好啊，沒很亂。」

「白先生跟白雪的相處呢？當初你們申請是因為沒有孩子，現在相處起來有隔閡嗎？」

「白雪很好，她乖巧聽話，是個令人驕傲的好女孩！」白思齊開口就是讚美，「人既機靈又體貼聰明，在學校功課也不錯，反正無可挑剔就是了！」

哼！細微的不屑聲來自背對著白思齊的妻子，她正對著一旁牆上的鏡子照著，撥撥頭髮，淺淺微笑，還對鏡子挑了眉。

「所以白雪現在應該國二了，念的是附近的學校嗎？」林蔚珊再問，開始走動。「她的房間在哪裡？」

「咦？」此時，程安喜跟白思齊幾乎用一種緊張的態度看著林蔚珊，甚至還走了過來。「她的、她的房間……」

葛宇彤銳利的雙眼瞅著，看神態就知道有問題，一個箭步上前擋住程安喜的去向。「左邊那間還是右邊那間？」

「為什麼要讓妳們看她的房間？這是個人隱私吧！」白思齊還有點口吃，「我們就是過得很好，妳們不能這樣堂而皇之的進來就、就……」

「白雪還未成年，她是從我們育幼院出來的，我們有義務關心她的近況，況且已經太久沒有探訪了，讓我們很擔心。」林蔚珊回首，用溫柔但不容拒絕的口吻說著。「我不碰觸任何東西，兩位是監護人，可以在門口監視我的舉動，我不在意。」

她站到兩間房門的中間，右邊的門上掛著童話故事中，白雪公主的娃娃……想來是這間了。

「打擾了。」她微微一笑，打開了房門。

葛宇彤幾乎同時聽見這對夫妻倒抽一口氣的聲音，程安喜雙手互絞著，蹙眉不安的望著進房的林蔚珊。

一開門，霉味立刻傳了出來，連葛宇彤都不免皺眉的走上前，房間裡堆滿了東西，地上床上早就被雜物放滿，一看就不像有人在使用，勉強比較乾淨的地方是在書桌附近，但桌上也疊滿了物品。

「這是倉庫吧？」葛宇彤覺得不可思議，「這能睡人嗎？她連要打地鋪都有困難吧！」

「那個……就……」白思齊一時支吾其詞，找不到藉口搪塞。

「沙發啦，她後來都睡沙發！」程安喜隨便指向一樣堆滿東西的皮沙發，「房間沒什麼在用，所以就拿來當倉庫了。」

說謊也不打草稿！葛宇彤不當面戳破，就等著林蔚珊步步察看，她看著整間堆滿雜物的房間，能走的地方也不多，來到書桌前望著上頭的物品，一樣是厚厚的灰塵。

轉身到衣櫃前，掩著鼻打開衣櫃，裡面還算乾淨，衣服整齊的掛在上頭。

只是林蔚珊愁容滿面，帶著擔憂走了出來。

「說實話吧，白雪到底在哪裡？」林蔚珊一站出來，就對著程安喜及白思齊嚴聲厲語。「她根本不住在這裡一段時間了吧？」

程安喜圓睜雙眼，一秒閃過異色。「妳在胡說、胡說什麼，白雪當然跟我們住啊，她今天是去補習，妳聽不懂喔。」

「玄關的鞋子已經積滿灰塵，她房間也一樣，你們可以說她穿別雙鞋子出去，但是她桌上的月曆停留在七個月前。」林蔚珊剛剛全用手機拍下了，「三月份她在二十號畫了個圈後，桌曆就再也沒有翻動過。」

「她、她就沒使用書桌了嘛！」程安喜還在強辯。

「那制服怎麼說？她的制服就掛在衣櫃裡——」林蔚珊將手機秀給他們看，「她的學號還是一年級。」

現在已經開學了，白雪該是國二生。

只見這對夫妻臉色陣青陣白，眼神閃爍不已，一會兒互看，一會兒欲言又止，最後是程安喜用那雙漂亮的大眼望向林蔚珊，眼淚啪嚓就掉了下來。

「我們也不知道她去了哪裡嘛！」程安喜驀地迸出這麼一句，「她就這樣跑了，又不回家……我們、我們找不到啊！」

啊啊，葛宇彤心沉了下去，真是討厭的答案，白雪果然過得不太順利啊。

「唉！白雪沒跟我們住在一起，之前她跑掉後就沒再回來了。」白思齊顯得很苦惱，抓了抓頭。「手機完全打不通，我也不知道她有什麼朋友，根本什麼都不知道，那孩子就這樣跑掉了。」

林蔚珊嘆了口氣，顯得很難受。「你們有報警嗎？」

程安喜搖了搖頭，「我以為她很快就會回來，誰知道她是不是跑去見網友？還是跟哪個男朋友跑了！」

「那也要找啊！失蹤就該報警，不是嗎？」葛宇彤不悅的瞪著他們，「我看你們是不關心吧！」

「誰說的，我很關心白雪的！大家都知道我超疼她！」白思齊立刻反駁，「她這樣跑掉我其實很傷心，我們對她不算差，她只不過一點小事就跑掉……」

「一點小事？」林蔚珊聽到了關鍵字，「怎麼了？她離家出走是有原因的嗎？」

白思齊立刻下意識看向妻子，程安喜倒是向右看向身邊的鏡子，又在看著鏡裡的自己，那張花容月貌。

「白太太？」林蔚珊加重了語氣。

「什麼白太太，我是程小姐、小姐！」她回首帶著怒意，「我看起來像太太了嗎？」

「這是重點嗎？說，白雪發生了什麼事才離家出走的！」葛宇彤突然兇惡的開口，嚇了程安喜一跳。

「兇……兇什麼！」她小鳥依人的往老公身邊靠，「誰叫她愛說謊又手腳不乾淨！我發現她偷了我的東西，罵她幾句，她不爽就這樣離開家了。」

偷竊，很多孩子都會這樣，到了叛逆期總會有些怪異行徑出現，這時需要的是更多的關心與耐心。

「妳趕她出去嗎？」林蔚珊輕聲問著。

「我、我哪有！是她自己說不爽待在這裡，跑了！」程安喜一臉委屈的模樣，但口吻裡沒多少悔意。「我覺得這只是個藉口，她一定是跟男人跑了！」

「安喜！」白思齊立刻出聲，「白雪不是那樣的孩子妳明知道，她才十四歲！」

「幹嘛！心疼了！」程安喜瞬間推開丈夫，「才十四歲就這麼騷，拜託你自己看看多少男生在樓下巴望著她！」

「白雪長得漂亮，男生本來就喜歡美女啊！問題是她才十四歲，怎麼會有男友！」

葛宇彤暗自聳肩，呃，這位先生講得太簡單了，十五歲就生孩子的也不少啊！

「喂……」林蔚珊忙著上前想勸架，「你們不要吵了，我們也許——」

「不要再袒護她了！我說什麼你都不信！」程安喜突然叫起來，「就她最美、就她人最好啦，連她偷東西你都不管！」

「那是因為妳沒有證據啊，我問過白雪，她說她沒偷任何東西，也沒有男朋友，這都是妳看她不順眼在汙衊她！」白思齊的分貝也越來越高，「我其實一直很懷疑，那天她會離開，是不是根本妳趕她走的！」

葛宇彤搖了搖頭，逕自上前粗暴的拉過程安喜，直接把她往客廳硬拖去！程安喜完全措手不及，踉踉蹌蹌的根本足不著地，就這麼被拖行！

「呀——」她嚇得尖叫，白思齊愣住一秒後，急忙的要上前。

「白先生，白先生等等……」林蔚珊忙不迭的趕緊攔住他，「我說你們兩個都冷靜點！」

好不容易客廳靜了下來，葛宇彤將程安喜往沙發上扔去。

「吵什麼啊！要吵等等去警察那邊吵個夠！」葛宇彤也嚷嚷起來，「孩子失蹤半年完全不理不睬，也不報警，你們實在是……都不擔心嗎？」

這對父母怔了幾秒，誰也沒回答這個問題，只是默默低下頭。

唉，看來的確是不怎麼擔心啊！雖然這樣講很殘酷，但親生跟非親生的還是有所差別？

「先報案吧。」林蔚珊也莫可奈何，帶著責備的眼神看向這對父母。「你們最好祈禱白雪沒事！」

「她、她不會有事的啦！」程安喜緊張的說著，「她很聰明的，應該、應該不會有事吧……」

話到後面，她倒是越說越虛弱。

「你們至少有白雪的近照吧？」林蔚珊開口索取照片，誰讓房間裡一張都沒有。

「有有！」白思齊趕緊拿出手機，找出照片給她看。

白思齊的手機裡有許多白雪的照片，有他們父女合照，也有一家三口的全家福，林蔚珊將照片寄到自己的郵件信箱後，再轉發給葛宇彤，至少有了白雪現在的樣子。

程安喜已經是相當引人側目的美女了，但站在白雪身邊也要相形失色。

才十四歲，看起來卻像十八歲的模樣，或許是出身與經歷讓白雪看起來早熟許多，院內很多孩子都這樣；但她那白皙粉嫩的肌膚，濃眉大眼，一頭烏黑亮麗的長髮配上嬌豔紅唇，即使不施脂粉也會讓人目不轉睛。

美麗、亮眼、揉合了少女與小女人的氣質，加上那不屬於十四歲的身高與身材，真的是非常漂亮的女孩。

「比小時候更標緻了……」林蔚珊喃喃說著，「這種應該去當明星了吧？」

「哼！」程安喜不悅的蹙眉，撇過頭望著鏡子裡的自己，眉宇間帶了幾絲哀愁。

葛宇彤詫異的看著美麗的少女，像雪一樣白的肌膚、像血一樣紅的嘴唇，像檀木一般黑的頭髮，這張照片裡的女孩，活脫脫就是個白雪公主啊！

不由自主的看著手裡的檔案夾，莫名其妙從架上掉下的箱子，彷彿有什麼力量刻意要讓她們注意到白雪這個案子，不是白雪本人，就是跟她相關的……例如親生父母嗎？

不管是誰，現在好不容易找到養父母，人卻已經失蹤了大半年，葛宇彤有非常不好的預感，因為……白雪公主離開城堡後遇到什麼事？

不就是黑森林與獵人，危險與逃亡？

一般的青少年失蹤，許多都是跟網友出去、或是跟朋友、或是為了愛，也有不少被拐騙的例子，每年的失蹤案都相當多，也有因為家庭不溫暖而離家出走。

白雪屬於哪一種，目前還無法判定。

事隔七個月才正式報案，老實說真有什麼線索也都難以找尋了，程安喜口中的白雪是個說謊又會偷竊的壞女孩，白思齊口中的白雪卻是個乖巧伶俐又貼心的好女兒。

連負責筆錄的員警都搞不清楚到底是不是同一個人。

「七個月的失蹤案，這也太扯了！」卓璟璿望著小房間裡的父母搖了搖頭，「這根本是大海撈針。」

「而且他們幾乎不瞭解孩子的交友狀況，連FB帳號都不知道。」葛宇彤沒好氣的唸著，「你們會派人進她的帳號裡找資料吧？」

「這個自然。」卓璟璿點點頭，失蹤案不是他負責的。「負責的人會處理好，妳們有事儘管找他聯繫……我得出去了。」

「啊……」葛宇彤看了看錶，「這麼趕，我有事要問耶！」

卓璟璿一怔，警戒天線豎起。「問？還是訪問？」

「嘿……」葛宇彤拋出一個明媚的笑意。

「偵辦期間，恕不接受採訪。」他立刻起身，對著她一字一字的說道。「無可奉告！」帥氣的旋身就走，葛宇彤嘖了一聲，連忙把手邊的咖啡灌下，匆匆的也拎起皮包起身，不窮追猛打哪能叫記者，對吧？

「喂，我向來不問你什麼大案子，你小氣什麼？」葛宇彤連忙追上，「我是要問上次我目擊的那個離奇——」

咚！話沒問完，卓璟璿突然停下，害她直接撞上他寬闊的背。「哎！」

痛！她撫著鼻尖，怎麼說停下來就停下來啦！卓璟璿站著不動，她探頭從他左手臂往外頭看去，只見外頭桌邊坐了四個男人，每位一眼就知道不是「普通人物」，別說刺青滿身了，光是那兇狠的模樣、檳榔不離口，囂張的坐姿，大概都知道不是「泛泛之輩」。

「怎麼又是你們？」一個高瘦的警官用一種無奈的語氣說著，「這個，高老六，是你們的朋友？」

四個男人湊上前，低咒了幾聲。「對！兄弟！」

卓環璿突然邁開步伐，疾走而去。「怎麼回事？怎麼又是他們幾個……咦？又少了人。」

「剛剛又發生車禍，有一個當場死亡，在高架橋下。」員警報告著，「就上次也來過的其中之一——」

「等等！」卓環璿忍不住打斷員警說，「又是一個人超速自撞嗎？」

員警點點頭，後方一堆警察都帶著詭異的眼神看向坐在桌邊這一票大尾飛車黨，臉色相當沉重。

「這是第幾個了？第三個了吧？」卓環璿轉向那四個人，「你們的好兄弟接二連三出車禍，你們不覺得玄嗎？」

咦咦咦？葛宇彤忽然倒抽一口氣，離奇自撞車禍！就是這個！她就是想採訪這個！

一星期前她親眼撞見過其中一次，因為前擋板上的亡靈讓她「念念不忘」，所以決定針對此案加以報導，一般民眾司空見慣到麻痺的車禍新聞，只怕背後有著某種力量。

她搜尋過新聞，在她目擊那次的前幾天，也有一場類似的車禍，所以才想找卓環璿問問，想不到在這裡就遇到了！只是……她有些狐疑，第三個的意思是——

「就騎太快啊！」一個矮胖但相當魁梧的男人說著，「就叫他們騎車小心了！還一直飆！」

「大哥，高老六不是那種不自制的人吧！」另一個光頭上有刺青的男人嚷了起來，「已經出事了他應該會更小心，況且高老六也不是愛飆車的人！」

「撞也撞了，不然呢？」嚴老大嘆口氣，「我們也不願意啊，但是人就已經死了！」

「這太奇怪了！」難得從卓璟瑺口中說出這種話，「現場也有頭髮嗎？」

「有！」員警用力點頭，「已經採集完畢了。」

頭髮！葛宇彤雙眸亮起，那天的騎士身上也有頭髮，連續三起嗎？她默默在後面拿出本子速記。

「什麼頭髮？」張老五皺眉，粗啞的問。

「你們車禍的三個兄弟，車禍現場都有頭髮，黑色的長髮就擺在他們的身上。」卓璟瑺一字一句的說著，「大概這麼寬，看起來像一束並沒有紮起，卻整齊得詭異。」

一瞬間，幾個大男人臉色同時刷白，他們面面相覷，眼神裡傳遞著訊息。

「喂！這不是巧合吧？我以前會覺得這只是普通車禍，但短時間三起，又是類似的現場……這根本不合理！」卓璟瑺隻手扠腰，再加上葛宇彤親眼目擊過其中一樁，果然又有什麼鬼啊飄的在作怪。

但問題是，如果真的是亡者導致車禍，表示這群人一定有犯什麼事！

「我、我們怎麼知道，就是騎太快而已，頭髮的話不清楚，那不是你們警察應該去查的嗎？」嚴老大開口，站起身來，朝其他人使眼色。

其他男人紛紛站起，葛宇彤見狀不對，感覺像是要閃人，但她可是有事要問呢！

「你們還有多少人可以死？」卓璟璿不客氣的掃視他們，「七個兄弟是吧，現在看著就剩四個了！」

什麼！葛宇彤瞪圓雙眼，七個兄弟？有沒有這種巧合啊……先是白雪公主，再來是七個兄弟——前擋板上的女生，的確留有一頭又長又黑的頭髮！

「你們認識白雪嗎？」

葛宇彤長驅直入，直接揚聲，這突來的話語讓四個大男人慌了神色！

慌亂之色溢於言表，連卓璟璿都看出來了，身邊的員警想制止葛宇彤，卻被卓璟璿以眼神暗示不要妄動。

她從容的走向男人們，雙眸緊鎖四張鐵青的臉。

「認識嗎？十四歲的美少女，叫白雪。」她瞇起眼，「瞧瞧你們的臉色，真是一個比一個難看。」

「什麼、什麼白雪！白雪公主喔！」沈老七啐了聲，「白雪公主誰沒聽過？不就他媽的童話故事嗎？」

一邊的張老五愣然幾秒才領會，「對、對呀！莫名其妙講什麼白雪公主啊！」

卓璟璿也很想問白雪公主是哪招，但他看得出這幾個傢伙在說謊。

「十四歲的失蹤美少女，有一頭非常非常黑的長髮，我在你們上一個車禍的弟兄機車上看過。」葛宇彤倒是不諱言，將名片遞了出去。「我有陰陽眼！」

「咦？」這下子四個漢子均狠狠倒抽了一口氣。

「我正在找這個少女，麻煩有什麼消息跟這位警官大人說說，最好是早一點想到……」葛宇彤大方的伸出食指，一個指向一個。「七個剩四個了啊，誰知道會剩下幾個呢？」

語音未落，立即被卓璟璿包握住手指，壓了下來。

在警局及警察面前這麼說實在不妥，尤其整個局裡都知道她是記者，也知道他們之間微妙的「警民合作」關係，大家已經睜一隻眼閉一隻眼了，拜託她不要太囂張。

葛宇彤立刻明白，默默的退到後面，卓璟璿讓負責的員警接手處理，但也不忘再淡然的「關心」他們幾個：「騎車小心一點。」

嚴老大橫眉豎目的瞪著他們，冷汗都已經冒了出來，靠近桌緣的男人伸手把葛宇彤的名片收進口袋裡。

「順便記著我電話吧。」卓環璿也不忘將自己的名片遞上。

目送他們離開，葛宇彤跟卓環璿幾乎是同時間轉身面對面，同時間開口。「那個——」

「什麼是白雪公主？」卓環璿哪會讓她開口啊，這兒可是他的地盤。

「就今天那個失蹤案啊，剛剛那個失蹤少女就叫白雪你忘了？」葛宇彤挑了挑眉，「那票人是七兄弟嗎？公主跟七矮人，看這多大的巧合。」

卓環璿當下不悅皺眉，「我在辦正經案子，妳在跟我搬童話故事？」

「喂，灰姑娘的事你已經見識過了、唱歌的骨頭剛結案，這些哪個不像童話走向？」葛宇彤雙手一攤，「這些巧合你不得不認吧？」

「之前那些是有人按著童話做的，現在這是兩碼子事——」他指向門口，再指向白思齊夫妻所在的筆錄間。「一個是車禍，一個是失蹤人口。」

「前擋板上的那個，有著一頭飄逸長髮。」葛宇彤轉了轉眼珠子，「林蔚珊剛剛給你們的梳子不是要查DNA嗎？既然都在，順便核對一下有沒有符合不難吧？」

卓環璿眉心都皺出幾條線了，但只是讓性格的他多添了一絲陰鬱性感，人好看就是好看，什麼表情都只是加分。

「好。」他實在很矛盾，以前如此鐵齒，現在卻如此相信葛宇彤。

「我想……看一下現場照片。」她用閃耀發光的眼神望著他。

卓璟璿正在查閱手裡的資料，淡淡瞥了她一眼。「妳不適合裝可愛，妳知道嗎？」

「照片啦！」她不耐煩的伸出手，難得想要示好一下，卻這麼機車！

他忍不住笑了出來，他又沒說錯，一個明豔動人的女性，全身上下都散發著強烈氣場的傢伙，裝什麼柔弱女人的可愛？眼睛再大，翦水雙瞳看起來也只是夜叉雙眸啊！

「為什麼又是童話故事？」卓璟璿邊走回位子邊問，「這讓我覺得不太舒服。」

「不知道。」葛宇彤倒也乾脆，兩手一攤。「或許童話最深植人心，讓亡者難以忘懷，也或許正如你所說，有什麼東西正在按著童話作惡吧？」

「按著童話作惡？能這麼做嗎？」他壓低了聲音問，怪力亂神的事大家都信，但不好放在檯面上說。

只見葛宇彤笑了起來，「能，怎麼不能，什麼事都有可能的！」

自從知道自己是什麼日本神女轉世後，她大概不太有不信的東西了吧？哈哈哈哈！

第二章

警方破解了白雪的 FB 帳號，以瞭解她平常的生活及交友狀況，比問養父母還實在，現在的人都生活在網路上，只要追蹤網路軌跡，幾乎可以知道這個人所有的生活、喜好甚至是發生過的大小事。

白雪在網路世界中相當活躍，她的好友非常多，照片下總有幾百則回應，這簡直是網路美女的規模，好友各行各業千奇百怪，不單是班上或是學校同學，年齡層分佈甚廣。

她也很大方的分享照片，只穿件可愛內褲的半裸照也放上去，單手自拍，另一隻手捧著豐滿的雙峰，真的很難看出她只有十四歲。

不論身材、線條都無可挑剔的美，加上那張迷人的臉蛋，無怪乎會有這麼多「仰慕者」。

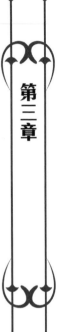

「不過是意淫罷了！」葛宇彤說得直白，「這些在臉書上的人大概都看著她的照片打過手槍。」

「葛宇彤！」林蔚珊很難為情的叨唸著，「講話幹嘛這麼難聽！」

「這是事實，什麼難聽！」她放大一張照片，白雪趴在床上做出撩人姿勢，雙峰壓在床上，臀部翹得很高，做出一臉痴迷樣。「妳告訴我，妳女兒如果十四歲擺這樣妳會怎麼想？」

林蔚珊咬了咬唇，她看過白雪所有的照片，一邊為她的美貌與身材讚嘆，一方面又覺得好像有哪兒不對勁？

「她以前在育幼院是這個樣子嗎？養父母知不知道啊！」葛宇彤其實還有其他懷疑，因為好幾張照片裡，白雪戴著不屬於她該有的飾品或是名貴包包。

「真的不瞭解，十年前我也還沒接觸這些……所以才得回去問。」林蔚珊望著照片裡的白雪，「還這麼年輕漂亮，真希望她安然無恙。」

葛宇彤心底其實不抱持太大希望，但也不絕望，正如林蔚珊所說的，才十四歲，她並不希望前擋板上那個會是這少女。

白雪的朋友看似很多，但事實上還是以同班的為主，警方到校問過同班同學，她的表現真是可圈可點，既靈巧又活潑，熱心助人而且相當聰明，大家都很喜歡她——這是男生部分。

女生自然分成兩派，一派說她虛偽噁心。喜歡裝成溫柔大小姐的樣子；另一派說她真的待人極為體貼，都會注意細微末節，還常給同學生日驚喜。

扣掉厭惡她的那派，不管男女對她的感覺都一樣，甚至包括學校老師也對白雪讚不絕口，成績雖不至優異，但也有前十名，唱歌與舞蹈都相當出色，是個嬌俏的女孩。

讚美的詞如此多，聽不到白雪跟誰起過爭執，她就像是學校裡的明星，發光發熱，但是卻沒有人知道她的私生活。

究竟有沒有男友？搬過多少次家，家裡一旦她不整理便髒亂不堪、還有個一閒下來就會拚命照鏡子的母親、被認為是小偷的委屈……完全沒有人知道！

她在學校就是光鮮亮麗的一面，私下的事居然連傳聞中最要好的朋友都不知道。

最後在LINE裡，找到了她訴說真心話的對象，一個暱稱「莉莉」的人，追查IP，竟然是在育幼院裡。

「說穿了，還是一起長大的姊妹感情深厚。」林蔚珊手裡拿著厚厚一疊通話紀錄，「之前我曾看過她一次，沒想到她跟這裡的孩子還有聯繫。」

「網路讓世界沒有距離，以前的孩子到新家庭就沒再聯繫，或許是因為聯繫管道沒如今這麼方便。」葛宇彤踏上育幼院二樓走廊，她們已經跟老師打過招呼，必須找跟白雪有聯絡的孩子們聊聊。

林蔚珊捏著手裡對話紀錄，上面有許多悲傷氣憤的事，程安喜對她並不是那麼好，常打罵她、最常說她是小偷，懷疑她偷錢，也有好幾次她凌晨才發LINE，說被要求清掃整間房子。

『我不懂，為什麼媽媽這麼恨我？』這是在對話紀錄裡最常出現的字眼。

遠方的會議室門口站著老師，一見到她們就急忙迎上，「欸，蔚珊、宇彤，妳們先進去稍等一下，莉莉他們快放學了……」

「沒關係，我們不急。」林蔚珊溫柔的笑著，「沒有嚇到她們吧？」

「沒有，我就說妳們兩個想找大家聊聊天，我沒提白雪的事。」老師憂心的皺起眉，「事情是真的嗎？白雪她……失蹤了？」

林蔚珊用力的點點頭，與老師雙手緊緊互握，身為志工「學妹」，葛宇彤情感自然不若長期擔任志工的林蔚珊深厚，但是……

「老師也認識白雪？」吳老師在育幼院似乎很久了。

「誰不知道她？」吳老師提起白雪，笑意更深。「那麼可愛的女孩，一直都很顯眼啊，圓滾滾的臉頰，精緻的小臉，年紀小卻比誰都懂事……那時好多人想領養她呢！」

所以白雪很早就被領養走了，可愛的孩子不意外。

「她一開始就是被白思齊他們領養的嗎？」葛宇彤追問著。

「是啊，原本他們還在猶豫，結果那天風大，沙子吹進那位太太的眼睛，小白雪居然帶著自己的手帕，爬上那太太的腿上，鼓起可愛的臉頰幫她吹眼睛，還說要幫她擦擦……」吳老師像是回憶著美好的過去，「那位太太當場就哭出來了，緊緊抱著白雪不放，場面說有多感人就有多感人。」

林蔚珊也泛起了溫暖的笑容，可以想像那份美麗，也能想像當年程安喜有多感動……只是，十年過去，今非昔比。

葛宇彤凡事實事求是，思忖著，這麼美好的情感為什麼會變成現在這樣？單純因為青少年的叛逆期？

「我聽說白雪還有再回來過。」葛宇彤再問。

「一開始有，後來漸漸就少了……好像是爸媽不希望她再與這裡有什麼瓜葛。」吳老師提到這裡時，語調裡多有感嘆。「啊，不過前兩年有跑回來一次，那次好像是被媽媽處罰，居然逃學直接跑回來！」

「咦？」林蔚珊睜圓了眼，「兩年……對對對，所以她那時才小學？還真看不出來！不過這裡是外縣市耶，她怎麼來的？」

「就說白雪很聰明，膽子也大，她認得這兒所有的司機，就直接去找送菜的司機伯伯，搭便車一起上山。」吳老師笑容裡帶著讚許，「那時可嚇傻我們了，我們趕緊打電話給白先生，他也正找她找得發慌。」

為了什麼事，會讓白雪逃家也要回到生長的地方？

「有說發生了什麼事嗎？想來為什麼不跟爸媽說？」葛宇彤質疑，難道從小學開始程安喜就跟白雪關係不好了？

吳老師聳了聳肩，「爸媽是說因為她做錯事被唸了幾句，誰知道她會這麼氣……可能白先生平常太寵她了，罵不得，一罵小孩子就禁不起。」

林蔚珊也在心裡默默建立起時間表，至少兩年前發生過大事，一定讓白雪難受至極，她才會想要回育幼院；她成長的地方是這裡，院長老師跟朋友都是家人，唯有在受到痛苦與悲傷時，人才會亟欲尋求家的溫暖。

「啊，老師先去忙吧，不打擾你們，我跟葛宇彤在這裡等就好了。」林蔚珊再三跟老師道謝，步入會議室。

「好，我也該去看看孩子們。」吳老師微笑頷首，逕自走下樓去。

葛宇彤走進會議室放下包包，腦子裡一堆疑問。

「四歲養到大，為什麼變得跟仇人一樣？」她喃喃自語。

「這很難說的，有時候真的就差一層血緣關係。」林蔚珊笑得很勉強，「這種情況並不少，很多從襁褓時期就認養，但是一樣悲劇收場，只因為不是親生的……萬一後來生下自己的孩子就更糟了。」

「想清楚再認養很難嗎？」葛宇彤咕噥著，「我去一下洗手間，等等進來再幫妳帶茶。」

「嗯！」林蔚珊把帶來的餅乾擱在桌上，「我想喝熱的，拜託！」

葛宇彤揚手表示知道，轉身離開會議室，前往走廊盡頭的洗手間；她沒有錯過程安喜詭異的行徑，還有談到白雪時的眼神，除了不屑外還有憤怒，而且絲毫沒有身為母親的反應，更毫不擔憂自己失蹤的女兒。

反而是白思齊還比較緊張，但說真的緊張也太假，畢竟白雪失蹤了七個月，他們倆都能不聞不問至此，真的很扯。

四歲養到大，到底發生了什麼事？還有，她為什麼離開家，又去了哪裡？

按下沖水閥，葛宇彤正準備拉開門閂時，突然聽見了笑聲。

『嘻……嘻嘻……』是女孩子的笑聲，就在廁所裡。

嗯？葛宇彤緩緩拉開門子，剛剛沒聽人進來啊，不過孩子們都穿布鞋，足音輕得她倒不一定聽得見。

緩步從廁所區的走廊步出，卻看見一個穿著白色洋裝的女孩站在洗手台的鏡子前，身子靠著洗手台，雙手正撥弄著頭髮。

葛宇彤戛然止步，她立在原地不敢輕舉妄動，不說別的，單單從她可以透過女孩看見水龍頭這件事，就可以大概知道這女孩是什麼來頭了。

『嘻……』女孩對鏡子吃吃笑著，一邊撩著頭髮，一會兒又在撫眉，由於她完全背對著葛宇彤，所以瞧不清她在做什麼。

動作倒是很像在化妝，這會兒像是在夾睫毛咧。

『我漂亮嗎？』女孩對著鏡子問，『我是不是最美的女孩？』

別鬧了，葛宇彤屏氣凝神，躡手躡腳的退後一小步，不希望對方可以從鏡子裡看見她。

『魔鏡啊魔鏡，誰是世界上最美的女人呢？』

葛宇彤驚訝的瞪著地板，這真的不該是錯覺了，這是白雪公主啊！

她探出頭，偷窺著站在鏡前的女孩，少女湊近鏡子，像是在端詳自己美麗的容貌。

『是我對吧？我是最漂亮的！』她的聲音轉為哽咽，『可是為什麼他不看我……他都不理我！』

誰？王子嗎？葛宇彤啟動童話思維模式，拜託別鬧了，童話故事裡的女人都非得要一個男人不行嗎？不能找點近代的童話嗎？Elsa 就是女王啊！當個女王吧，拜託！

『都是他們害的！對！所以他不看我，他不屑……』女孩哭了起來，握拳重重的搥在鏡子上。

倒映在鏡裡的手，葛宇彤看見了，腐爛見骨，蛆蟲正積極的鑽進鑽出！

『我變醜了，是不是我變醜了！』她下一秒慌張的摸著鏡子，『魔鏡魔鏡，快點告訴我，這世界上最美的女人是——』

女孩陡然一頓，在眨眼瞬間回過身，捕捉到葛宇彤！

她連閃躲都來不及，就這麼與之四目相交，白色的洋裝破爛骯髒，衣服上沾滿了泥土與血跡，黑色長髮雜亂的披散著，髮絲被血黏在了臉上。

那張臉根本不可能是最美的臉，因為她的右半部是凹裂的，臉骨、鼻子、眼窩全部凹了進去，臉骨的正面裂開，皮膚也因此扯開一條縫，下顎歪斜碎裂，失去右邊的下巴。

『我是不是最美的女人？』她凝視葛宇彤，這麼問著。

不能回答。

葛宇彤在心裡想著，但也不能假裝看不到，因為她們現在已經對到眼，閃躲不是辦法。她不動聲色，幸好身上有的是法器，只是最強大的擺在包包裡，沒帶出來啊！

只是女孩突然轉頭望向門口，像是聽著什麼或看見什麼似的，緊接著邁開步伐走了出去。『是他們害的……一定是他們……』

怎麼？她要出去幹嘛？葛宇彤有些緊張，不希望有誰正巧往廁所來，撞見這莫名其妙的傢伙就麻煩了！只是隨著女孩一步步的踏出，身影竟漸漸模糊，在踏出大門的那瞬間，女孩全然消失在她的眼前。

壓力驟然消失，她可以感受得到那個照鏡子的女孩已經不在了……上前扭開水龍頭，邊洗手邊望著鏡子裡的自己。

她最近的感應力好像越來越強，看得見亡靈的情況也變多了，雖然不是她自願的，但她總覺得她的「靈魂」好像正在發揮力量？這也奇怪，雖然她是什麼神女轉世，可是二十幾年來從沒干預過她的生活啊？要不然之前她在國外撞鬼的事情也不少好嗎？那時都呼天搶地的逃，也沒有什麼力量解決。

她是不太希望前世的靈魂干預到她現世的人生，靈魂同一個又怎樣？不同記憶不同經歷不同人生，她也不想做什麼神女為世界祈福這種事，她有她的日子要過……只是如果力量是被壓制住的，最近逐漸湧出她是不會有太多意見。

但不要只是讓她看到比較多東西吧？抵禦能力是不是應該要對等提高？

大白天的，就在廁所裡看見攬鏡自照、慘死的亡者，還吟著讓她不快的字句……她認不出剛剛那個是不是白雪……那張臉她怎麼認？唯一看得出來的是黑色的長髮，但是任誰都可能有黑色的長髮對吧？

話說回來，究竟發生什麼事？那張臉像是遭受劇烈撞擊一樣，有一半凹裂，下巴也碎了，車禍？可是身體似乎沒什麼事……是拿鐵鎚敲嗎？唯有局部撞擊才會那樣，車禍或跳樓的話，應該整張臉都碎爛才是。

比較糟糕的是魔鏡的部分，天哪，魔鏡、後母、七個小矮人都有了，那女孩真的是白雪公主嗎？

白雪的同學說過，她曾自詡為公主……FB 上的名字寫的也是「白雪公主」，以這樣的思維來說，萬一她已經慘遭不測，就有可能也照童話的走向。

仔細想想，白雪公主遇到七矮人後，發生了什麼事？

「都是他害的」，指的是誰？後母？父王？獵人？七矮人……還是王子？

擦乾手，若有所思的步出女廁，卻意外的跟位美少年撞個正著！

「嘿！」顏思哲立刻極其禮貌的頷首，「彤姐姐。」

基本上在廁所前打招呼略顯尷尬，不過葛宇彤對顏家的人頗有成見，這時也顧不上什麼尷尬難解了。

「你來做什麼？」她立刻質疑，「今天可不是假日！」

「我請假，答應要幫人慶生的！」顏思哲總是帶著微笑，「當初答應得太快，沒注意到是平日，但不想讓她失望……所以……」

聞言葛宇彤的臉色更難看，「想收養的對象？」

只見顏思哲輕笑，搖了搖頭。「還不知道，我還是想先相處看看，希望找個真正喜歡的，爸媽也要能接受的妹妹。」

「老實說，我不喜歡你們一直收養孩子，我甚至覺得你們一家都怪怪的，之前收養的孩子不是失蹤就是死亡，我懷疑跟你們有關。」葛宇彤向來不愛拐彎抹角，「你若問我為什麼，我只能告訴你是直覺，我全身上下每個細胞都覺得不對勁。」

顏思哲睜著好奇的雙眼，不慍不激，就只是笑著，眼神與行為模式都絕不是一般的青少年。

「我知道，爸也知道，但人都各有喜好，彤姐姐討厭我沒關係，我喜歡彤姐姐就好。」

顏思哲非常客氣，而且表現得不以為意。「不過既然遇到了，我有點事想問問彤姐姐……」

他頓了幾秒，仰頭看看她的後面，忍不住噗哧笑了起來；葛宇彤不解的回首，唉唷，就只是站在廁所前聊天有什麼大不了的嘛！

她頭一撇，示意往左邊走。「怎麼？你有問題問我？」

「……嗯，」他顯得有些沉重，「我聽說……白雪失蹤了？」

葛宇彤停下腳步，這真的是難以掩飾的驚訝，她看向顏思哲的眼神更加不悅，為什麼顏思哲又認識白雪了？

「你跟她熟？」

「不，不熟。」顏思哲搖搖頭，「只是知道她，記得她……也記得她被領養後過得不錯，好好的為什麼會失蹤？」

「以一個幾乎不熟的人來說，你的關心真讓人受寵若驚？」葛宇彤倒是一點都不客氣，「你怎麼認識她的？」

「我說了不熟……記得思吟嗎？」顏思哲說的是前些日子那位失蹤的妹妹，「她從小伴我一起長大的，在領養她之前，我是希望領養白雪的……那時她叫陳雪。」

咦？葛宇彤腦子裡飛快想著，顏思吟現在也十四歲，多年前被顏家認養，一直是灰姑娘的代表……算算時間，那時白雪的確還在院內。

「你們原本是要白雪嗎？依你們家的權勢，要搶應該不難吧？」

「彤姐姐，妳開我玩笑嗎？這種事能搶嗎？要看白雪的意願！」顏思哲異常懂事，「我記得她很喜歡新媽媽，她被緊緊抱著的情景我還忘不了，那時父親就跟我說，白雪不會跟我們走了。」

幼小的孩子反應最直接，不會因為他們家有錢就攀上來，當年的小白雪，想要的只是像母親般溫暖的懷抱，所以她選擇了程安喜。

「後來爸才收養了思吟……但我很愛思吟的，她真的是沒得比的妹妹！不過既然記得白雪，自然會關心，她無緣無故怎麼會失蹤？」話題再度回到白雪身上。

「或許不如你想像的幸福吧？」葛宇彤淡淡說著，「現在找人要緊。」

「她是失蹤還是離家出走？」顏思哲再問，「我總覺得白雪不是那樣的人。」

「她是怎樣的人我不清楚，根本沒人知道，所以今天才想來問幾個跟她有保持聯絡的孩子。」葛宇彤暗自瞥了顏思哲一眼，他的關心讓她覺得奇怪。「你真的沒跟她有聯繫？」

顏思哲搖搖頭，「怎麼可能，根本就沒交集……我只是忘不掉那時可愛的白雪而已；不過如果是離家出走的話，白雪才十幾歲，不太可能有錢吧？」

葛宇彤聳聳肩，問她這麼多也無濟於事。

「還是被養父母設計了呢？」顏思哲突然出口，讓葛宇彤愣住了。

她回首看著少年，美麗的臉龐上寫滿了心機。

「什麼意思？為什麼你會這麼說？」為什麼會對完全不熟的家庭有這種陰謀論啊！

「呃，我是亂想的，就是……」他有些為難，壓低了聲音。「當時知道白雪被領養，我送了她一個禮物，那個禮物還滿、滿貴重的，我很怕他爸媽搶去，或是……」

「什麼禮物？」

「一面鏡子，是手持鏡，當年我也不知道有多貴重，我想大家都以為只是普通的仿製品，不過……」他嚥了口口水，「後來我才知道，鏡子後面鑲的寶石，全部都是真的……」

葛宇彤倒抽一口氣，瞪大雙眼。「價值？」

「六千萬？」顏思哲虛弱的回應。

六千萬！葛宇彤只差沒尖叫出聲。「你送一面六千萬的鏡子給小女孩？」

「我只覺得那很漂亮，我當年才幾歲啊？」顏思哲喊冤，「我只是想萬一被發現真正的價值，會不會因而造成白雪的失蹤？」

天哪……葛宇彤緊閉上雙眼，撫住太陽穴，一個女孩擁有六千萬的東西，別說她爸媽了，路人甲可能都會動念殺她！

那天在白家，雖然滿屋子的鏡子，她沒看到顏思哲說的那面。

「白雪很喜歡嗎？」她突然想到一件事。

「非常。」顏思哲微微一笑，「她那時還天真的跟我說，那面鏡子是魔鏡呢！」

魔鏡魔鏡，世界上最美的女人是誰呢？

「白雪過得很好啊！」莉莉以羨慕的眼神說著，「一直都有求必應，而且很多人會送她東西呢！」

不只是莉莉，其他孩子也都相當欣羨白雪的遭遇，被不錯的家庭收養，雖沒有家財萬貫，但至少讓白雪衣食無虞，而且極盡疼愛。

「可是……她之前好像跟妳抱怨過媽媽的事？」林蔚珊親切的問著，「提到跟媽媽吵架，說她偷東西的事？」

「啊……那個啊！」莉莉突然眼神有些閃避，「我覺得她媽媽不會喜歡她的啦！」

「為什麼這麼說？」葛宇彤歪著頭瞧莉莉，「以前她們不是很好嗎？我聽說媽媽以前很疼白雪的！」

「是啦！但那是以前，現在不一樣了，白雪長大了！」小清說得頭頭是道，「她變得那麼漂亮，再也不是小孩子了！」

「呵……」林蔚珊忍不住輕笑出聲，「十四歲還是孩子喔！」

「才不是呢！沒有人把白雪當小孩的，妳們看過她現在的樣子嗎，很迷人的！」莉莉勾起嘴角，眼睛又往天花板看去。「如果能像她那麼漂亮，我也能要什麼有什麼……」

「什麼意思？長得漂亮就可以要什麼有什麼，有這麼好的事？」葛宇彤嘟起嘴，「妳彤姐姐長得也不錯吧？好像就沒這麼好命？」

「呵呵……」莉莉傻笑著，「大概是彤姐姐不會撒嬌吧？白雪說只要撒嬌，嗲一點，好多人都會送她想要的東西呢！」

這麼好？葛宇彤把手機遞上前，那是張白雪的自拍照，肩上揹的是 LV 的包包。「所以這個包也是別人送的？」

莉莉起身，從桌子那頭往前探，用力點點頭。「對對，這個也是別人送的，很貴耶！」

嘖，葛宇彤朝林蔚珊使了個眼色，白雪的價值觀好像有點問題。

「那妳知道有誰會送她東西嗎？」林蔚珊趕緊問重點。

莉莉果然有點狐疑，皺起眉望著她們。「為什麼問我這個？應該去問白雪吧……奇怪，姐姐們為什麼要來問我白雪的事？還知道我們 LINE 裡聊了什麼？」

呃……林蔚珊有些尷尬。「是、是因為……白雪她失蹤了。」

「什麼？」果不其然，小清激動的跳起來。「失蹤了？是離家出走嗎？她為什麼沒有回來這裡！」

「妳別急，所以我們才想來問妳們，知不知道她可能去的地方！」葛宇彤安撫著孩子們，「任何一點蛛絲馬跡都行，她是跟媽媽吵架後離家的，後來就沒有再回去了。」

「這是什麼時候的事？」莉莉發問了。

「七個月前……」林蔚珊趁他們雙目瞠圓時趕緊接口，「他爸媽沒報案，所以才拖到現在，我們根本不知道她能去哪裡……」

幾個孩子立刻七嘴八舌的吵成一團，你一言我一語的說著難怪白雪都沒回應、試著想提供資訊，但聽在葛宇彤耳裡只是一堆孩子在吱吱喳喳。

「停——不要這麼吵！」葛宇彤厲聲吼著，「都安靜！」

一時間，會議室裡立刻鴉雀無聲，彤姐姐人好的時候很親切，但兇起來也很可怕。

「警察也正在找，我們看過妳們的對話紀錄，但也看不出什麼，才想問有沒有聽她說過別的人、或是什麼計劃？」

「沒有啊，她說媽媽常罵她，叫她做一堆家事，或是誣賴她偷錢……」

「可是她沒提過要離家出走啊，她只說之前常轉學，希望可以在這邊念到畢業！」

「而且她要離家出走，也應該回我們這裡吧！」

莉莉抿著唇，一臉若有所思，她是 LINE 裡最常與白雪聊天的人，比別人知道更多事。

「莉莉？」葛宇彤試探性的叫喚。

「我覺得白雪不會離家出走的……她一定是被趕出去的！」莉莉突然很認真的說，「她媽媽很討厭很討厭她，一定是她媽媽趕她出去！」

「為什麼這麼肯定？她才十幾歲，趕她出去她能去哪裡？」林蔚珊狐疑的搖頭，「我覺得這不太可能……」

「可能！她說過，她媽媽想要趕她離開那個家！」莉莉有些激動，「她一直很害怕，因為——」

莉莉說到一半卻頓住了，不安的瞟向其他同伴，像是有什麼不能為外人道的事。

葛宇彤見狀，立刻彎起笑容，謝謝其他的孩子，並叮囑不要對外說起白雪失蹤的事，以免讓更小的孩子對於可能能重新擁有的新家感到恐懼；林蔚珊一人發了一條餅乾後，便讓她們先出去了。

一時間，會議室裡只剩下她們三個人，莉莉突然顯得猶豫不決，絞著雙手，看起來很難啟齒。

「莉莉，妳說沒關係，沒其他人在了。」林蔚珊試著握住她緊張的雙手，湊近她，給她信任感。

莉莉皺著眉抬首，幾度張口，但最後還是把話吞了回去。

「不行，我答應過白雪不能說！」她焦急的抽回手，「她會生氣的！」

「莉莉，白雪失蹤七個月了……妳知道嗎，七個月！我們不知道怎麼找她，現在妳知道！任何一條線索，都可能是找到她的關鍵。」林蔚珊重新握住她的手，「妳想想，妳們這個年紀出去能做什麼？不能打工、也沒上學，她又沒有家……會發生什麼事？萬一、萬一她——」

「萬一她死了怎麼辦？」葛宇彤說了重話，「七個月無消無息……」

死了的話……莉莉緊張的顫抖起來。「不！她、她……」

「不要嚇她。」林蔚珊回首低叱著，「莉莉，那是最壞的情況，妳只要告訴我們真相，就可以讓最壞的情況不要發生。」

莉莉緊閉起雙眼，葛宇彤覺得女孩真是夠義氣，如此守口如瓶！

「媽媽很討厭白雪，因為她年輕又漂亮，她媽媽一天到晚在照鏡子，深怕自己老去……然後……」莉莉怯生生的說著語焉不詳的話，「跟爸爸示好，就可以拿到很多東西……」

吱？林蔚珊暗自抽氣，微微正起身子，回頭跟葛宇彤交換了眼神，「示好」的定義是什麼？

「白雪有跟妳說，怎麼跟爸爸示好嗎？」葛宇彤小心翼翼的問。

「就……」莉莉閃爍其詞，「為爸爸做任何事，爸爸就會非常疼白雪……」

連林蔚珊的手都在發顫了，不會吧，她滿腦子不可置信，不該會有這種事的，莉莉不敢或是不好說白，但這只是讓大家一顆心懸著而已。

「任何事？」葛宇彤出聲確認，「我現在想的是一件可能違法的事，是跟我想的一樣嗎？」

莉莉憂心忡忡的對上葛宇彤的雙眼，點了點頭。

天哪！白雪跟白思齊發生關係！他竟然對未成年少女下手！林蔚珊完全瞠目結舌幾乎說不出話，難怪程安喜會如此恨白雪！

「白雪有說過她是被逼的嗎？」葛宇彤知道林蔚珊陷入震驚後有一陣子沒辦法說話，「第一次是怎麼發生的，她有跟妳提過嗎？」

「白雪不是被逼的，她說她也很喜歡爸爸，事情是自然而然發生的。」莉莉緊張的嚥了一口口水，「妳們不要怪他們，我知道這事情怪怪的，可是白雪說了，那是愛！她愛爸爸！」

「這不是愛……天哪！」林蔚珊忍不住出聲。

「可是白雪說他們沒有血緣關係，不算亂倫！」莉莉認真的幫白雪辯護。

「血緣的事先放到一邊，我剛說的是違法，妳們都未成年……還有！」葛宇彤突然疾言厲色，「她提到爸爸會給她很多東西，為了一點東西就用身體去換，這觀念是誰教妳們的啊！」

莉莉被葛宇彤突然的兇態嚇到，她向後縮了縮頸子，卻還有點不甘願。「我怎麼知道，白雪是這麼說的啊……而且想過得好有什麼錯，我們什麼都沒有，如果那樣子就可以擁有喜歡的東西、可以繼續待在那個家，我也願意做！」

啪！

站起的葛宇彤愣住了，雖然她很常動手，但剛剛那一下絕對不是她……她瞠目結舌的望向左手邊的林蔚珊，只見她又氣又難受的揮過手，淚水拚命滑落。

莉莉撫著臉頰，緊咬著唇二話不說就奪門而出，林蔚珊望著自己顫抖的手，居然開始低泣。

「這是錯的，這樣的想法是……」她嗚咽的說。

「我知道，但妳太激動了，現在這年紀正叛逆呢！」葛宇彤忍不住笑了起來，「欸，每次都叫我不要先動手的是誰啊，居然犯規！」

「我只是……天哪！」林蔚珊覺得好無力又好心痛，「她們怎麼會認為這樣是對的！這是價值觀的敗壞啊！」

「跟吳老師說說，好好的矯正觀念就是了。」葛宇彤推了她一下，「走了，我要去找那家人問清楚。」

林蔚珊緩緩站起，然後開始收拾東西，收拾到一半忽然停下動作。「妳去就好了，我剛那樣打了莉莉，得好好的跟她道歉，也要糾正她的這個觀念……不，是她們。」

只怕白雪都跟她們說了太多不對的想法吧？

葛宇彤點點頭，知道林蔚珊總是心懷大愛，而她呢，除了想趕快找到白雪外，還有那票飛車黨的事情要追。

快二十四小時了，總該來電話了吧？居然這麼沉得住氣。

死了三個夥伴，就不信誰夜半還能安眠。

「那我走了，有事再聯繫。」葛宇彤收拾好東西，便匆匆離開。

一邊往外頭走，一邊跟熱情的小朋友們說再見。不久，手上的手機響起，她瞥了眼是不認識的號碼，但身為記者，哪有漏接電話的道理？

「喂，葛宇彤。」

『……』電話那邊一陣靜默，『喂，葛小姐？』

低沉粗嘎的聲音，這她記得呢，葛宇彤勾起興奮的微笑，壓抑住語氣。「是。」

『我是嚴老大，昨天在警局見過面。』他深吸了口氣，『那個有沒有空？出來喝個茶？』

「有，當然有！」葛宇彤打開車門，一屁股坐進去，東西扔上隔壁座位。「不過我現在有另一件事情要忙，跟你們約……」她看了看錶，「晚上十點如何？」

『行！那再打電話！』

「好，每整點打給我一次吧！」葛宇彤心情愉悅的繫上安全帶，下意識的調整車內的照後鏡。

電光石火間，移動的後照鏡裡映出一個坐在後座，滿臉是血、長髮覆面的女孩——喝！她倏地回首，看見的是空無一人的後座，再緩緩正首重新看向鏡子，鏡子裡只映著她那雙帶有驚惶的大眼，沒有其他人……

『好。』手機那頭掛斷。

這瞬間讓葛宇彤冷汗直冒，她再度回身盯著後座瞧，剛剛那應該不是錯覺……她車子裡的佛珠也不少，居然敢這樣堂而皇之的坐進來？

「做人不要太過分。」她叨唸著，打開包包，俐落的抽出裡面一把西瓜刀。

西瓜刀上貼滿了符紙，這可是她相當珍惜的寶貝，她握著刀柄在車內揮舞，不忘往後座揮——「這是警告，少在我這邊囂張！」

哼！

將刀子好整以暇的擺在副駕駛座上，挑個好握取的位置，這樣萬一真的突然有意外狀況，她才好臨機應變。

轉動鑰匙，眼神下意識又往鏡子裡瞟去，就擔心突然坐個女人在後面。

才要踩下油門，電話又響了，她決定先接起，因為那是卓璟璿的來電。

「喂，我現在要去找親愛的白氏夫妻，剛發現了很噁心的事。」

『頭髮的 DNA 檢驗出來了。』電話那頭的卓璟璿正在他的辦公室裡，看著桌上的檢驗報告，眉頭深鎖。

她知道卓璟璿這樣的語氣是怎麼回事，他平日說話就很低沉，只是當有令人不快的發展時，會格外的嚴肅。

「是誰？」

『車禍現場的 DNA，跟妳們那天送來的頭髮相符合。』他重重的吁了一口氣，『是白雪的。』

第四章

葛宇彤幾乎馬不停蹄，直接驅車前往白家，這會兒連卓璟璿都叫上了，真令她難以想像，白思齊竟然跟十四歲的女兒發生關係！

「妳再想想，妳看到的鬼是不是白雪？」一見面，卓璟璿就急著問那個趴在前擋板上的女鬼。

「就看不出來啊，模模糊糊的！頭髮又蓋著，我唯一能看到的就是黑色長髮。」葛宇彤回應著，一邊看著他拍下的 DNA 報告。「天哪，真的是白雪。」

「妳目擊的車禍跟其他監視器拍到的車禍，都沒有其他女子在場，如果那頭髮是白雪的……」卓璟璿皺著眉搖頭，「只怕凶多吉少？」

「要我猜是已經不在了。」葛宇彤倒也乾脆，「頭髮不會平白無故出現，說到女孩，我今天也撞到一個對魔鏡說話的。」

葛宇彤把在育幼院廁所裡見到的女孩說了一遍，一樣是一頭長長的黑髮，但那張臉已經面目全非。

「那今天這個跟前擋板上的——」

「就跟你說前擋板上的我看不清楚了！體型是有點像，衣服嘛……」她沉吟了幾秒，「不記得。」

「唉……」卓璟瑢重重嘆了口氣。

「別嘆了，就算她死了也該見屍，還有找出兇手。」她長按下電鈴，深怕人家聽不見似的連按了好幾秒。「現在，先來找這對模範爸媽聊聊。」

『喂——』樓上傳來不耐煩的聲音。

「白先生，我是葛宇彤，請開門。」她刻意遲疑兩秒，「我們有白雪的訊息了！」

『真的！快請上來！』門應聲打開，葛宇彤簡直是迫不及待跑上去的。

卓璟瑢跟著奔上，他也必須向他們報告這件事，關於他們女兒的長髮，總是散落在車禍現場。

不知道該喜還是該憂？以前的他，會喜，認為白雪還活著，頭髮才會出現；有點憂，是怕有人割斷她的頭髮，故佈疑陣；現在或悲，是因為葛宇彤看得見亡者。

葛宇彤一進門，白思齊立刻迫不及待的上前，而他身後的程安喜，依然站在鏡子前，不停的望著鏡子裡的自己。

「白雪呢？」白思齊緊張的問。

「她是被趕出去的吧？」葛宇彤略過他，直接逼向程安喜。

程安喜從鏡中看見走來的葛宇彤，只是翻了個白眼，別過頭走到轉角的另一面鏡子前。

「別躲了，是妳趕她出去的吧？」葛宇彤站在她身邊，雙手交叉胸前不客氣的逼問。「趁著親愛的老公不在，把礙事的小情人趕走？」

喝！程安喜倏地瞪向她，滿臉怒不可遏！

同時間，白思齊倒抽一口氣，尷尬的閃避眼神，慌張的同手同腳想往書桌旁邊潛去。

「妳知道了？那個賤人還有臉跟別人說？」程安喜突然暴怒起來，「對！噁不噁心啊，她竟然把主意打到了父親身上！」

什麼？卓璟璿錯愕的看著眼前的狀況，不可思議的轉向白思齊。「你跟白雪？這是強姦未成年少女吧！」

「我、我沒有！我、我、我跟白雪是認真的！」白思齊情急大喊著，「她是自願的，我沒有強迫她！」

「下流！」程安喜隨手抓了東西往白思齊身上扔，「他嫌我老了！喜歡那個年輕的身體！」

白思齊不停閃躲，葛宇彤趕緊上前一把握住程安喜的手。「要打等等再打，先回答我的問題——是妳把白雪趕出去的，對吧？」

「對！我怎麼可能再養她？養一個勾引我老公的人？妳知道他們每天都在房間裡幹什麼好事！」程安喜忿忿的瞪向白思齊，「想到就覺得噁心、令人想吐……最可惡的是那個騷貨還敢天天在我面前晃來晃去，對著我喊媽媽！」

「不管她是不是自願，白雪未成年，你就是犯了罪。」卓璟璿嫌惡的打量白思齊，「從小養大的女兒，你也下得了手？」

白思齊緊抿著唇，滿臉通紅，不發一語。

「當然下得了手……那個身體那麼年輕、那麼有彈性，又那麼美麗……」程安喜悲傷的接口，幽幽向右看著鏡子。「哪像我已經老了，不如少女那般的有魅力……」

「就因為她跟妳丈夫發生關係，所以妳才趕她走嗎？」葛宇彤看著那堆鏡子，腦子裡忍不住想起顏思哲說過的話。「可是為什麼妳還想跟白思齊繼續？沒揭發他也沒離婚？」

「為什麼要……丈夫是我的，我為什麼要為一個爛貨破壞我的婚姻？把她趕走後，我跟思齊就可以試著重新開始。」程安喜說話時，依然凝視著鏡裡的自己。「蕩婦出去後不必擔心，她很快就會用她的身體找到照顧她的人……但是我不一樣，我只有思齊可以依靠。」

「妳知道妳在說什麼嗎？」卓璟璿不悅的上前，「那只是一個少女，妳趕她出去是希望她遇險嗎？」

「對……我討厭她！我恨她！我當初是要一個女兒，不是要一個蕩婦！」程安喜倒是毫不遮掩對白雪的恨意，「看著她越來越漂亮、身材越來越豐滿，以前出去時大家看的是我，現在看的都是她……連思齊也是，覬覦她的身體，每個人都只看那女人！」

她應該才是最美的！程安喜慌張的看向鏡子，指尖撫著其實很淺的魚尾紋，她不該有這些紋路的，她應該要永遠那麼美麗動人的。

「所以，妳誣指她偷東西後，藉故趕她出去……但我很好奇，為什麼她沒有回來？」葛宇彤不爽的扳過程安喜的肩，是照夠了沒？「肚子餓了就該會回家，妳給了她錢嗎？讓她帶走行李？」

在白雪公主的故事中，壞皇后也是用計騙白雪公主去森林裡的。

「我沒有錯怪她，她就是小偷！她偷走了東西！」程安喜突然激動起來，「我幫她打包行李，我給了她錢叫她滾，滾回那個骯髒的育幼院，不許再回來！我怎麼知道她去了哪裡！」

「妳說謊，白雪才不會偷東西，她根本就不缺！」白思齊還有臉說話，看來他的確供應白雪不少東西。

「她偷走了我的鏡子！我的鏡子！」程安喜歇斯底里的大喊，回身就趴在一片鏡子上。

「那是我的寶貝，她怎麼可以把我的鏡子偷走，我以為我放好了，心機甚深的賤貨，她再多跟我要一萬塊，趁我去拿錢時把鏡子又偷走了！」

鏡子……天哪，不會吧，是顏思哲送白雪的那面鏡子嗎？

「所以真的是妳趕走白雪的，兩位都必須跟我回警局一趟了。」卓璟瓅相當不耐煩，這種父母讓人厭惡。

「是面手持鏡？」葛宇彤謹慎的問著，「後面鑲了很多寶石？」

電光石火間，程安喜倏地轉過來，用一種近乎瘋狂的眼神看她，雙手立刻按住她的肩頭，「妳看見了？在哪裡？白雪交給妳了……噢，妳找到白雪了，對吧？把鏡子還給我，快點把鏡子還給我！」

「喂！」葛宇彤試圖掰開她的手，沒料到程安喜的力道竟如此之大，而且開始瘋狂搖晃她的身體。「放手——放——」

白思齊連忙上前，把妻子拉開。「不要這樣！那鏡子本來就是白雪的，妳在幹嘛！」

聯絡到一半的卓璟瓅也趕忙驅前，由下而上的解開程安喜的箝制，一把摟過葛宇彤的腰，直接往後拖，同時間白思齊也緊緊抱住程安喜，不讓她再上前。

「那是我的！把鏡子還給我！」她抓狂的大喊，「只有照那面鏡子我才會年輕、我才會永遠美麗！」

「閉嘴！那只是一面鏡子！」白思齊扣著她大吼，「我多感謝那面鏡子不在了！」

「不——還給我！白雪，妳這個婊子！」

葛宇彤落在卓璟瓅的臂彎之間，身子竟忍不住微微顫抖，她側首看向頰畔的卓璟瓅，他感覺得出她的發抖，有些奇怪。

「妳在怕？」

「我不知道……」她詫異極了，「只是面鏡子，你看看程安喜的樣子……」

而且他們夫妻倆，並不知道那面鏡子的價值。

卓璟璿聽著程安喜不止的尖叫，那狂亂的眼神，跟方才進門時看見的截然不同；她記恨白雪、厭惡出軌的丈夫，甚至是悲傷自己的年華逝去，這些都很正常……但現在的瘋狂，令人匪夷所思。

一面鏡子？

「好像中邪似的。」他幽幽的說著，「像不像之前遇到的厲鬼，執著於一件事時的眼神。」

中邪，葛宇彤深吸了一口氣。「是啊，中邪。」

所以，那真的是魔鏡嗎？還是人的執念，讓它變成了魔鏡？

白思齊及程安喜都被帶回警局，分別以遺棄及與未成年性交罪處理，葛宇彤跟林蔚珊聯繫，詢問有沒有人知道白雪所持的那面鏡子究竟長什麼模樣？這對養父母說得亂七八糟，而且還沒照片。

然後，在跟飛車黨見面前，葛宇彤把白雪公主的故事翻出來認真的看了一遍。

很久很久以前，某個國家的皇后在冬季生下一個女孩，她皮膚純白如雪，嘴唇赤紅如血，頭髮黑如烏木，因此她被命名為白雪公主，皇后在生下公主不久後就過世了，國王另娶了一個美麗驕傲，狠毒邪惡的女人當皇后，同時她也成為了白雪公主的繼母，一開始新皇后非常疼愛白雪公主。新皇后有一面魔鏡，她常常問魔鏡：「魔鏡呀魔鏡，誰是世界上最美的女人？」魔鏡總是回答：「您是世界上最美麗的女人。」但白雪公主越長越大，也變得越來越美麗。當她七歲時，她的容貌比皇后更漂亮了，有一天，魔鏡回答皇后說：「皇后陛下，您的確是個相當美麗的女人，但是白雪公主比您更美麗。」從此新皇后便開始視白雪公主為眼中釘，肉中刺，一心想把她除掉。

皇后非常嫉妒白雪公主的美貌，因此她命令一名獵人帶白雪公主到森林中，並將她殺掉。為了確認白雪公主已死，皇后要獵人事成之後，帶著白雪公主的心和肝回來，作為證明。獵人帶著白雪公主到森林中，卻發現自己無法下手殺害這個女孩，獵人放了白雪公主，獵了野豬，取野豬的心和肝向皇后交差。

在森林中，白雪公主發現一個小小的農舍，這個農舍屬於七個小矮人，她在這個農舍中住了下來。此時，皇后又再度問魔鏡：「魔鏡呀魔鏡，誰是世界上最美麗的女人？」魔鏡回答：「白雪公主尚在人世，且和矮人們同住在森林中。」於是皇后偽裝成一個農婦，到森林中拜訪白雪公主，並給她一個毒蘋果（有些版本中，一開始王后先後假扮成賣絲帶以及賣梳子的商婦來謀害白雪公主，但都以失敗作終），當白雪公主咬下蘋果，立即昏了過去。七矮人發現她時，只能哀慟的將她放在一個玻璃棺中。

時光流逝，有天有一個國家的王子經過這座森林，發現躺在玻璃棺中的白雪公主。王子被白雪公主的美麗所吸引並且愛上她。他向矮人們要求，讓他帶走玻璃棺。王子和他的隨從在搬運的過程中，有人不小心絆倒，這一搖晃，讓那片毒蘋果從白雪公主的口中吐了出來，白雪公主也因此甦醒。王子向白雪公主表明了愛意，決定結婚，並訂下婚期。

童話究竟是童話，討厭白雪的學生說過，她真的自以為是白雪公主似的，接受男生的殷勤、展現自己的美麗，善於唱歌及跳舞，活脫脫想當個公主；而喜歡她的男生們，也的確把她捧成公主。

但是她才十四歲，自幼被生父母拋棄，在育幼院長大，好不容易有人領養才有了家庭，可是心裡的空洞依然難以填補，童話故事對小女生而言是最具吸引力，也是最讓她們憧憬的。

希望自己真的是公主一點都不意外，怕就怕她抱持著這樣的想法死去，所以童話故事又要在真實生活中上演了。

被趕出家門、魔鏡、七矮人都有了，她不認為這是巧合，那七人飛車黨絕對知道白雪的下落，他們陸續橫死，白雪都不忘留下黑髮，那像是一種宣告——我來找你們了。

「為什麼約這種地方？」卓璟瑢緊皺著眉，站在一間全封死的店門口，完全看不見裡面的情況，只有外面寫著「歡樂練歌坊」。

「相約地點順著他們，他們比較有安全感。」葛宇彤好奇的偷問，「臨檢重點嗎？」

「唉……」卓璟瑢無奈的嘆了口氣，「算了，我現在不在勤務中。」

「我也是會擔心，所以才拜託你陪我來啊！」葛宇彤說得自然，「這裡是他們的地盤，萬一出事的話……」

「就把妳的開山刀拿出來，他們說不定還會叫妳一聲大姐。」卓璟瑢悻悻然的接口。

「喂！是要我講幾百次？那是西瓜刀！西瓜刀！跟開山刀不一樣，好嗎？」她沒好氣的雙手扠腰，「而且那是拿來砍鬼的，又不是砍人的，你沒看到上面貼滿符紙嗎？」

「嗯哼。」卓璟瑢一副沒在聽的樣子，「認真要砍人也沒問題就是了，啊，一刀多用途，真好！」

「煩耶你！」她使勁推他一把，卓璟瑢不得不往前踉蹌兩步，她頭一甩就走了進去。

裡面煙味瀰漫，簡直像是起霧似的，光味道就可以嗆死人了！葛宇彤瞪圓雙眸屏住呼吸，這裡面真的還有氧氣存在嗎？

「歡迎……」一個化著大濃妝，穿著暴露低胸服飾的女人笑著走出，一看見她立刻僵住，「那個……小姐妳找人嗎？」

「嗯，我找……咳咳！」她忍不住咳嗽，「就一個叫嚴老大的！」

「喔！」女人臉色明顯一凜，側身指向窄小走廊的尾端。「最後一間包廂。」

「有氧氣筒嗎？」她很認真的問女人，讓女人一臉錯愕。

掩住口鼻往前走，這裡燈光昏暗，還有一堆七彩燈在那邊閃閃爍爍，跟在他身後的卓璟瑢臉色也很差，每次來臨檢都沒檢查到，不知道今天有沒有機會……

「哎唷，帥哥！」女人一看到卓璟瑢立刻笑臉迎人，「啊一個人喔？有沒有——」

「我跟她來的。」他指向葛宇彤，女人即刻噤聲，笑容一秒收起，擺擺手轉進身邊的房間。

走廊寬度僅一人通行，兩旁都是房間，震耳欲聾的唱歌聲交錯，真是一場惡夢，卓璟瑢身上最不缺的就是口罩，他拍拍葛宇彤的肩頭遞上，她簡直像中樂透般開心。

終於來到最後一間，葛宇彤一點猶豫也無，直接拍門。

真的是到哪裡都一副無所畏懼的樣子，葛宇彤的膽識跟一般女人不太一樣，尤其是面對惡人的時候，還有這種應該要多幾分擔憂的情況。

木門打開，裡面只播放著的MV，沒有人在唱歌。

卓璟瓘突然上前一步卡位，硬是擋在葛宇彤面前，對方一見到他也呈警戒狀態，皺起眉大吼。「條子？」

「欸，他是我朋友。」葛宇彤趕緊打圓場，「他下班了！陪我來壯膽，行吧？」

「不行！妳怎麼——帶條子來！」開門的張老五咆哮。

「你們又沒說只許我一個人來？」葛宇彤也不高興的回嗆了，「喂！我們又不是來毒品交易的，搞什麼神秘，當我帶著助手來不行嗎？」

卓璟瓘立即回首，「誰是妳助手啊？」

「哎唷！這麼計較，假裝一下嘛！」她用手肘推了推他。

「妳——」張老五還想上前嗆聲，卓璟瓘也不客氣的擋了上去。

「好了！」裡頭的嚴老大聲如洪鐘，「男朋友也是擔心她，我們又沒幹什麼壞事，怕什麼！」

男、男朋友？卓璟瓘為之語塞，他張口想要解釋，卻被身後的葛宇彤一把擠進房間。

包廂不小，沙發上坐著前兩天在警局看到的四人，一旁的電視裡正輪流播放著歌曲MV，廁所在電視旁，這恐怕是店裡最大的包廂，沈老七起身為他們倒茶，恭敬的放在轉角的桌上。

空著的位子是他們的，剛好背對門，葛宇彤倒是大方的坐下。

「算你們聰明，還知道要找我！」她自信的笑著，「說吧，到底怎麼回事？」

嚴老大擰眉，打量著她。「這不是採訪，記者小姐。」

「這當然是，我就是因為那幾個離奇車禍想採訪你們。」她毫不掩飾真實目的，「今天是你們打電話來的耶，有求於我？」

「誰有求於妳了！」豬老三開口，「我們、我們只是想弄清楚我們老二、老四跟老六發生了什麼事！」

唷，還是不承認啊！葛宇彤掃視著四個壯漢的眼神，光線太暗實在看不清晰，但那種緊繃的氛圍還是感受得到，彷彿飽脹的氣球，一戳就會破掉似的。

「對，我們想知道兄弟們發生什麼事。」嚴老大沉穩的接口，「妳說妳有陰陽眼，看見了什麼？兄弟們是被……好兄弟害死的？」

「對等交換。」卓璟璿突然開口，「一個問題換一個問題。」

葛宇彤瞥了他一眼，忍不住彎起微笑，真不愧是警察，什麼事都得要有代價！她正首看向嚴老大，行不行一句話，反正該怕的不是她。

「好。」嚴老大倒是乾脆，讓葛宇彤更加懷疑。

「你們之前有沒有害過哪個女人？不管有意或是無意？」她暗暗的把口袋裡的錄音筆打開，「她的特徵是黑色的長頭髮……」

沈老七用力嚥了口口水，擱在腿上的拳突然收緊，卓璟瑺暗自觀察，連嚴老大都緊收下顎。

「沒有。」他回答時，沒有直視葛宇彤的雙眼。「害死兄弟的是那個女的嗎？」

「對，黑色長髮的女鬼夾著前擋板，雙手就疊在騎士的雙手上，不讓他們有機會壓煞車。」葛宇彤出示手機，調出白雪的照片。「再問一次，你們沒有人見過她嗎？」

照片移到沈老七面前，他迅速的別開眼神否認，嚴老大沉穩的搖了搖頭，張老五跟豬老三否認得很直接，但是帶著恐懼。

「這很難讓人相信，竟然是好兄弟害死他們的……有沒有解決的方法？」嚴老大繼續問，「我們總不能永遠不騎車吧？」

「想太少了，那是厲鬼！她是刻意要找你們算帳的，不管你們是殺了她還是惹到她，厲鬼一旦鎖定目標就會非常努力。」葛宇彤滑過一抹冷笑，「天涯海角都會找到你們。」

昏暗的光下看不到幾個大男人的臉色，但卓璟瑺相信如果現在光線充足，便能瞧見他們蒼白的臉孔。

「而且厲鬼會使用任何方式殺人，就算你們不騎車，只要她想殺，就能成功。」卓璟瑺還幫忙補充，認真的看向葛宇彤。「記得上次那個女的嗎？連在工寮鐵皮屋裡，都能讓鐵皮把人頭削斷。」

葛宇彤看著他，他現在在說哪件事啊……工寮？啊！「對啊，俐落得嚇人呢！」

豬老三喉頭緊窒，聲音都在顫抖。「什麼、什麼工寮，你們之前有遇過類似的……」

「有，我以前根本不信這種事，但跟著她遇到幾次後……很倒楣，但不得不信。」卓璟瓉這話說得實在，還很無奈。「分屍、割頭、剁下手腳什麼都見過……至於剛說的少女感覺也死得慘，所以不會放過任何一個害死她的人。」

隨著卓璟瓉的話語，幾個大男人更加僵硬，張老五緩緩的走到一旁坐下，彷彿想掩飾發抖的身子。

「我們沒殺過任何女孩。」張老五沉聲開口，「就算人後來死了，也不能算到我們頭上吧！那是她自己——」

「閉嘴！」嚴老大驀地低吼，嚇得張老五收聲！

哼，卓璟瓉將一切盡收眼底，這群人嘴真緊，如此死守秘密是為了什麼？不是他們殺了人，就是他們犯了罪。

「有沒有方法抵抗？」

「嗯……你們沒殺人的話，是不是有黑髮女孩因你們而死？」葛宇彤再換個方式問。

嚴老大皺眉，沒有立即給出答案，卻相當猶豫。「這不好說，怎麼樣會知道是否因我們而死？」

「你們知道在你們兄弟身上及車禍現場的黑髮是誰的嗎？那不是幻覺或是什麼厲鬼的，那來自活生生的人。」卓璟璿口罩下的嘴是在笑著，「一個叫白雪的失蹤少女。」

白雪……幾個人瞪大了眼珠子，呼吸變得極為急促。

葛宇彤在等待，如果他們真的不認識白雪，這時候應該要有人說，就是妳一直問我們的那個白雪？

但包廂裡只有一片沉靜與死寂。

「我們利用頭髮檢查 DNA 的要素是什麼你們知道嗎？」卓璟璿繼續從容的說著，向左側身，撩起葛宇彤的捲髮。「髮尾是沒有用的，一定要髮根，有根才能找到 DNA。」

他將頭髮拉直，葛宇彤哎唷了一聲，任他扯下一根頭髮。「看，從毛孔中拔出來的頭髮，才有 DNA。」

沈老七不解，「所以？現場的頭髮不是剪下來，是拔下來的就對了。」

「更好。」卓璟璿定定的看著沈老七，「是連著頭皮一起扯下來的。」

「幹！」沈老七臉色頓時蒼白，向後退到沙發靠背。「不……怎麼會……」

「沈老七。」嚴老大不愧是嚴老大，即刻出聲，彷彿在制止任何一個人可能的失言。「記者小姐。還沒回答我的問題。」

「我撞鬼滿多次的，幾次也都命在旦夕，沒有什麼絕對的方法，最多就是法器啦、佛珠這些，得找靈驗的廟求才有效。」葛宇彤倒是老實傾授，「但是，如果是針對性的厲鬼，這些玩意兒也無法阻止她。」

餘音未落，身邊的卓璟瓚立刻秀出身上的傷口。「這是上次遇到的厲鬼傷的，我跟她還無冤無仇。」

又是一片沉默，這次多了幾分死寂，豬老三步伐僵硬的往洗手間走去，說想上個廁所，卓璟瓚淡淡瞥了他一眼，這種程度就嚇得尿失禁的話，多半是心裡有鬼。

「好了，差不多就這樣了，你們如果『想起來』在哪裡見過白雪的話，請務必通知我。」葛宇彤望著嚴老大，「白雪現在雖說是失蹤人口，但我想她應該已經慘遭不測；不管跟你們有沒有關，你們的人已經死了三個，我不認為這件事會輕易結束。」

「閉嘴！妳是在胡說什麼！」

「七個小矮人。」葛宇彤說了更難理解的話，「白雪公主遇到了七個小矮人，她現在回來找七個小矮人了……」

這時，燈光閃爍了一下，連螢幕也嚓一聲，卓璟瓚即刻跳起，這讓其他男人也跟著站起身。

「怎麼回事？」張老五他們是針對卓璟璿警戒，以為他想要輕舉妄動。

卓璟璿不安的環顧四周，莫名其妙的燈怎麼會閃？電視靜電聲也太大了，這根本……他不由得望向左下方，依然坐在沙發上的葛宇彤。

她還在觀望，左顧右盼，包廂裡很乾淨，但是溫度降了。

乾淨的歌聲，突然從音箱裡傳出，坐在音箱下的沈老七嚇了好大一跳，髒話連連，葛宇彤立刻看向電視螢幕，裡面歌星唱的歌曲，跟現在空中流瀉的曲目完全不同啊！

葛宇彤瞪圓雙眼，這首歌是〈Someday My Prince Will Come〉，這是白雪公主的主題曲！

「把音量關掉！」她立刻喊著，「遙控器呢。」

「我來！」坐在主控台邊的張老五即刻回應，他按下靜音，同時把音量往下調到最低……

無動於衷，清亮的歌聲依然播放，葛宇彤倒抽了一口氣，忍不住想到關於白雪歌聲很好這件事。

「這是怎麼回事？這首歌是誰點的？」嚴老大厲聲問著。

「沒人點歌啊！」他們今天並不是來唱歌的。

所有人提高警覺，卓璟璿尤其緊繃著身子，一雙眼梭巡四周，不錯過任何一點異狀。這是最亮的情況了嗎？包廂的燈光未免也太暗了。

噠噠噠噠，細微的聲響自角落傳來，卓璟璿立刻向角落看去，怎麼有種爪子爬地聲。

吱！

第五章

「卓璟瑢？」葛宇彤開口，聲音極輕。

「聽見了嗎？有奇怪的腳步聲……像是鳥在地上走時的聲響。」細微的噠噠聲，但相當急促，遠比一般鳥類在移動還快。

不僅急促且重疊，聲音越來越大也越來越密集，這會兒不只葛宇彤聽見了，連男人們也都聽到了，更糟糕的是，聲音不光來自卓璟瑢剛注意的角落，而是從四面八方湧來。

「這什麼？」張老五回身張望，他身後是被木板釘起的窗子，外頭聲音可大了。

「絕對不是好事。」葛宇彤喉頭一緊，「那個……廁所那個怎麼還沒出來！閃人了！」

「豬老三！」張老五扯開嗓子大吼，「走了！」

嘩……水龍頭的水嘩啦嘩啦響著，豬老三正以雙手捧水往臉上潑去。「好！」

他眉頭深鎖，低頭看著水流，一顆心七上八下……抬首望向鏡子，這張臉任誰都看得出他心慌意亂，用力拍拍臉頰，等等出去可不能用這張臉，不然那個記者小姐會知道的。

「不是我們的錯。」他對著鏡子裡的自己說，「我們真的不知道。」

像是自我催眠一樣，他重複的唸著，不能自亂陣腳，讓記者小姐看出端倪……可是要如何不慌張，想到三個兄弟死於非命，記者小姐又說她看見有女鬼害死了大家！

這不公平啊！不關他們的事啊！

「吱。」

突然間右手下方傳來清亮的聲響，豬老三低眼一瞧，嚇得向後大跳一步——一隻灰色老鼠竟膽大包天的爬到洗手台上，對著他吱吱叫。

「幹！」他是真的被嚇到，這老鼠有人在還敢來，這麼光明正大！「死老鼠，你跑上來是在挑釁嗎？看我把你衝進馬桶裡！」

他上前一步，才準備抓住老鼠，卻突然聽見身後眾多動物步行的細碎聲，然後洗手台的另外一邊，竟陸續的爬上更多的老鼠。

什麼？豬老三驚恐回頭，發現細長的天花板氣窗孔，竟然鑽出一隻又一隻的老鼠，紛紛爬上了牆，地板上的排水孔也鑽出了小老鼠，數量多到竟然把排水孔蓋擠開了。

就在震驚之際，整間廁所已幾乎滿佈了老鼠，牆上、地上，爬滿了眾多老鼠，最令人毛骨悚然的是……豬老三緊握著飽拳，牠們好像正在看著他……

走！他全身雞皮疙瘩都竄起，向右想衝出門，一轉身卻只看見木色的門板曾幾何時早被老鼠蓋滿，密密麻麻組成了灰色的門。

「幹！」他大喝一聲，外面的人都聽見了。「嚴老大！裡面都是老鼠！」

老鼠？卓璟瑢即刻抽起腰間手電筒，朝深色地毯上照去，細小的灰色老鼠從門縫裡大量鑽了進來，沿著牆緣爬行！

「大量的老鼠進來了！」他直覺的立刻往沙發邊靠，推著葛宇彤上沙發。

這動作讓大家登時領會，所有人紛紛往沙發上跳，葛宇彤搶過手電筒朝門縫看去，老鼠一隻接著一隻，不間斷的湧進。

張老五身後的木板開始傳來不尋常的啃齧聲，他嚇得僵直身子瞪著木板瞧，沈老七緊皺著眉，不時用氣音喚他，離開啊！遠離那面窗啊！張老五嚇得跳上眼前的長茶几，全身不自覺的發抖。

「豬老三！你出不出來！」嚴老大緊張的高喊。

「幹，門上全是老鼠啊！」連門把上都停了一隻，正用兇狠的眼神瞪著他。

「打掉！」

打、打掉……豬老三開始在原地跳著，因為地板上的老鼠越來越多，他不得已踩上了馬桶蓋，再幾秒連地面都看不見了。

馬桶刷呢？他可以用馬桶刷……往角落搜尋，馬桶刷早就倒在地板，被鼠兒掩蓋了。

洗手台上塞滿了老鼠，像一池蠕動的老鼠水盆，水龍頭上的老鼠們吱吱叫著，整間廁所都是吱吱聲迴盪。

「哇啊！滾開！滾開！滾開啊你們！」他索性脫下外套，開始把附近的老鼠掃掉。但是掃掉一批，就有更多的湧上，他根本沒有辦法踏出去啊……或是說，踏扁這些老鼠，咬著牙衝出去——

『我的鏡子呢？』

冷不防的，鏡子裡赫然出現了聲音。

咦？豬老三臉色慘白的向右望著鏡子，本該倒映著滿牆灰色老鼠的鏡子，現在卻多了一張……面目全非的臉！

白色的衣服……那件衣服是……

「不、不關我們的事！我沒有傷害妳啊！」

驀地吼叫聲自廁所裡傳來，外頭的人聽得可清楚了。

大家紛紛交換眼神，嚴老大朝著沈老七使眼色。「豬老三！你在幹什麼！」

卓璟璿看著老鼠們紛紛往廁所的方向去，感覺沒有要往他們這兒來，集中火力對付在裡面的人嗎？

「出事了吧？」葛宇彤突然跳下來，「過來幫忙把門踹開！」

他是對著張老五吼著的，兄弟有難站在那邊傻著幹嘛！

「踹開會有老鼠跑出來嗎？」張老五顫抖著問，好哇，這傢伙怕老鼠？

「快點啦！」葛宇彤嚷著，都什麼時候了！

鏡子裡的女孩，搔首弄姿，指甲斷裂的指尖撫著凹裂的眼角，露出本該嬌媚的笑容。

『鏡子呢？我的鏡子……』

「不、不知道……」豬老三嚥了口口水，「妳、妳是怎麼了！」

咚咚咚……突然間，豬老三腳底下的馬桶蓋傳來了咚咚咚的聲響，伴隨著震動，有股力量正欲將馬桶蓋頂起來，他嚇得穩住重心，因為他不能扶兩旁的牆，牆上全是老鼠！

「怎麼回事！等等……等等！」豬老三驚恐吼著，「當掉了，我拿去當掉了——那已經沒有用了！」

下一秒，馬桶蓋被巨大的力量由內整個頂起，豬老三失去重心，不得已往地面摔了下去——噗嘰！

幾隻老鼠當下肚破腸流被壓死在地，但更多老鼠立刻鑽進豬老三的褲管裡、爬上他的褲子，飛快的順著他的身體爬上！

而被撞開的馬桶蓋裡，湧出一群又一群的老鼠，如湧泉般爭先恐後的從馬桶裡跑了出來。

「哇啊！走開！走開——救命啊！」豬老三歇斯底里的想打掉身上的老鼠，但是牆上的、洗手台上的，鏡上的老鼠全部往他身上撲！

地上的老鼠們也一層又一層的爬上他的身子，張口就使勁咬下！

「哇啊！哇啊——」慘叫聲頓時傳來，葛宇彤二話不說從包包裡抽出了長長的刀子。

這讓後方的嚴老大他們看得瞠目結舌——「妳帶傢伙！」

「踹開啊！」葛宇彤使勁踹了兩次，還真不好踹門。

砰砰砰！慘叫聲伴隨著撞擊聲，張老五傻在門口，他可以聽得出來，豬老三在裡面掙扎、碰撞、旋轉……但是他、他竟然動不了，他雙腳抖得厲害，連站都要站不穩了。

「閃開，讓專業的來。」卓璟璿看不下去了，把葛宇彤往後推。

俐落一伸腳，對準鎖的地方使勁一踹，再一踹——門立刻打開了！

然後，最先離開廁所的不是豬老三，而是嚇死人的老鼠海！

「哇——」連葛宇彤都忍不住尖叫，至少三十公分厚的老鼠就這麼從廁所裡翻湧而出！

卓璟璿直接拖著葛宇彤往門口去，「走！走啊！」

「外頭說不定有更多的老鼠！」葛宇彤尖吼著。

「總比待在這裡好吧！」他怒吼，一馬當下的衝到門邊，不客氣的踩扁一路上的鼠輩。

用力扭開門，外頭老鼠沒有想像中的多，牠們是一隻接著一隻的從外頭沿走廊爬進來的，唱歌聲依然震耳欲聾，看來其他客人並沒有受到鼠輩橫行的慘禍！

「啊啊——呃！」一個人踉蹌的從浴室跌出，在地上抽搐著，沈老七見狀就想上前。

「不要碰他！」卓璟璿忽地大喝，「小心老鼠等等順著爬上你！」

沈老七嚇得收手，全身抖個不停，豬老三就在他面前，臉部已經被啃咬得亂七八糟，瞪大的眼睛沒有眼皮，張大的嘴想說些什麼，但有隻老鼠正往他嘴裡鑽去。

包廂裡那清揚的歌聲未止，依然在唱著白雪公主的主題曲：〈Someday My Prince Will Come〉，唱著幻想中的一切……

卓璟璿拉著葛宇彤就往外逃，她咬牙跟著跑，並又踢又踩不停爬進來的老鼠們，她記得……白雪公主的歌聲優美，每次只要唱歌時，森林裡的小動物就會聚集過來，聽著那比黃鶯出谷還美的聲音，連鳥兒都會伴唱……

「怎麼了？喂！」老闆娘聽見慌亂聲走了出來，「哇呀！老鼠！」

跳著腳躲回房裡，卓璟璿一把推開了練歌坊的大門——說時遲那時快，一大票麻雀竟衝湧過來，嚇得葛宇彤驚聲亂叫！

「好噁心！呀——走開啊！」她不停撥掉撲向身上、臉上的麻雀們，好痛，喙與爪子都讓她痛得要命！

執起西瓜刀，朝空中揮舞，打向振翅的麻雀。

「不要揮了，牠們是動物，開山刀沒用的！」卓璟璿大吼，「大家跑就是了，離練歌坊越遠越好！」

緊緊握住葛宇彤的手，卓璟璿往左邊奔去，奔出馬路，再越過馬路到了對面的公園。

「這是西瓜刀！」她還在更正。

所幸今晚沒穿高跟鞋，葛宇彤死命跟著卓璟璿狂奔，身邊的麻雀什麼時候越來越少她也沒留心，甚至不知道自己跑了多遠，只知道歌聲不再縈繞，終至消失。

卓璟璿停下腳步，葛宇彤煞車不及的撞上他，他只是扣著她的身體，兩人氣喘吁吁的站在無人的人行道上轉角處，全身上下極其狼狽，一個握著手電筒，一個握著西瓜刀，像極了變態人士。

身後沒有其他人，飛車黨應該是跑向另一邊了。

「天哪……」她無力的靠上卓璟璿的身子，「真是太誇張了……老鼠跟鳥。」

「真噁心，我沒看過那麼多的老鼠！」他緊緊皺眉，渾身不舒服。「聚集在那間廁所裡，就為了咬死人？這怎麼可能！為什麼老鼠會聚集在一起！吹笛手嗎？」

「有比他更威的始祖。」葛宇彤有氣無力的說著，「白雪公主只要唱歌，就能引來動物……記得嗎？」

卓璟璿低首看著靠在他身上的女人，眉頭緊皺。「妳現在很認真的跟我說白雪公主的事嗎？」

「白雪、後母、七矮人、動物都有了，現在還有面魔鏡，不是白雪公主是什麼？」葛宇彤扶著他直起身子，轉面對他。「卓璟璿，別說你剛沒聽見豬老三在裡面歇斯底里說的話！」

卓璟璿眼神複雜，每次他都很不希望遇到所謂怪力亂神或是離奇的案子，但為什麼只要跟葛宇彤扯上關係，就一定都會往麻煩該死的方向發展。

鬼跟人不一樣，不是上個手銬就可以了！可惡！

「被老鼠攻擊時還在說鏡子當掉了，也是一絕。」

「應該是在跟人對話吧？裡面不是有鏡子，我也看見過身材很好的辣妹站在鏡子前喊魔鏡的。」葛宇彤不以為意的回著，左顧右盼，拽著卓璟璿往椅子邊走。「我得休息一下，我想喝水……」

警笛聲由遠而近，卓璟璿有些緊繃。「我們等等還是得回去看看，做筆錄。」

葛宇彤把刀子扔回包包裡，打算拿出水，伸手入袋——突然觸及毛茸茸的東西！「哇呀！」

她嚇得跳了起來，重新抽起刀子，一把將包包往地上扔！

怎麼回事！卓璟璿反射性的即刻把她護到身後，戒備的看著掉在地上的皮包，看著一隻老鼠緩緩從她的皮包裡鑽出來。

『魔鏡……魔鏡……』老鼠看著他們，鼻尖左聞右嗅。『魔鏡你在哪裡呢？吱——』

一轉身，老鼠咻的滑下人行道，鑽進最近的下水道裡。

擎著槍的卓璟璿呆愣在地，僵硬的拉著葛宇彤的左手。「喂……」

「我聽見了。」她嚥了口口水，「會說話的老鼠……在找鏡子。」

留意到十字路口有騎士正往他們這裡看，卓璟璿趕緊將槍收起，推了葛宇彤一把，刀子啊！拿那麼大把開山刀嚇人啊！

「他們的地盤就在附近，當鋪沒幾間，很容易找。」他主動上前，小心翼翼的為她探查包包。

「當鋪不一定會老實的跟我說耶，我聽說那面鏡子好像很貴重，萬一……」她正在賣乖，用很無助的口吻說著。

「我陪妳去。」卓璟璿頭也不回，揭開她的皮包，拉住末端將整個包包都倒出來，確定再也沒有任何東西躲在裡頭。

站在他身後的葛宇彤揚起笑容，喔耶！有警察陪同簡直是事半功倍，萬歲！

練歌坊外圍起了重重封鎖線，濃妝豔抹的老闆娘在一旁又叫又哭，拚命的喊著她多委屈她多可憐，好好的生意場所出了人命，還搞得像鼠瘟似的，不過在警方找到毒品後她就變得安靜許多。

成堆的老鼠嚇人，但在警察抵達時卻已全數離開，除了被踩死的之外。

由於卓璟璿現在並非執勤期間，所以他是以普通人的身分抵達現場，並且主動告知是目擊者，同僚自然一眼就認出他來，但如果警察出現在事件現場，多事的媒體一定會加油添醋，不知道還會編出什麼離譜的故事，所以負責的長官一聲令下，對目擊者身分封口。

卓璟璿也很專業，由於身著便服，又戴著帽子口罩，這樣的掩飾即便是跑社會線的記者也難以辨識，誰讓卓璟璿平常總是英姿煥發，挺拔耀眼得很，哪會是這般畏畏縮縮的模樣。

葛宇彤跟著他一起進入包廂，看著橫屍在地上的豬老三及其他鼠屍，雖然成千上萬的老鼠轉眼間已消失，但廁所地上的排水孔蓋子，被咬破的木板盡是間接證據，可以證實老鼠曾從那兒出來過。

豬老三死得比其他兄弟慘，他不知道是被活活咬死的，還是窒息而亡，全身上下體無完膚，均是老鼠啃齧的傷口，無一寸皮膚存在，肌肉外露，甚至有更深的傷口，鮮血四濺。

不過股動脈被咬斷認定為可能致命傷之一，黑色衣服瞧不見血、灰色的地毯上倒是浸濕了一大片。

此時，法醫正戴妥手套，伸手進豬老三的嘴裡，捏住一段粉肉色的長尾巴，緩緩把一隻老鼠從他口內拖出來。

「完全塞住氣管。」法醫說著，捏著那隻身故的老鼠瞧。「前端有血，該不會還咬了他吧？」

真是夠噁的！眼前的景象讓葛宇彤非常不舒服，再加上屋子裡還有一股臭味瀰漫，像是老鼠留下的鼠臊味。

「你說有多少老鼠？」負責的李警官問。

「有點難數……幾百隻跑不掉。」卓璟瑢指向被踢壞的廁所門板，「門踹開時，至少有三十公分高的老鼠像牆一樣一下倒出來。」

「三十？」連法醫都瞠目結舌。

葛宇彤直接走上去，蹲下身子比了個高度。「大概這麼高！」

「這可以估算出來每平方公尺的數量……」法醫皺起眉，把老鼠放進證物袋裡。「為什麼會有這麼多老鼠進來？而且說走就走……」

葛宇彤下意識瞟向依然開著的電視，顯示是無聲靜音，一如張老五之前的操作。

「卓璟瑢，你……們在這裡做什麼？」李警官拉他到一旁說話，「還跟那群人碰面？」

「那群人目前沒有案在身，我們見面並不違法，只是……」他側首，使眼色叫葛宇彤過來。「我是陪她來的，主要是她跟那幾個傢伙見面。」

李警官當然認識葛宇彤，警局裡誰不認識她啊，上一次的醃頭案這女人把大家的魂都嚇飛了。

「找葛小姐什麼事？」李警官頓時啊了聲，「前兩天妳在警局裡說妳有陰陽眼的事？」

他在場，這兩天大家都在討論同樣一件事，因為某三起車禍離奇到詭異，更別說頭髮DNA驗出來還跟失蹤少女案一樣。

葛宇彤點點頭，避重就輕的交代了與嚴老大見面的事，還有突然出現的老鼠。

「現在回想起來全身都起雞皮疙瘩……那些老鼠……我還踩爛了幾隻！」葛宇彤打了個寒顫，「還有麻雀，在我身上又撞又啄！」

李警官嚴肅的擰著眉，往前湊近他們兩個。「不是常理可以解釋的嗎？」

兩個人沉默兩秒，然後同時點了點頭。

「唉！」李警官一臉無奈，「我還是記得可以解釋的就好了。」

也只能如此，其他的都不宜寫啊。

「那這案子怎麼辦？」卓璟璿也為同事感到為難。

「照程序辦，等驗屍後再說。」李警官嘆了口氣，反正已經三起莫名其妙的車禍了，最後判定均是自撞，今天這一樁……他看著屍體抬上擔架，只能說是鼠輩橫行的意外了。

最可憐的就是這間練歌坊，無端遭殃，必定得消毒、檢查，還得勒令停業一段時日；不過意外的收穫是查到了毒品，這也算好事一件。

「包廂出去右轉那邊有後門，你們從那邊走吧！」李警官說著，「剩下的我處理。」

「謝了！」卓璟瑢拍上他的肩，一邊按著葛宇彤的肩頭把她往外推。「對了，剛剛不只我們在場，剩下那三個也都在。」

李警官倒抽了一口氣，「剩三個了啊……」忍不住一陣哆嗦，一轉眼七個飛車黨只剩下三個，接二連三的事件，若說是巧合未免太過，一點都不尋常。

「我會再約談他們。」

「盡量看能不能拿到搜索票，我想進他們屋裡搜查。」卓璟瑢說得自然，葛宇彤在旁邊卻忍不住嘖嘖出聲。

「咦？你懷疑他們又幹了什麼事嗎？」這幾個雖然前科累累，不過近來沒有案子啊！

「嗯。」卓璟瑢點點頭，但卻不多說。「盡量就是了。」

李警官豎起大拇指表示沒問題，想來卓璟瑢手上有案子跟那幾個傢伙有關吧？看著被抬出去的屍體，滿地的鼠屍，老實說照這群飛車黨連續意外死亡的離奇狀況來看，要說他們沒做什麼事，他還真不相信咧！

車禍他就負責了兩件，如果這群飛車黨背後還有事件的話，他不妨來查查他們周邊吧？不要執著在車禍上，而是要著眼於這群混混！

李警官打定了主意，反正幫卓璟瓊也同等於幫自己，一石二鳥沒什麼損失。

他往外走去，卓璟瓊跟葛宇彤便站在偏門處等待，當他走出大門被記者包圍時，就是他們可以趁隙開溜之際。

「搜索票咧！」一坐進車內，葛宇彤就用不懷好意的眼神瞟他。「原來你們都這樣辦案喔！故意找碴厚！」

「很多案子都是故意找碴時破的！」卓璟瓊不以為意，「想盡辦法留下嫌疑犯，想辦法搜索他的住所或是關鍵處，很常因此找到證據！」

「那萬一搞錯了呢？」她挑眉，記者跟警方偶爾是對立的嘛，萬一搞錯嫌犯，豈不是擾民？

「搞錯了正好還他清白啊，我們也能把他從嫌犯名單上劃掉，更專注的追查真正的犯人。」卓璟瓊說得正義凜然，「越快把清白的人刪掉，才能越快找到真兇！」

「哇……」葛宇彤躺在椅子上，瞧刺毛一副正氣凜然之態，再想到疑犯被搜查後的咆哮，這就是立場不同，感受性各異吧！

「而且我非常需要去搜索飛車黨的住處。」卓璟瓊嚴肅的望著前方，「我直覺他們那邊一定能找到證據……如果白雪真的待過那兒，一定有留下跡證。」

「同意！」她雙手雙腳都同意，「他們一定認識白雪，死不承認就表示有鬼！」

「在包廂裡每個人都言詞閃爍，就算嚴老大試圖掩蓋一切，也無法遮掩身體的緊繃。」卓璟瑢當刑警多年，警察的直覺與敏感性都很強，一點小動作根本逃不過他的法眼。「還有沈老七，自始至終拳頭都握得死緊，張老五完全不敢跟我對上眼神，豬老三就不必說了，他是逃進廁所裡的。」

「卻踏進了鬼門關。」葛宇彤嘆口氣，這事發生在自己眼皮子底下，就是有點不爽，這麼近卻救不下一個人。

「妳剛有看到什麼女孩嗎？」卓璟瑢想起了車禍事件，「女孩子這次針對的是豬老三？」

「沒有喔，我只看到滿地的老鼠。」葛宇彤搖搖頭，「一個亡者都沒看見！沒有女孩，沒有鬼。」

「那為什麼是豬老三？」卓璟瑢皺眉，「先是老二、老四、老六、豬老三……這沒順序啊！」

「不一定要有順序吧，反正都是七矮人……豬老三落單，最好處理？」葛宇彤聳了聳肩，「真可怕的歌聲，老鼠跟麻雀都能讓她叫來殺人……我原本以為，他們只要避免騎車就好了。」

卓璟瑢深吸了一口氣，向左彎去。「那個歌聲……能查出是誰的嗎？」

「正在問。」她滑動著手機，「剪輯了一段，讓朋友聽聽。」

卓璟瑢忍不住蹙眉，瞥了她一眼。「這樣不會引來老鼠吧？」

「不會吧！」葛宇彤有點不安的打了個冷顫，全身又爬滿雞皮疙瘩！煩！「現在要去哪裡？」

「他們活動範圍內的當鋪只有七間，有四間在同一條路上，我們先去繞繞。」他邊說，一邊減慢車速。

「繞？」葛宇彤忍不住打了個呵欠，「我說刺毛大人啊，現在已經一點多了，哪間當鋪開二十四小時的……喔……」

餘音未落，正前方遠遠的出現閃亮霓虹燈的招牌，圓圈裡一個當字，下頭還有「24H」的字樣。

卓璟瑢憋著笑，還自豪的挑高眉，這可是他的轄區，豈有他不知道的地方？葛宇彤露出難得的尷尬模樣，鼻孔哼了一聲，跟個小女生一樣嘟起嘴，往窗外瞥去。

啊！也只有一間開是得意什麼啦，其他沒開的也沒輸啊，難道會這麼巧，被當的鏡子就在那間二十四小時的當鋪裡？

鏡子被當，豬老三在被老鼠瘋狂啃咬時為什麼要這麼喊啊，是破碎臉少女問的嗎？竟這麼執著於那面鏡子？唉，白雪啊白雪，白雪公主應該是在七矮人的照顧下過著平凡的日子，好歹要等到後母帶毒蘋果來啊！

望著窗外，店面根本都用鐵捲門緊緊掩閉，駛過十字路口的凸面鏡，隨意一瞥，竟瞧見鏡上有著漫步的人影——白色極短洋裝，披散的黑色長髮！

第六章

咦？葛宇彤倏地直起身子，這動作引起了卓璟璿的注意，他知道她發現什麼了，隨即不動聲色的踩下煞車，將時速減到最慢最慢……

女孩的身影在馬路盡頭的銀色鐵捲門內出現，她踏著輕快的腳步，半走半奔跑著，一直筆直往前去。

「葛宇彤。」卓璟璿幾乎用氣音喚她。

她沒空理他，背對著他舉起左手，指著前方……往前，繼續往前……突然間指向了右邊。「停！靠邊停。」

幸好他車速不快，反應及時，就著一旁的停車格停妥，葛宇彤立刻開門下車，以躡手躡腳之姿往前方小跑步而去，還沒忘回頭朝他招手，快點啊！

對什麼都沒看見的卓璟璿而言，只能仰賴「發現了什麼」的葛宇彤了，他莫名其妙的跟在她身後跑，也得學她躡手躡腳，不知道的人會以為他們是小偷吧？

下一個連鎖店櫥窗沒有鐵捲門，有的只是玻璃窗，女孩的身影再度出現，她還在櫥窗外停了一會兒，在看某雙高跟靴子。

緊接著再往前走沒幾步，她突然停了下來，用一種渴望的眼神對著那家店。

雙手舉起，貼著店門，用完好那面的臉頰貼了上去……緊接著穿過了鐵捲門，沒入。

葛宇彤疾步跟上，眼前的鐵捲門上寫了個「當」字，抬頭一看，「發財當鋪」。

瞪大神采奕奕的眼睛看著閒步走來的卓璟璿，拚命的指著店面，他卻在講電話，一會兒才走來。

「這麼晚了還有電話，你不是休息嗎？」她指向店門，「這間，那個白衣少女進去了。」

卓璟璿驚愕的看著她，「原來妳是看到那個了？」

「對，她一路唱歌跳舞似的，一蹦一跳的到這裡。」她放低音量，「剛剛穿進去了。」

他還以為她發現什麼，原來是直接瞧見亡者了。「是白雪嗎？」

「看、不、出、來。」她沒好氣的說，「就說她那個樣子，就算你鼻子貼上她的鼻尖都認不出來。」

卓璟璿蹙眉，「這麼近本來就看不出來。」

葛宇彤扯了下嘴角，不依的使勁推了他一把，就愛找她語病！「臉都毀了認不出來啦！她變美時我會告訴你！反正這間，現在怎麼辦？等天亮嗎？」

「老闆住後面巷子而已，五分鐘內過來開門。」他搖搖手機，「我剛就是CALL他過來。」

葛宇彤張大嘴，難見的瞠目結舌之態。「你——」瞥了眼時間，「一點半可以這樣擾民的嗎？」

「妳要等天亮嗎？」卓老大雙手插在口袋裡站三七步，睨著她軟威脅。

「不要。」她秒回，認真的點頭。「有效率是好事，當鋪老闆你朋友？」

「嗯，不賣非法品時。」他輕描淡寫的說著，惹得葛宇彤一陣笑。

看來，這間店的老闆欠他很多喔！

五分鐘內，奔來一個氣喘吁吁的男人，他甚至還穿著睡衣跟藍白拖，急急忙忙的從前方巷子彎進來。

「唉唷，我說卓大人啊！」男人扶了扶眼鏡，「你這樣半夜急驚風的要嚇死我啊！」

「為了你好，最近有人在你這邊當了危險物品，不想再被抓就配合一下。」卓璟璿張開雙手，「看，我現在可沒在執勤中。」

「唉！」男人皺著濃眉，「我好好做生意的又沒惹你們，為什麼一天到晚找我們這種小老百姓的麻煩……」

「有人當了一個有怨魂的東西給你。」葛宇彤聽煩了，主動插嘴補充。「上面可能有血啦、屍塊啦……」

男子突然動作俐落起來，火速的拿出鑰匙打開店門，動作如行雲流水般敏捷，葛宇彤偷空朝卓璟璿邀功似的挑眉，一臉的得意。

店門打開後電燈開啟，葛宇彤跟卓璟璿都沒貿然進去，直到她左顧右盼，確定沒瞧見什麼白雪小女孩後，才向卓璟璿頷首。

卓璟璿率先踏入，老闆立正站好的等待他開口。

「一面鏡子，手持鏡，背後鑲了很多寶石。」葛宇彤形容著。

老闆聽完嘶了一聲，立即回身打開下方的櫃子，取出了一個大塑膠籃。

「這我有印象，我當時就覺得有點問題。」老闆從籃子裡，抽出了一個用泡棉紙包妥的物品。「我下星期才想找專家鑑識，我覺得這鏡子大有來頭。」

仔細打開包裝，一面光彩奪目、繽紛絢爛的鏡子就躺在桌上；鏡子的背面是向上的，所以他們能見到的是雕刻的花紋跟上面滿滿的寶石，有鑽石、紅寶、藍寶、剛玉及石榴石。

「為什麼覺得怪？」卓璟璿凝視著老闆問。

「我不是專家，但我覺得這些寶石像是真的，別的不說，鑽石我幾乎可以肯定！」老闆拿過放大鏡再次端詳，「那個傢伙說要當兩萬元，我一開始覺得神經病，後來覺得他是瘋子；原本以為是破銅爛鐵想跟我換兩萬，結果我一瞧，百萬名品只標兩萬，立刻就收了。」

「誰來當的？」卓璟璿也不拐彎抹角，「那群飛車黨？就右臂都刺三叉戟的那掛？」

老闆詫異的瞪圓雙眼，火速點頭，看來警官大人是有備而來。「是豬老三，他說這面鏡子比我想像中的值錢，是貴重物品。」

「沒說貨的來源？」葛宇彤好奇的問。

卓璟璿立刻用手肘推她，老闆則咯咯笑了起來。「小姐，這種事我們不太會多問的。」

「不問拿到贓物怎麼辦？」她指指鏡子，「瞧，這還不是贓物這麼簡單的事。」

老闆笑而不答，看向卓璟璿，兩個人卻相視一笑，豬老三他們拿來當的東西，通常老闆都不會問來源的；贓物？這也得要查得到才算，查到了，也只是不知者無罪。

「我是覺得這鏡子價值不菲，他們從哪裡弄來的我不知道，但我隱約覺到有問題。」老闆看著鏡子，「怎麼說呢，就是覺得碰到它時會不舒服。」

看來這老闆也是直覺感強的人，葛宇彤挑起一抹笑。「你的感覺對了，人還是要信自己的直覺，鏡子的主人很珍愛它……但主人已經死了，卻不放棄的在找它。」

與其說正在找，不如說已經找到了……葛宇彤不時的留意四周，但為什麼都沒瞧見女孩的身影。

「給我們處理，行嗎？」卓璟璿上前，敲敲櫃子。

「拿去拿去！」老闆飛快的把泡棉紙包好，「兩萬我當花錢消災，阿彌陀佛！」

他還貼心的找個大小合適的盒子，把鏡子放進去，葛宇彤看著老闆的動作，他自己不知道，但潛意識裡對這面鏡子的恐懼，導致他不想直接看到這面鏡子，所以採用重重阻隔。

「謝了。」卓璟璿才要接過，葛宇彤立刻搶先。

「別看了，你知道我拿比你拿適合。」她說得理所當然。

「我有警徽，小姐。」卓璟璿只是唸著，卻沒搶回盒子的意思。

她握緊盒子，朝老闆道謝。「老闆，這兩天去廟裡一趟吧，消災解厄也好。」

老闆一怔，不安的瞟向卓璟璿，他默默頷首，這方面的事聽葛宇彤的倒是沒錯！

老闆這才開始冒冷汗。那面鏡子這麼可怕嗎？那他還得感謝卓警官咧，要是邪物放在他這邊太久，搞不好倒大楣的就是他了！

「那我們先走了。」卓璟璿打聲招呼，「自己小心點。」

「哎唷波麗士大人，別再嚇我了！」老闆緊皺著眉，雞皮疙瘩顆顆立正站好，也不敢逗留在店裡，隨著他們步出店外，關燈關門。「謝謝你們幫我處理啊，感謝感謝。」

葛宇彤噙著職業笑容，手裡拿著的盒子很沉……而且異常冰冷。

那股寒意是從裡面散發出來的，整個盒子宛如從冷凍庫取出一般，寒冽凍人！

她是不是拿到一個不得了的東西？

「喂！」她被輕推了一下。「妳發什麼呆？出神了？」

「我覺得這東西留下來好像不太對……」葛宇彤就站在路邊，看著盒子嚴肅的說。

「就說我來拿。」卓璟璿二話不說，一把搶過，從口袋掏出警徽就擱在盒子上。「不必陰陽眼都看得出來，這玩意兒有問題。」

「咦？怎麼看？」葛宇彤驚愕不已，她沒看出來啊，她是摸出來的！

「不對勁啊，像電影裡散發邪氣一樣，它周遭的空氣都是扭曲的，好嗎？」卓璟璿說得頭頭是道，「靠近就不舒服，不是有人說是磁場問題嗎？反正這鏡子跟我相剋似的，我剛站在櫃子邊都覺得怪！」

哇！葛宇彤很是訝異，沒料到卓璟璿竟然如此敏感……不，他是警察，與他相剋到有感覺的，必定是極陰之物。

「我想打開來看看。」她取下頸間的護身符佛珠串，在右手上纏了幾圈。「你不要動，我開就好。」

「嗯哼。」卓璟璿穩重的應著，將警徽拿起來——萬一有狀況，就再貼回去。

重新觸及盒子時，葛宇彤不再感到過度冰凍，但那種不適感並未消失，她緩緩打開盒子，覺得整面鏡子都散發著濃重的黑氣。

我的天哪！顏思哲，你送這種東西給一個四歲的女孩？

不，這樣想太武斷，也有可能鏡子原本沒問題，是因為白雪出了事才……她剝開泡棉，使用纏繞著佛珠的右手，握住了鏡柄。

掌心貼著佛珠，佛珠貼著鏡柄，她才安心許多。

緩緩將鏡子轉過來時，她忍不住一怔。

鏡子裡應該要映著她的容貌，一張充滿自信，明豔動人的臉龐，但現在鏡子裡的女人卻是……

梳著日本古代的髮型，沒有眉毛，單眼皮小眼，看起來非常非常不起眼的女生。

這麼巧，她還曾看過這女生，好像就是她的前世，一個叫志乃的婢女，真實身分剛好是他媽的神女：木花開耶姬。

第七章

她對她的前世沒什麼太多感覺，對葛宇彤而言，把握現在的人生才是最重要的，不管前世她是什麼、幹了什麼事，如何設計讓他人頂替自己而死都無所謂，重要的是：她現在叫葛宇彤。

鏡子裡映出的是居然是那副古早模樣，她越想心情就越差，這是哪門子照妖鏡？無論如何都照不到真實的自己？她塞給卓璟瑢，要他看看鏡子裡的自己是什麼模樣。

他不解的反問：就我這樣啊！

怪了，為什麼卓璟瑢照起來就沒有一丁點變化咧？

「這面鏡子妳照起來究竟是怎麼樣？」卓璟瑢倒好奇了，誰叫葛宇彤一直不讓他看。「變漂亮還是變得更古怪？」

「唉，反正不是正常的我就對了。」她不耐煩的應著，站在舊公寓樓下等林蔚珊。

等等林蔚珊來，就換她照照看。

「怎麼又想往這裡跑？」卓璟瑢抬首看向頂樓加蓋的屋子，想起那對令人覺得不舒服的夫妻。

「你那邊的搜索票不是還在申請？趁空檔，我想問程安喜一些事。」她搖搖手上的鏡子，「妳不覺得她照鏡子的習慣有點走火入魔嗎？」

「怪人我見多了，不差她一個。」意思是沒放進眼裡。

原本她就覺得奇怪，家裡這麼多鏡子為什麼執著於這把，後來亡者痴痴的在「魔鏡」前照映時，便隱約覺得那面鏡子鐵定與眾不同……現在連她自己都瞧見異狀，就能知道程安喜的執著所為何來了。

白雪公主的繼母總是離不開鏡子，但明明是皇后問鏡子：「魔鏡魔鏡，世界上最美麗的人是誰？」但她在育幼院看見的亡靈若是白雪，就與故事不合了！而且白雪原本就比程安喜美上許多，光年輕就是優勢，有必要依賴魔鏡嗎？

林蔚珊小跑步而來，上氣不接下氣。「對、對不起，我遲了！」

「沒關係啦，沒等多久！」葛宇彤立刻把鏡子塞在她手裡，「看看。」

「看？」林蔚珊好奇的把玩著那面鏡子，登時驚異的瞪大雙眼。「這面鏡子難道是——」

「照照看嘛！」葛宇彤催促著，站在林蔚珊身後的卓璟璿也很好奇的等著偷看。

林蔚珊將鏡子翻到正面，照著自己的臉孔，卓璟璿偷瞄了眼，就是一般普通鏡子，沒什麼特殊的事情發生啊！他朝葛宇彤聳了聳肩，一切如舊，裡頭映著的就是林蔚珊。

但是，林蔚珊眼底卻彷彿燃起光芒，驚異於鏡子裡的自己……她變美了！她輕輕撥弄著應該是深棕色的頭髮，鏡子裡的她是淺色的，睫毛變得好長喔，臉也小了許多，還有皮膚變得好好喔，唇型似乎也有點不同，連眼尾都上挑了幾分。

這是她嗎？看著是，但又不是很像……林蔚珊忍不住對鏡裡的自己微笑，笑彎了的眉眼看起來更甜美。

「林蔚珊？」葛宇彤留意到她奇怪的舉動，因為林蔚珊素來不是會一直照鏡子的類型，更別說她剛剛還對鏡子笑耶！

「好漂亮喔！我從來不知道自己原來這麼好看，有點像韓星！」她嬌聲笑著，旋過腳跟，居然就離開公寓樓下。「淺棕髮色挺適合我的，去接睫毛好了，好像也很好看……」

咦？卓璟瓚一怔，怎麼就這樣走了？他忙不迭的上前拉住林蔚珊，葛宇彤卻更快地阻止他。

「喂。」他不解。

「噓……」葛宇彤食指擱上唇，「蔚珊！林蔚珊，我們還有事要辦耶！」

林蔚珊的背影絲毫不為所動，隻手執著鏡子，越走越遠，連路幾乎都不看了，直接朝著巷子外要彎出去。

「原來如此。」葛宇彤立刻奔上前，冷不防的一把抽走林蔚珊握在手裡的鏡子。

「咦？」她倏地回身，憤怒的就要搶回來。「幹嘛搶我的東西！還給我！」

葛宇彤把鏡子火速丟進包包，溜回卓璟璿身邊，還不忘把他推到前面當擋箭牌。

「喂……欸欸——林小姐！」被推出去的他剛好與林蔚珊撞個正著，雙手連忙抵住她的肩。

「妳冷靜一點，那本來就不是妳的東西！」

「鏡子！把鏡子拿給我！」林蔚珊吼叫著，那臉色是認識以來從未有的猙獰。「那是我的、我的——」

「那是我剛借給妳的，什麼時候變妳的了？」葛宇彤躲在卓璟璿身後說道，「喂，刺毛看見沒？這就是魔鏡的力量啊……」

看見了。卓璟璿抵著激動上前的林蔚珊，不到一分鐘的時間，就能把一個溫柔善良的女孩子變成這副貪婪的模樣。

「那是……」林蔚珊的聲音越來越虛弱，原本兇惡的臉色出現了遲疑，伸長的手停了下來，皺起眉望著卓璟璿肩後的葛宇彤，還有被握住雙臂的自己。「我的……我的天哪！我怎麼了？」

咦？葛宇彤看著錶，回復得也挺快的嘛！「妳在跟我搶那面鏡子！」

林蔚珊倒抽一口氣，驚訝的雙手捧住臉。「天哪！我怎麼會這樣！」

見她恢復正常，葛宇彤又一個箭步上前滑到卓璟璿面前，順勢把他往後擠去，卓璟璿不得已踉蹌，扶住公寓大門才止住；看著葛宇彤，他實在對她無可奈何。

「厲害厚！妳在魔鏡裡看見什麼了？」葛宇彤好奇的是這個。

「我看見……」林蔚珊滿臉通紅，尷尬不已。「我看見自己，但是是變得很漂亮的自己，真的變得好美，讓我目不轉睛想要一直看。」

「嘖嘖……」葛宇彤搖了搖頭，「瞧瞧我們顏思哲送了什麼鬼東西給四歲女生！」

卓璟璿倒是不解，「妳又沒那樣？我看妳一照到鏡子就罵髒話，還把鏡子收起來？我瞧也沒什麼變啊，會變更帥嗎？沒有啊！」

咦？葛宇彤挑高了眉，這說得也有理，鏡子裡的她沒有更美，老實說她的前世輸她現在太多了，就是個婢女樣，而且眼睛超小的！而刺毛連一點變化也無，就是那副模樣。

「因人而異嗎？」葛宇彤回頭看著無地自容的林蔚珊，還在懊悔中。「好啦！那不是妳的錯，是這面鏡子有問題！」

「好可怕！我剛剛是真的想要不擇手段的搶回來！」林蔚珊恐懼的是當時自己的心思，「不惜一切……」

「所以才是魔鏡啊，蠱惑人心。」她邊說，一邊伸長了手按下電鈴。「問問程安喜就知道了！」

為什麼她也這樣執著於鏡子，執著於美貌？究竟是鏡子迷惑了她，還是她自身的執迷。

所以當葛宇彤把鏡子從肩包裡取出時，程安喜的雙眼立刻變得極度歇斯底里，二話不說就撲了上來！

卓璟瑢更快的上前擒抱住，不讓她接近葛宇彤或是那面鏡子。

「還給我！」程安喜歇斯底里的喊著，「鏡子！鏡子……那是我的鏡子！」

「妳怎麼拿到的？」白思齊詫異的說，「找到白雪了嗎？你們找到白雪了？」

「不，只找到這面鏡子。」葛宇彤趕忙收起，看來程安喜中毒很深，連摸都沒摸到就出現抓狂的現象。「你老婆這樣正常嗎？」

「唉！」白思齊顯得很苦惱，也趕忙上前要拉開程安喜。「自從有那面鏡子後她就一直這樣，每天都要照那面鏡子，說她有多美多漂亮……安喜！好了！安喜！」

「那是我的鏡子！我要照著它才會變美，我要它！」程安喜鬼哭神號著，並朝葛宇彤伸長手。「快點還給我！」

「那是白雪的鏡子。」林蔚珊皺起眉，「不是妳的！妳搶了白雪的東西還敢說她偷妳的？」

噢，天哪！林蔚珊說著，但不免一陣心虛，她剛剛也是這樣吧？明明是葛宇彤拿給她的東西，她卻毫不遲疑的認為那應該是她的？不，她連想都沒有想，因為她陷在自己的美麗中，什麼都不知道……

「對！那是白雪的，我們一直覺得是玩具，她從育幼院就帶來的東西，直到一年多前偶然被安喜看到後，情況就變了。」白思齊放棄拉扯，「她搶了那面鏡子佔為己有，每天每天就是對著那鏡子笑，還會叫我看看鏡子裡的她有多美……整個人跟瘋了一樣，從那時起就是白雪扛起家務，明明是個這麼可愛的孩子——」

「我沒興趣聽你齷齪下流的戀愛史。」葛宇彤不耐煩的打斷，他們就是一年前開始不正常的性關係。「白雪帶著鏡子離開後，她便恢復正常？」

「嗯！花了幾天時間，但某天開始她就變得正常許多，只是……」白思齊環顧滿是鏡子的家，「她脫離了那面鏡子，卻還是想隨時隨地看見自己，所以就把家裡弄成這樣。」

葛宇彤將鏡子放進包包裡，不再讓程安喜瞧見，所以卓璟璿懷裡的力道減輕了，哭泣中的程安喜身子突地一軟，整個人往地上癱去，白思齊見狀趕緊攙扶著她，把她往雜亂的沙發上帶。

「鏡子……」她低泣著，哀求的看著葛宇彤。「求妳把鏡子還給我吧。」

「那是白雪的，不是妳的。還給妳做什麼？」葛宇彤上前，蹲下身子望著她。「妳本身就很美了，何需執著於鏡裡的樣子？」

「妳不懂……鏡子裡的我好美，比我年輕時還美！」這種話從一個三十六歲女人的口中說出其實很詭異，尤其是程安喜看上去根本不到三十。「遠比白雪那個賤人美麗，如果我能一直保持那樣美麗，他們就不會……」

他們……程安喜下意識扭開肩上的手，白思齊也尷尬的默默收起。

「所以妳只是沉迷於鏡子裡的自己，並沒有完全失了神智……也對，妳都知道白先生跟白雪的事。」葛宇彤覺得這家實在變態極了，「所以才會憤而趕她離家。」

程安喜已經平靜下來，冷著張臉別過頭。「我怎麼可能留那種女人在家？」

葛宇彤緩緩站起，回頭朝林蔚珊使眼色，今天要再訪白家是她的主意，該由她自己來問。

卓璟璿則是在旁等待，他等待的是李警官是否能拿到搜索票，只要有搜索票，他就可以即刻去飛車黨那兒搜索！以鏡子為由，他也給了李警官線索，鏡子是豬老三拿去當的，而那面鏡子為白雪所有，間接證實了失蹤少女與他們有關係，以此申請搜索票。

應該能拿到，這可是個十四歲少女的失蹤案吶！

「白太太，我昨天想了很久，想著白雪的個性，想著她跟……爸爸的關係。」林蔚珊不由自主的看了白思齊一眼，「我總覺得即使妳趕她走，她也不一定會走。」

程安喜下顎緊收，但依然不看誰，倒是白思齊狐疑的望著林蔚珊。「這是什麼意思？」

「你並不是長年不在家，白先生，今天就算趁你不在趕白雪走，那白雪只要等你回家，再返家不就好了？」林蔚珊就是這點想不明白，「而且即使手機被白太太沒收，她總該記得你的電話，要聯繫你很難嗎？除非──你也是合謀者！」

「我不是！我不可能趕白雪走！」白思齊激動的回應，「我那麼愛她，我怎麼捨得她！」

「下流！」程安喜驀地回首尖吼，一邊推開了他。

是啊，那麼「愛」她，大家都知道，美麗又年輕的肉體，照白思齊的口供，他根本沉迷在白雪的身體裡。

白思齊踉踉蹌蹌，反正大家都知道實情，他也沒必要隱瞞。「我有等啊，我手機都開著等白雪打電話來，但連封簡訊都沒有收到過！」

「她怎麼會打給你！你都幾歲了，她一出去就會找更年輕的男人！」程安喜氣憤的站起，「那種騷貨你還要問嗎？你煩惱她離家做什麼，多的是人要包養她咧！」

「閉嘴！白雪才不會這樣對我！」白思齊低吼著，「她說過只愛我一個人的！」

「喂！」葛宇彤忍不住出聲，怎麼這種事都能講得這麼大聲啊？

「她巴不得離開這裡咧，情書跟簡訊多得不得了，追求她的人不計其數！」程安喜冷冷的嘲諷著老公，「每個都比你有錢、比你年輕。」

「好了，你們現在爭這個無濟於事。」林蔚珊溫聲的介入他們之間，「兩位根本不懂白雪的心理，今天就算妳拿十萬元給她，叫她離開這個家，她也不會走的。」

程安喜挑高了眉，「妳在說笑嗎？我怎麼可能拿十萬給那種賤貨？」

「請不要一再的汙辱白雪，她才十四歲，什麼都不懂。」林蔚珊嚴厲的勸阻程安喜，「要怪應該怪懂事的大人，為什麼會引誘她做出那樣的事，還讓她認為那才是愛。」

「騷就是騷，跟幾歲有什麼關係？他是她爸爸，她再傻也該知道這是不對的！」程安喜簡直怒不可遏，「她可以來向我求助！可以來跟我說，而不是每天跟他在房裡廝混！」

卓璟璿實在聽不下去了，他想出去透個風，反正這裡是頂樓加蓋，外頭多的是空……間……玄關邊的立鏡映著他頎長的身影，後面還有個坐在沙發上的女孩？

誰？卓璟璿倏地向右看去，沙發扶手上的位子，沒有人！他緊繃起身子，白色的洋裝，黑色的長髮，天哪！他看見了！葛宇彤，他看見了，那個女孩現在在這裡！

卓璟璿不動聲色的回首，葛宇彤正背對著他，卻面向滿牆的鏡子，舉起的右手握著拳，彷彿告訴他：我看到了。

是啊，在她面前少說有十面黏在牆上的鏡子，裡面都能倒映十位白衣少女了！

「所以我說妳根本不懂白雪！」林蔚珊難得提高了分貝，「這裡是家，你們是她的父母，她怎麼反抗？」

鏡裡的少女低垂著頭，雖然只是坐著，但卻散發著悲傷。

「你們知道從育幼院出來的孩子是什麼心理嗎？他們好不容易有了爸爸媽媽，好不容易才有了個家，那種人人都該有的東西，對他們卻是個奢望，能得到的人少之又少！你說他們會多珍惜？」林蔚珊的聲線緊繃，葛宇彤聽得出來，她正在壓抑怒氣。「她深怕有一天會失去這可貴的東西，所以爸爸說做愛是愛，她就做，她就算知道不對也不敢說，因為她知道一旦講了，媽媽會恨她！到時她會失去所有！」

程安喜緊抿著唇，重新坐了下來。「那是妳在解釋，那賤貨沒有這麼可憐。」

「妳只看到她跟白思齊有染，卻從未想過為什麼，不過這是題外話，造成那樣的事有很多原因，除了白雪不懂事，白先生的誘惑、還有她的恐懼。」當然也有觀念的扭曲，「我要說的是，白雪最重視的就是這個家，她不可能因為妳趕她出門就出門的。」

白思齊皺起眉，他先是看著因氣憤而微顫的林蔚珊，再看向程安喜。「安喜，這是什麼意思？妳沒有趕白雪走？難道妳……妳對她做了什麼嗎？」

「我趕她走了，我一輩子都不想見到她！」程安喜咬牙切齒的說。

鏡裡的女孩低下頭，伸手抹了淚水。

葛宇彤跟卓璟璿沒人敢動，他們只是望著鏡子，感受著少女的哭泣。

「妳騙她嗎？拐她出去……例如一個旅行？一個夏令營？我記得她是在連假時失蹤的。」林蔚珊質疑的點就在這裡，「然後呢？她就此無消無息，不是死了，就是——她根本沒辦法聯繫白先生。」

白雪公主是被誘騙出城堡的，到了黑森林後，那邊有皇后的獵人在等待她，等著取她的心回去覆命；誘騙及獵人都是皇后的計謀，為的就是讓白雪公主消失在這個世界上。

林蔚珊這兩日重複翻閱白雪公主，思考著葛宇彤告訴她的事情要素，發現他們都忘記了白雪失蹤的關鍵，除了是被皇后趕走外——重要的獵人到哪兒去了？

「我大膽假設。」葛宇彤幽幽開口，「妳請人擄走了白雪，或是把白雪交給他們。」

餘音未落，鏡子裡的少女猛然抬首，彷彿詫異。

程安喜擱在雙腳上的手緊緊互絞，白思齊不敢相信的走上前，不客氣的箝住她的肩。「程安喜！妳說，她們是不是亂猜的？妳只是……白雪只是離家出走而已！」

「好不容易得到的家，白雪不可能輕易放棄的！為了擁有家，她會不惜一切。」林蔚珊難受的說，「對她這麼好的爸爸她也不會放棄，無論如何，只要她有能力，她就會聯繫你的！」

「程安喜！」白思齊失控的大喊，「妳怎麼能做出這種事！妳快點否認啊，妳沒有做這種事，妳沒有傷害白雪！」

「我沒有！」程安喜倏地站起，旋過半身就推開白思齊。「我才沒傷害她，但是別人有沒有傷害她我就不知道了！」

「別人？」卓璟璿也忍不住回身了，「哪個別人！」

程安喜臉色陣青陣白，淚水不自禁的往下掉，她全身都在顫抖，而始終背對他們、面對鏡子的葛宇彤注意到鏡子裡的少女緩緩站起。

沒有殺氣、沒有怒意，但她可以感受到她的無助與悲傷。

「哪個別人！」白思齊不顧一切衝上前，搖著妻子大喊。「妳把她給誰了！妳把她帶去哪裡了！」

「我不知道！我把她交給一群流氓了！」程安喜尖叫起來，雙手掩面。「我把她賣給他們了，我只要求再也不要見到她，白雪就是他們的了！」

「程安喜！妳怎麼能做這種事！」

「為什麼不！難道我要留著她，每晚聽你們兩個在裡面呻吟嗎！我恨她，她的美麗她的年輕，更恨她搶走你！」

又一個證詞！販賣人口！卓璟璿緊握飽拳，但至少已經可以確認嚴老大他們跟白雪絕對有關係！

白雪公主裡的獵人，果然就是他們，雙重身分吶！

啊！卓璟璿回身看著鏡子，他忘了鏡裡的少女！

『嗚……』哭聲陡然傳來，所有人都愣住了。

林蔚珊狐疑的左右張望，在電視架上立鏡裡，赫見不該存在的人影——「哇呀！」

她嚇得回首看向沙發正中央，並沒有任何人啊！

「怎麼回事？誰在哭？」白思齊敏銳的四處張望，小心翼翼的往鏡子靠近，那聲音好熟悉啊，好像是……「白雪？白雪？」

他瞧見了，瞧見鏡子裡的身影，雖然沒看見臉，但那身形、那模樣就像是白雪啊！

「什麼白雪！」程安喜倒慌了，她倉皇失措的回身，隨便哪一面鏡子都可以看見那削瘦高挑的身影。

這個家的每一面鏡子裡，都有著掩面哭泣的少女，她坐在沙發的中央，但唯有從鏡子裡才看得見。

『……嗚嗚……嗚——』哭聲越來越明顯，葛宇彤最先留意到她左上方的鏡子裂了條縫。

糟糕……她大步後退，緊接著如同連鎖反應一樣，鏡子一面面開始出現裂痕，還有小片的碎片彈跳而出

「離鏡子遠一點！」葛宇彤大喊。

「這裡沒有地方可以離鏡子遠一點啊！」卓璟璿回應著，也不忘就近拉過身前的林蔚珊，「出去！」

『嗚嗚嗚……』哭聲變得激動而令人難受，鏡子裡的女孩幾乎就要放聲大哭。

「白雪！」白思齊緊張的大喊，「白雪妳在哪裡，為什麼會在鏡子裡，妳出事了嗎！告

訴爸爸——」

突地一個撲擊，葛宇彤從側邊將白思齊撲倒。「就叫你不要站在鏡子邊，聽不懂嗎？」

餘音未落，哭聲變得激動起來。『哇哇——哇——』

連爬都來不及爬起，葛宇彤耳邊只聽見炸裂聲——那是所有鏡子一併裂開的聲音，銀色的破片同時飛出鏡框，她直覺以雙手護著頭部，整個人趴在地上，以期將傷害減到最低最低。

「呀——」

碎片鏗鏘，落在她的周圍，也落在遠方的地上，老實說一切叮叮噹噹，清脆得宛如一首交響樂。

玄關傳來急促的腳步聲，林蔚珊慌亂的跑進來。「大家沒事吧！葛宇彤！」

嗚……她緩緩的直起身子，可以感受到背上一堆碎片在滑動，身邊的白思齊蜷著身發顫，身上也有不少玻璃碎片，只是輕微割傷，葛宇彤起身，幸好身上沒太多傷痕。

程安喜就站在原地沒躲沒閃，但是她的位置離各方鏡子都最遠，茶几上的不過是立鏡，對她沒有太大的影響，她只是站在那兒，不可思議的看著家裡的一片混亂，眼淚撲簌而下。

「那是……白雪嗎？」她喃喃出聲，「那個樣子怎麼會是白雪？她怎會在鏡子裡？」

對，這是好問題。

葛宇彤粗暴的拉起白思齊，「你剛喊白雪喊得這麼熱絡，臉都看不見怎麼確定是白雪！」

「那是白雪，我怎麼可能不認得自己的女人啊！」白思齊大喊著，「她出事了對吧，剛剛那個是——」

「跟你說話真讓我反胃！」葛宇彤使勁推開他，要林蔚珊別靠近，自己小心翼翼的站起。門外又出現聲響，卓璟璿三步併作兩步的跑進來。「拿到搜索票了！」

「好！就來！」葛宇彤跳格子般的跳離滿地鏡子破片，「這裡麻煩兩位了，我要是你們，這兩天暫時不會照鏡子。」

「那是白雪！」程安喜突然大喊，讓葛宇彤和林蔚珊都愣住了。「那件是我的衣服！媽的，她連我的衣服都偷走了！那是我以前最瘦的時候穿的洋裝！」

林蔚珊緊皺起眉，難受的閉上雙眼，就算這對養父母大有問題，但畢竟是養了十年的女兒，他們的辨認能力比誰都高啊！

葛宇彤心裡早有預感，他們只缺最後一個有力證明：屍體。

第八章

十四歲便香消玉殞，這不是大家所樂見的，那是個連長大是什麼都還不瞭解的年紀，卻已經無法再體會。

而且，她還經歷過一般人沒有的歷程，被拋棄、在育幼院成長，好不容易找到了領養的家庭，過了十年稱得上平凡幸福的日子，卻因為猥瑣的父親變了調；以自己的身體換取親情，一方面還很努力的希望媽媽不要討厭她，最後依然落得被拐騙離家的下場。

警方進入飛車黨的屋子內搜索，李警官帶人來時，發現沒有人在，看樣子是練歌坊那夜後就沒人敢回來，屋內垃圾發臭，食物也都腐敗，蒼蠅跟蛆到處都是。

他們七個人藏在樓中樓的四、五樓，還算寬敞，有人睡房間有人睡客廳，屋子裡亂七八糟的，完全就像一堆男人住的地方；冰箱跟廚房上黏有不少便利貼，寫著誰喜歡什麼、誰不吃什麼……等等的提醒。

「卓璟瓘。」李警官趁空找他，「我查過了，之前確實有個女孩子跟著他們出入。」

卓璟瓘瞪大了眼睛，「你怎麼……」

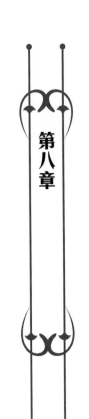

「不是可能跟失蹤少女案有關？申請搜索票前我就先查了，說不定還可以找到足以申請的證據啊！」李警官笑了笑，「互相幫忙，互相幫忙！」

「謝了！」卓璟璿擊了他肩頭一下，「你剛說有女孩跟他們出入？誰看到的？」

「鄰居，還有一些線民。」他壓低了聲音，「那個女孩跟他們關係匪淺，而且好像還替他們賺錢。」

卓璟璿忍不住倒抽一口氣，「援交？」

「嗯，我打聽到的是這樣，有人說貨色很好，所以價格相當高，而且相當搶手。」李警官語重心長，「特色打的是未成年美少女。」

「混帳。」卓璟璿忍不住低咒，「知道跟這群人在一起多久嗎？」

「至少三個月。」李警官肯定的回答，「附近店家都問過了，常看到他們輪流跟那個少女出來，幾乎都不會一起出來，似乎是為了不要太顯眼，但是那個少女很出色，所以不少男人都有注意到。」

「是啊，她的確很漂亮……還有什麼嗎？」

「有一點……他們說看不出來被威脅！」李警官對這點很費解，「其實稍微思考一下便知，如果受控制就不太可能帶她出去逛街或買衣服，店員說少女挑得很開心，而且都挑相當暴露的衣服及短裙。」

「她到底在想什麼……不覺得自己在做傻事嗎？」卓璟璿喃喃唸著，這個白雪就算年紀輕，援交這種事應該也會知道不對勁吧？

「而且每次跟那群人出去，看起來都很親密，那些傢伙隨意觸摸她的身體，看起來就像男女朋友……」李警官搖了搖頭，「七男一女住在這裡，連我都會覺得沒有柳下惠這回事。」

「報告！」員警在樓上喊著，「這邊有發現！」

他們相視一眼後即刻上樓，在五樓的一間房裡，有著不屬於男人的東西。

別滿胸章的背包，滿櫃子滿床的衣服，一如李警官調查出的低胸衣服、短裙、性感褲襪，連性感內衣都有！化妝品堆滿在梳妝鏡前，抽屜裡有著一盒又一盒的保險套。

員警從背包內找到了可愛的小錢包，裡面放著大家最想找的證件。

「是白雪的學生證。」李警官接過證件，十分感嘆。「看來住在這裡的是白雪。」

卓璟璿並不意外，只是心底有小小的奢望，不希望真的是那個女孩。

「把證物都帶回去！至少已經確定失蹤少女曾經跟這些人在一起！」李警官交代著，「接下來……自從練歌坊出事那天就沒看到他們了，我們還在找，好歹他們也是命案的目擊者。」

「這幾天還有發生什麼事嗎？車禍？意外？」卓璟璿挑了挑眉。

「還真沒有。」李警官說得一副惋惜，「一轉眼他們剩三個了，就如葛小姐所言……會剩幾個呢？」

李警官看著這混雜著慾望與金錢的房間，只覺得那群人可惡至極，也明白失蹤少女早已凶多吉少。

「這就不知道了！」卓璟璿沉吟著，「故事裡可沒說啊！」

「啊？故事裡？」李警官錯愕。

「沒事！」他敷衍的擺擺手，轉身往屋外去。

白雪公主的故事裡，七矮人應該是得利者啊，沒有白雪公主殺掉七矮人的版本吧？不過也沒有哪個版本的七矮人這麼混帳吧？把白雪公主當成玩具，又當成商品，四處販售援交……要說白雪不恨也難，只是，他們如果真的殺了白雪，為什麼那天豬老三在廁所被老鼠啃咬時，卻大喊著：「我沒有傷害妳啊！」

如果沒有傷害白雪，那白雪現在回來一個個算帳又是為了什麼？

為今之計，還是要先找到這群傢伙再說，豬老三的死應該足夠嚇傻他們了，所以他們才連回來都不敢……

「欸，李！」卓璟璿又旋身入房，「有發現什麼可疑的血跡嗎？」

「目前沒有，浴室跟廚房也都沒有血跡反應。」李警官皺眉，「怎麼，你懷疑她在這裡遇害嗎？」

「不知道，總之麻煩查仔細些。」卓璟璿客氣的說，李警官點點頭，這是自然。

他往樓下走去，白雪應該不是在這裡遇害，因為他們一開始還是待在這兒，或許不怕、或許不在意，但是為什麼這幾天卻躲在外頭不願歸來了呢？

LINE 傳來響聲，卓璟璿即刻拿起，是葛宇彤傳來的訊息，不過她什麼都沒寫，只是傳送了一個座標。

突然傳座標給他做什麼？這女人越來越誇張了，當他是什麼？隨傳隨到嗎？

擰著眉邊碎碎唸邊往下走，最可惡的是他還是會移動腳步，因為葛宇彤這傢伙如果沒狀況，是不會傳座標給他的！

「是白雪的歌聲。」林蔚珊默默拿下耳機，「我聽過她唱歌，這是哪裡錄來的？聽起來好可怕。」

「豬老三死亡時的實境轉播。」葛宇彤接過手機，「我全程錄音，所以電視裡播放的歌聲也一起錄下了，莉莉也證實是她的歌聲。」

林蔚珊緊鎖眉心，不由得搓著雙臂。「我覺得好可怕，被老鼠吃掉的人……還有這麼多事，我很難相信那是白雪做出來的！」

「等妳遭受到跟她一樣的境遇後再來說這些話比較中肯吧？」葛宇彤挑眉，閒話大家都會說，風涼話說得更是順，但誰也不是白雪，沒人知道她究竟發生了什麼事。

被母親誘騙離開，交給飛車黨後呢？她用猜的都知道日子不會太單純。

「妳要在車上等我，還是跟我下去？」葛宇彤整裝待發，幽幽問著身邊的林蔚珊。

車子以訪客的身分，來到一處荒僻的汽車旅館，又舊又陰森，稍早之前葛宇彤收到不認識的簡訊，請她到這裡一會，署名是嚴老大，原來他們躲到這裡來了。

「跟妳下去。」林蔚珊拚命深呼吸，「我擔心妳……危險！」

「我？」葛宇彤皺眉，遲疑的轉向林蔚珊。「妳跟我去，我會比較擔心妳危險。」

「喂！」她沒好氣的嘟囔，「我是認真的。」

葛宇彤笑了起來，知道林蔚珊人善良，當然不放心她一個人進去；只是現在裡頭三個男人應該嚇得要命，照理說不會對她出手。

但是多一個人多份照應，其實應該也沒差。

鬆開安全帶下了車，她現在比較擔心的是這間汽車旅館，雖說旁邊就有間廟，但那間廟……怎麼一點感覺都沒有啊？平常她靠近廟時會有一種安全感，溫暖會從心底深處湧起，台南那間朋友的朋友開的廟那更是舒服，車子沒停下就可以看見廟周圍有舒爽的氣。

昂首闊步上前叩門，應門的是沈老七，一臉憔悴恐懼，見到她好像中樂透般雙眼發光！

這是各自獨立的汽車旅館，走進去先是停車處，順著階梯往上才是房間，房間相當寬敞，要睡三個男人不成問題，只是這房間霉味甚重，還有些酸味，讓林蔚珊忍不住掩鼻。

關上門時發現門上貼了符紙……不，是整間房間到處都是符紙，相當誇張的場面，男人們每個身上也掛了一大串，還有香爐跟迷你佛像全找地方放，設了臨時神桌。

門開在角落，房間呈正方形隔成兩個區塊，葛宇彤踏上木板地的客廳區，其實不大，就是電視、沙發、冰箱跟書桌的區塊，往十二點鐘方向看去，裡面那部分就是一張大大的愛心床，分界點靠右的地方是浴室……果然是透明玻璃。

三個大男人或站或坐在客廳地板，數日不見，三個人都變得非常狼狽憔悴，滿臉鬍碴，沈老七身上還有股臭味。

「喂，不洗澡的嗎？」葛宇彤一進門就皺眉，「浴室觀賞用的啊？」

嚴老大不悅的看著她，這女人說話直白得讓人不爽。

「我以為你們會找廟躲，結果還是住旅館舒服嗎？」葛宇彤帶著笑意，「怎麼？這兩天白雪有來找你們嗎？」

「閉嘴！」嚴老大厲聲，但葛宇彤根本不可能把他放在眼裡。

「這麼囂張就別談了，搞不清楚狀況啊？」葛宇彤撇過頭，立刻推著林蔚珊往門外走。

「我們走！」

「欸……記者小姐！記者小姐！」沈老七忙不迭的衝上來，「對不起，對不起，我們老大睡不好所以脾氣有點暴躁！請妳留下來！」

葛宇彤斜睨了他一眼，「我既不是道士也不是靈媒……除鬼的事別找我，你們找我來沒用的。」

「妳看看這裡，就在廟旁，廟哪裡有用！」嚴老大忍無可忍的站了起來，「為什麼我每天晚上都聽見有人唱歌！」

唱歌？這連葛宇彤都忍不住打了個寒顫。「跟那天一樣的歌？」不過他們都還活著啊！

「這不是重點吧，是她、她為什麼還要來找我們！」張老五忍不住抱頭低吼，「這明明不關我們的事啊！」

「張老五！」嚴老大這會兒還在撐，「閉嘴！」

「冤有頭債有主，你們沒對白雪怎麼樣她是不會來的。」葛宇彤搖了搖頭，「說吧，你們殺了她對吧！」

「沒有！」沈老七飛快地搖頭，才搖兩下嚴老大直接過來，拽著他往角落扔去，像是不許他透露太多。

「我們沒殺過任何人！」嚴老大粗嘎的對著她吼，「什麼白雪不白雪的，不要老把她的事往我們頭上扣！」

「隨便你說，我知道若非有事，厲鬼是不可能陰魂不散甚至窮追不捨的！」葛宇彤環顧房間，「你們去哪裡找這麼多符紙？這是有用的嗎？還有那尊佛像，裡頭確定有神？」

她問了一串問題，幾個大男人只是滿臉錯愕，彷彿聽不懂她在說什麼。

「那個好像不是佛像就有用的。」林蔚珊發揮她善解人意的特長，「必須確定有請神在裡面，而且符紙也不是只要貼上就具效用，通常也要有點力量……」

沒說完就聽見髒話連篇，看來他們對這件事並不熟，只是狗急跳牆，恐懼之下找間廟就被坑了。

「花了不少錢吧？」葛宇彤走向牆上的符紙，伸手貼了上去，停頓幾秒。「我沒感覺到什麼。」

「記者小姐，妳感覺得到喔！」張老五很是興奮。

「只要有力量的話會有感覺，但這就是普通的一張紙啊！」葛宇彤嘆口氣，回身看向神桌上的佛像。「只怕那個也是……」

「幹！等我出去就拆了那間廟！」嚴老大氣急敗壞，衝動的就上前撕掉最近的符紙。

沈老七無奈的坐在地上，「記者小姐，那個歌聲是怎麼回事……我看新聞說豬老三死了，他那天到底是怎麼死的！」

「被老鼠咬死的，股動脈被咬斷，可能是失血過多……但是有隻老鼠從他嘴裡鑽進去，也有可能是窒息而死，還在解剖中因此不確定。」她正在四處查看，「我猜是歌聲把老鼠引來的，不過你們這裡……聽得見歌聲，卻沒有什麼動物跑來對吧？」

沈老七搖了搖頭，想起豬老三的死法不免打了個寒顫……那片老鼠海，他至今想到就會覺得毛骨悚然。

這就怪了，有歌聲，卻還不打算殺他們嗎？難道這些符紙真的有用處？

「唱歌把老鼠引來，妳知道妳在說什麼肖話嗎？」

嚴老大皺起眉，粗嘎的出口。「這根本就是胡說八道！」

「先生，老鼠都能集中過來咬死豬老三了，還有什麼不可能？」葛宇彤回頭瞥了林蔚珊一眼，像是交棒的意思，逕自往廁所走去。

「呃……」一時間三雙眼睛往她身上看來，她有點緊張。「就是目前狀況跟、跟白雪公主的故事走向很類似，那個失蹤的女孩就叫白雪，她被後母趕出門，遇到七個小矮……喔喔！我不是說你們矮，就剛好七個嘛！然後童話故事裡，白雪公主唱歌就能引來許多動物，所以——」

林蔚珊覺得這些話從自己口中講出來，超像在騙孩子的荒唐故事，怪力亂神到了極點，如果飛車黨不信她也完全能體會。

果不其然，三個男人用困惑的眼神望著她，現在這女人是在說三小朋友？

「她剛是在說什麼？」嚴老大問了。

「好像說我們是七個小矮人。」張老五完全搞錯重點。

浴室裡傳來奇怪的聲響，葛宇彤踏上浴缸往窗外望，真是一片漆黑的荒郊野外。

「不是，是說整個事件很像白雪公主的故事！」林蔚珊忙著解釋，「但是我們不知道為什麼白雪公主會回頭來殺掉七矮人！」

「記者小姐，她是在說什麼啊！」沈老七受不了了，越說越迷糊！

葛宇彤從容走出，她剛把窗戶鎖上了。「意思就是目前事情的發展，可以參考白雪公主的故事，白雪公主應該是被後母害死，然後由七矮人抬棺才會遇見王子的！大概你們沒盡責，所以她回頭找你們了！」

「幹，我們沒害過任何人！」嚴老大低吼，大步的朝葛宇彤走過去。「妳，快點幫我們解決這件事！」

「我？」葛宇彤皺眉，「我不會啊，我就——」

說時遲那時快，一把刀子迅速抵上葛宇彤的喉嚨——她瞪圓雙眼，簡直不敢相信這群人用這招。

沈老七立刻上前扣住林蔚珊，張老五也跟著走來，奪下葛宇彤肩上的包。

「果然有帶傢伙來。」嚴老大接過裡面的西瓜刀，「妳到底是什麼人？」

「記者兼兒福機構義工。」葛宇彤冷冷的瞪著他，「把我放開我還有談的餘地，不放人要是出什麼事我就不理了。」

「現在搞不清楚狀況的人是妳吧？」嚴老大一撇頭，她們兩個直接被拖到床上去。「我是叫妳來幫忙的，把那個女鬼搞定，我就讓妳們走。」

「我不是靈媒也不是……你們剛剛是哪個中文字聽不懂啊！我又不會驅鬼！」葛宇彤破口大罵，「我要是會的話，豬老三就不會死了。」

「至少跟她溝通！我不管妳做什麼，就是叫她滾！」嚴老大厲聲吼著，「我們沒有害她，從頭到尾就跟我們一點關係都沒有！她自己做的事自己擔，沒理由牽拖到我們身上！」

自己做的事自己擔？葛宇彤覺得嚴老大話中有話，但這種情形下不宜對嗆，她靜靜的坐在床上，看著他們那副又急躁又憤怒的模樣……恐懼亡者，但是卻帶著極度氣憤，如果人是他們殺的話，是否應該是恐懼凌駕於一切。

這般憤怒是不滿，因為他們堅稱沒有傷害過人……而且他剛說了「牽拖」。

白雪啊，妳做了什麼事嗎？為什麼飛車黨的語氣裡彷彿是妳自作自受？不該遷怒於他們？

「葛宇彤……」右手臂正在抖，葛宇彤才想起來林蔚珊還在呢。

「不要怕，他們不會對我們怎麼樣的。」她自己都覺得在空口說白話，但林蔚珊膽子小，不能嚇她。「妳冷靜點，沒事的。」

她們沒被綁，行動還算自由，男人們坐在正前方的客廳區，她的包包擱在嚴老大腳邊；剛剛進來前她用 LINE 發了地理座標給刺毛，希望能有點用處……拜託要有反應啊，刺毛！

才在想，電話突然響了。

嚴老大循聲從她皮包裡翻到手機，擰起眉看著上頭的顯示：「刺毛。」

林蔚珊驚喜的直挺身子，卓警官！

「噢，那天陪我去的男生。」葛宇彤趕緊提醒。「警察，記得嗎？」

一時間，三個人都跳了起來——那個警察！

葛宇彤滿臉笑容，雙肩一聳，所以她說她非得接那通電話嘛！與此同時，手機再度響起，這次不等嚴老大動作，張老五即刻從包包裡翻出手機，交給葛宇彤。

不過，小刀卻更快的抵上林蔚珊喉間，她被扣緊在張老五身前，作為威脅籌碼。

唉，葛宇彤冷冷望著張老五，這群人實在讓她連最後一點想幫忙的欲望都沒了。「喂，我葛宇彤。」

嚴老大揮動手指，要她使用擴音。

『幹嘛拒接？』電話那頭還不是很高興，『什麼時候了妳莫名其妙跑到——』

「請問找我什麼事呢？」葛宇彤趕緊打斷，深怕卓璟璿不小心說出座標的事。「我這邊正在忙呢！」

卓璟璿覺得有點詭異，這未免太客氣了吧？不像是葛宇彤的說話方式。

『我們搜查了飛車黨的家，確定了白雪曾經住在他們那邊，他們還幫她買了一堆衣服，她離家的包包跟東西都在。』卓璟璿語調相當沉重，『找到一些目擊者或是知情的人，目前知道他們可能逼迫白雪援交，幫他們賺錢。』

什麼？葛宇彤瞪圓雙眼，看著眼前的嚴老大，他們神色緊繃，僵硬的緩緩別過頭。

「援交……」葛宇彤一字一字的說，「她在那邊待了多久知道嗎？」

『最少三個月，但是後來就沒再看過了，所以說白雪離家後就跟他們住在一起，直到四個月前。』電話那頭嘆了口氣，『等於線索又斷了。』

「不會，至少有接觸過她的人。」葛宇彤邊說，凌厲的雙眼邊凝視著嚴老大他們。「真是噁心，逼迫未成年少女援交，然後呢？他們沒對她怎樣嗎？」

『這個就不必提了，聽說她與他們關係匪淺。』卓璟璿在後面四個字上加重了語氣。

「噁心！你們怎麼能這麼做！」突然間，激動憤怒的聲音自身旁傳來，葛宇彤瞠目結舌的回首看著掙扎的林蔚珊。「喪盡天良！沒有人性！她才十四歲，你們這些下流的人！」

「閉嘴！我們沒有強迫過她！」張老五不平的回以怒吼，「她是自願的！」

嚴老大見狀況失控，簡直快要抓狂。「都給我閉嘴！電話掛掉！給我掛掉！」

「卓璟瑨，快點過來！」葛宇彤哪是那麼簡單的人物，在最後一刻大吼，嚴老大過來即刻打掉她的手機。

就在他揮掉她手機的同時，葛宇彤二話不說抓起床上的電視遙控器，就朝嚴老大的鼻子狠狠K下去！

「哇啊……」一瞬間鮮血四濺，嚴老大步步後退。「鼻子！我的鼻子！」

活該！葛宇彤轉身要救林蔚珊，張老五卻狠狠的瞪著她，左手臂扣緊林蔚珊的頸子，右手的刀尖幾乎要刺進她皮膚，警告她不許輕舉妄動。

葛宇彤瞇起眼，雙拳緊握，她沒有信心可以突破三個壯漢的包圍，帶著林蔚珊平安出去……不，就連現在這種情況，她都無法確保林蔚珊的安危了。

啪！電視突然有了動靜，靜電聲讓所有人一愣。

連給人猶豫的時間也無，歌聲從電視裡流瀉出來。

「啊啊……」張老五嚇得立即發抖，「不……不不！不要再唱了！」

林蔚珊並沒有掙扎，但刀子離開了她的頸子，甚至掉落在地，扣著她的手早已鬆開，帶著驚恐的叫聲直接朝後往裡面的床鋪區躲去！

她快哭出來了，撫著微疼的頸子，剛剛刀尖在頸子上的疼痛依然有感，葛宇彤趕緊拉她站起，兩個人戰戰兢兢的看向電視。

乾淨的歌聲也太熟悉了，而且她都唱同一首歌。

拜託別鬧，葛宇彤低喃著，她不希望看到什麼東西再爬進來……「把廁所門關上！房間的窗戶全部鎖上！」

面對她突然的大吼，所有人才回過神來，趕緊去將窗戶關上，就近的林蔚珊將浴室門拉緊，連正門都鎖上，門縫下還用報紙塞得死緊；葛宇彤走向了客廳區的電視，畫面播報著新聞，聲音卻是白雪的歌聲。

然後，通亮的室內開始趨暗，葛宇彤驚訝的看向角落的立燈，原本刺眼的燈光居然逐漸轉暗了。

「不要開玩笑了！」她飛快的上前查看燈泡，這明明不是可以調亮度的種類啊！

「白雪！白雪是妳嗎？」林蔚珊每個字都在發抖，她比誰都害怕。「不要再這樣下去了，妳出了什麼事跟我們說，讓我們去找妳！」

歌聲越來越嘹亮，三個大男人全部躲到床上去，反而她們兩個女生站在客廳，事實上葛宇彤用眼尾餘光瞄著不遠處的大門，離門這麼近，她跟林蔚珊應該可以及時衝出去才對。

「做點什麼啊！記者！」嚴老大還在怒吼。

「我不是靈媒啦！」她怒不可遏的吼著，「你重聽唷？」

終至最後一絲光亮消失的同時，電視啪的一聲關閉。

汽車旅館的窗簾相當厚重，遮光效果很好，加上這附近荒涼隱蔽，老實說沒有多少燈光可以透進來，屋裡只剩一片沉重的昏暗。

葛宇彤拉著林蔚珊緩緩蹲下，她的手機剛剛被打往客廳的方向……伸手探索著，一邊把林蔚珊推到角落躲去。

房間裡沒有半點聲響，連呼吸聲都聽不見，每個人聽見的只有自己的心跳，還有那輕吟的歌聲。

模模糊糊的人影，逐漸的在電視邊的梳妝台出現，女孩端坐在梳妝台前，正在梳理自己那頭又長又黑的頭髮，她是淡藍色的透明光點，透過她還可以看見梳妝台上的所有物品，喉間傳來音調，她正在哼歌。

找到了！葛宇彤摸到了手機，但是不敢開啟確認到底有沒有被摔壞。

女孩的身形越來越明顯，她有頭過腰的長直髮，低泣恐懼聲自她身後的愛心床上傳來，那三個大男人應該已經嚇得魂飛魄散了吧？

林蔚珊全身都發抖，卻不可思議的望著鏡前的背影，這是她第一次瞧見疑似白雪的亡魂。

「白、白雪？」突然間，林蔚珊竟然喊出聲了。

葛宇彤不敢相信的瞪大雙眼，有必要這時候說話嗎？林蔚珊！

女孩梳頭的動作停了下來，靜靜的僵在那兒不曾動彈，林蔚珊扶著牆緩緩站起，梳妝台在她們斜前方而已。

「妳是白雪嗎？」林蔚珊鼓起勇氣上前，葛宇彤立刻跟在她身邊。「我是蔚珊姐姐！」

西瓜刀，就擱在梳妝台邊的地上，她得去拿。

女孩沒有動作，只是垂下雙手，依然坐在椅子上，林蔚珊戰戰兢兢的再跨一步，即使舉步維艱，她都想知道那是誰！

「如果妳不是白雪也沒關係，告訴我妳在哪裡……」她哽咽的上前，終於來到了女孩的背後。

那可以跟她看著一樣的方向，可以看見鏡子裡的女孩模樣！

天哪！林蔚珊一瞧見那破碎撞擊的臉，忍不住舉手掩嘴，那是誰？她根本認不出來啊！

『為什麼……』女孩對著鏡子開口，『我為什麼變成這個樣子……嗚，所以他說不要我了，不要這樣子骯髒的我！』

葛宇彤早就藉機蹲下，她現在蹲在少女左後方的死角，包包應該就在附近，這時就很懊悔包包幹嘛買深色的，黑暗中完全看不見啊！下次應該買夜光的才對！

「妳是白雪對吧！妳穿著媽媽的衣服！」林蔚珊認得她那身洋裝，今天下午才在白家看見過。「妳為什麼搞成這樣？告訴我，妳現在在哪裡，我們去找妳！」

『他不要我了！』女孩尖叫著，『都是他們！他們把我弄髒了，只要他們都不在，我就可以得到幸福了！』

到底是在講哪門子話啊！人死亡時太多情感都混亂了，每個靈魂都執著於自己想要的東西，思緒裡只剩下要做的事；如果是好的那當然天下太平，像白雪這個例子，存在的就是邪惡的事。

不該存在的七矮人，所以她的目的只有一個：讓他們消失。

「白雪……」林蔚珊還想試著說服，白雪倏地站起身！

身體沒動，頭卻往後轉了一百八十度，正好清楚的看見正後方躲在愛心大床上，那三個驚恐莫名的男人，以及蹲在地上的葛宇彤。

咦？葛宇彤一怔，為什麼白雪的視線是落在她身上？

『鏡子在妳那邊嗎？』她幽幽出聲，『魔鏡啊魔鏡……我還是世界上最美麗的人嗎？啊啊啊，我不是了！我不是了——』

一陣拔尖的尖叫聲，刺耳得讓葛宇彤以為耳膜要破了，林蔚珊跟著失聲尖叫、摀住雙耳的蹲了下來。

整間房間四面八方所有的玻璃，頓時間炸開。

「呀——呀！」尖叫聲此起彼落，葛宇彤趁亂抓起包包，也伏低身子，玻璃碎片到處都是！

低沉的叫聲自床那邊傳來，連平日威風囂張的傢伙也嚇得魂飛魄散，兩邊窗子灌進冷風，玻璃碎片散落一地，窗簾開始隨風飛舞；林蔚珊頭連抬都不敢，只顧著縮成一團蹲在地上，唯葛宇彤一有機會就睜眼偷瞧，現在到底是什麼狀況。

梳妝台前失去白雪的身影，她大膽的抬首，感受到冷風颼颼，隨即不安的環顧四周，每扇窗都破了，這讓她有不好的預感。

「林蔚珊！林蔚珊！」她低聲喚著，移上前推了她。「喂！」

「呀！」林蔚珊魂飛魄散的拔尖音，看到是葛宇彤才勉強平靜。

「妳剛剛的勇氣去哪裡了啊？」葛宇彤覺得這傢伙真妙，剛剛還主動接近亡者要談心耶！現在竟嚇成這樣，雙腳抖個不停？「走！閃人！」

不趁這個機會閃，還待何時咧？

「哇啊！哇……記者小姐！」床上傳來驚恐的叫聲，張老五跳了起來。「窗戶！窗戶那邊……」

窗子？葛宇彤倏地回身，看著客廳區的窗簾飛舞，窗簾上映了詭異的影子，蠕動著什麼爬了進來……什麼？她趕緊試著打開手機，謝天謝地，智慧型手機比較沒那麼容易分屍！

選擇手電筒照明，燈光一往窗邊照去，看見的是一條一條又長又粗肥的蜈蚣，大量的從窗子邊爬了進來！

「又來了！」她忍無可忍，「白雪，妳夠了沒啊！」

葛宇彤一骨碌拉起林蔚珊，為今之計唯有三十六計走為上策，誰待在密室裡誰倒楣吧！

「記者小姐！妳要去哪裡！」沈老七還在喊著，葛宇彤拉著林蔚珊就往大門衝。

只是才跨兩步，赫見白雪就站在門口，血肉模糊的臉看不出神情，只是輕輕的擋在門前，吟唱她喜愛的歌曲。

「天哪……白雪，不要再唱了！妳不要這樣子！」林蔚珊嗚咽的喊著，「殺掉這些人不會讓妳幸福的！」

白雪彷彿什麼也聽不見，邊唱還邊搖擺著身子，陶醉在自己的世界中，門邊的窗子外也迅速的爬進大量的蜈蚣，這房間有六大扇窗戶，現在無玻璃的狀況下，根本是門戶洞開，要爬幾百隻，甚至幾千隻根本輕而易舉。

「我受夠了喔！」葛宇彤終於擎起西瓜刀，「我看在妳不懂事，不想對妳動手，白雪，讓開！」

白雪嚇了一跳似的縮起頸子，恐懼般的躲到角落去，歌聲變得急促而發抖，卻越唱越快越唱越急，隨著她急促的音調，蜈蚣居然也越爬越快了。

「妳不要嚇她啦！」林蔚珊氣急敗壞的喊著，「妳這樣她會害怕，只是讓她唱得更急而已！」

「喂，是誰嚇到誰啊！」葛宇彤簡直不敢相信這哪門子道理，「現在我比較害怕，好嗎！」

眼看蜈蚣越來越肥，每隻都有二十公分長，寬度她一點都不想估算，只知道粗肥得嚇人，而且色彩繽紛，一看就知道是有毒的！

而始作俑者居然望著她手上的刀，蜷起身子，雙手捧著那張被撞擊凹裂的臉，狀似恐懼的模樣，卻沒打算停止唱歌！

「停止唱歌我就不傷妳！」葛宇彤豁出去了，刀子橫在白雪面前。「住口啊！」

白雪這會兒連看都不敢看她了，臉往門上貼去，歌唱得更急，眼看一隻蜈蚣就要爬上林蔚珊的腳了！

「呀！呀——」她跳了起來，卻又不敢踩死蜈蚣的閃避。「牠們淹過來了啦！」

淹，真是太貼切的形容了，葛宇彤被迫退開，但是前後都有窗子，也就是說兩旁的蜈蚣是朝客廳中心匯集過來的；後面那區也沒好到哪兒去，蜈蚣已經快淹滿地板了，正往中間那張愛心大床上爬。

緊閉的廁所門縫下，噗溜噗溜的鑽出一隻隻蜈蚣，鑽進來是很辛苦，但沒有阻止牠們的

「勤奮」。

不行，葛宇彤緊握刀子，取下了身上的護符跟佛珠，她是兒福機構的義工，但不代表需要為這種事犧牲奉獻生命！

「讓開！」她甩開林蔚珊，「我們要照顧的是活著的人！」

她帶著怒意瞪向林蔚珊，善心也要有所節制吧？

從沙發上拿下男人的外套，她俐落的往地板掃去，硬是掃出一片空地，再拿另一件外套當地毯，直接鋪上了蜈蚣群，毫不猶豫的踩上去，直奔向門口。

每一腳都可以感受到踩爛蜈蚣的感覺，但這狀況比老鼠要好多了！

「白雪！」葛宇彤大喝一聲，正在唱歌的白雪驚恐的轉過來，露出恐怖的臉龐。

西瓜刀一轉，葛宇彤以刀面部分直接熨燙上白雪的身體，那貼滿符紙的刀面，頓時發出金色的光芒。

『呀——哇呀——』她發出尖叫聲，仔細聽，可以聽得出那的確是孩子的聲音。

「住手！住手！」床上的男人們拿著枕頭掃下蜈蚣，「牠們變得更快又兇狠了。」

居然不怕？葛宇彤看著應該「花容失色」的白雪，她只是恐懼，但沒有停止歌唱，難不成……非得逼著她傷害她嗎？

『都是他們害的。』白雪傷心的對著她尖吼，『為什麼不怪他們！都是他們害的——

我的幸福都破碎了！』

說時遲那時快，白雪的雙手倏地舉起，冷不防的就推了葛宇彤一把。

糟糕——葛宇彤根本措手不及，她腳絆到後頭的高階，仰躺著就往地上摔去——而這個地方正是窗戶下方，滿是蜈蚣群之處啊！

「葛宇彤！」林蔚珊腿軟跪地，只能掩目尖叫。

砰！葛宇彤摔在地，好痛……她正這麼想著，卻還沒反應自己是否應該壓在一堆蜈蚣上。

由於左邊先著地，所以左臂疼得發麻，她側過左邊睜眼時，看見的是碩大的蜈蚣急速從她眼前散步離開——咦？

等等！她意識到自己可能躺在蜈蚣堆裡，顧不得疼痛的一秒跳起，卻發現她身上沒有任何蜈蚣屍體，剛剛地面上空著一個她的人形，蜈蚣們竟然全數閃避！

至今如此，蜈蚣繞過她站的地方，急速朝林蔚珊以及後方愛心床的方向移動。

而地面上，躺著她剛剛被推倒時，從手上滑下的護身符……是這個的作用嗎？正在震驚之餘，兩公尺外的林蔚珊恐懼的分開指頭，從指間偷看，一見到完好無缺、站得穩當的葛宇彤時，簡直喜極而泣！

「葛宇彤！」她哭喊著。

「遮著眼睛能救我喔！」她彎身拾起護身符，往她跟林蔚珊之間扔去——唰，簡直摩西過紅海，蜈蚣立刻往兩旁退散，她得以大方的踏過去。「妳應該要立刻來拉我！」

「我、我……」林蔚珊哽咽著，她連站都站不起來了，怎麼拉啊！

「哇啊！哇！」張老五驚恐的叫聲傳來，該是粉紅色的愛心床已經變成黑色了，看著張老五在踢腳，只怕是有蜈蚣順著褲管爬進去了。「爬進來了！快、快點！嚴老大！幫我弄掉！」

他轉過身要嚴老大幫他弄掉，可嚴老大根本自顧不暇，張老五後腳跟一個踩滑，踩到了圓滑的床緣……直接向後跌了下去。

葛宇彤選擇別開眼神，將護身符拿到自己腳邊放著，將林蔚珊護到身邊，以自己為圓心，方圓一公尺左右都不會有蜈蚣，她只能做到這樣，張老五怕是救不了了。

「哇啊——哇——」淒厲的慘叫聲頓時傳來，林蔚珊嚇得全身僵硬，葛宇彤只能叫她面對她，不要往後看。

張老五摔進了蜈蚣海裡，一口氣壓死了幾十隻，他驚恐的想要立刻坐起，但蜈蚣若浪，一波一波的湧上，轉眼覆蓋住他的身體！

「嚴老大——」張老五伸長手抓住被單，掙扎著要上來。

但是沒幾秒，他的手漸漸鬆開，一個黑色的人頹然倒地，嚴老大憤怒咆哮的退到枕邊，一口氣將被單揭起，試圖將上頭的蜈蚣全抖下；可浪總是一波接著一波，蜈蚣亦然，他們把在床單上的抖落了，但下方有更多的湧上。

葛宇彤向左後回頭，白雪倚在門邊，歌聲中帶著哽咽，雙肩瑟瑟顫抖，老實說她可憐、很悲傷、可能很無助，可是葛宇彤真想問她到底在想什麼！

她遲疑不已，若是能以刀砍入白雪的靈魂，一定能阻止這一切，但這樣勢必會傷了她的靈魂；一思及那只是個十四歲不懂事的少女，她就會遲疑的下不了手。

「動手啊！妳在做什麼！」嚴老大低吼，赫見她們安穩的待在原地，蜈蚣繞著她們呈一圓形避開。「……為什麼！」

但這幾個傢伙再可惡，也不該讓白雪這樣動手！

「夠了。」葛宇彤倏地站起，壓著林蔚珊的肩。「妳就蹲在這裡，不要動！」

一回身，她看向門邊的亡者，已經不能再猶豫了。

「葛——宇——彤！」

卓璟瑢的聲音倏地傳來，她瞪圓雙眼，二話不說抓過墊子往窗邊扔，踩過墊子就衝上前就近的窗戶。

「我在這裡！」她尖吼著，窗邊滿滿的蜈蚣讓她不敢觸碰。

她可以看見卓璟瑢就站在樓下，作狀要扔東西上來。「接好！」

「接？接——喂！」她都還沒反應過來，投手卓璟瑢已投出一記高飛球。「這麼高我怎麼接得到啦！」

不明物體從她頭上飛過，飛進了屋裡，但她根本沒心情接，因為……白雪就在她左手邊，咫尺之遙。

「閉嘴！」葛宇彤突然向左一轉，手上的西瓜刀毫不猶豫的往她身體劈去！

這一次不以刀面碰觸，白雪雖怕痛但不願放棄，當葛宇彤一刀砍下她的左手時——那就不只是痛楚而已，而是一種靈魂的損害。

『啊……』白雪驚恐痛苦的低頭看著自己自燃的左手，在落地前就已經化成了灰燼。

『啊啊啊——』

「別怪我。」葛宇彤左手取下佛珠，對著她的頸子就要套上。

「住手！住手——妳會殺了她的！」身後的林蔚珊尖聲嘶吼，由後衝了上來。

葛宇彤沒打算聽，只是林蔚珊直接上前拽下她高舉的左手，然後她遞了個東西，置入葛宇彤與白雪之間。

『啊啊！啊啊！』白雪發出比刀子刺入她身體裡更歇斯底里的叫聲，在屋裡逃撞亂竄，撞上鏡子、撞到電視、撞上另一頭的牆壁、天花板，然後從某扇窗摔了出去。

房間的燈逐漸由暗轉亮，葛宇彤右手仍被林蔚珊緊緊握住，她可以聽見沙沙的蟲足音正在撤退，卻完全無法反應的看著她眼前的玩意兒。

剛剛卓璟璿扔進來的東西，林蔚珊咬牙從一堆蜈蚣裡及時把它撿了起來。

一顆蘋果。

第九章

白雪公主怕蘋果這件事，好像沒有人思考過？

照理說皇后使計引誘白雪公主吃下毒蘋果，所以她應該是喜歡吃蘋果的女孩，只是吃下去後便倒地身故，直到遇到王子後才復活；如果說這是創傷後遺症的話，她絕對百分之百接受，也就是復活的公主此後不敢再吃蘋果是合情合理的。

只是葛宇彤並不知道，原來白雪的體質對蘋果過敏。

「哇塞。」她呆然的坐在警局裡，這裡簡直是她第三個家了。「她對蘋果過敏你怎麼知道？」

「他們也知道。」卓璟璿指向坐在對面，一臉死白的兩個大男人。「白雪自己在便利貼上寫有注意事項，貼在廚房跟冰箱上，她喜歡吃什麼、討厭吃什麼，以及對蘋果嚴重過敏。」

「為什麼對蘋果過敏就會怕蘋果？」這邏輯讓葛宇彤搞不清楚。

「因為她的過敏是會致死的！」林蔚珊補充著，「不是起疹子那種程度，而是會喉管腫脹，塞住氣管，很快窒息而亡的那種！」

了。

「哇……」葛宇彤眨了眨眼，連林蔚珊都知道，這種程度果然有嚴重。

但不是她多心，白雪連她的西瓜刀都可以忍，卻不能忍受一顆蘋果，這實在太太太奇怪了。

「好了，可以說了吧？」卓璟璿嚴厲的看著僅存的兩個男人，「就剩你們兩個了，打算把秘密帶進墳墓裡嗎？我們都已經知道白雪跟你們住在一起過，後來發生了什麼事？她不想接客，你們對她動粗了？殺了她？」

沈老七從事發後就不太說話，即便是大男人也被嚇得泣不成聲，豆大的淚水不停的掉，雙手自始至終互扣著，下顎緊收微顫。

「張老五他……死得痛苦嗎？」

「比被老鼠咬死還慘，蜈蚣嘴巴不大，傷口很小，但他是中毒死的。」雖說也是體無完膚，全身上下都是坑洞，不過比較可怕的是因為腹腔無骨，所以被蜈蚣咬開，直接鑽進了肚子裡。

中毒而亡可能會比被食用來得好一點。

「為什麼……為什麼！」嚴老大突然低吼著，站起身就踹卓璟璿的桌子。「我們什麼都沒做啊！」

門外的警察立刻進來壓制住嚴老大，將他壓在桌上，不能動彈。

「好了，沒關係。」卓璟璿倒是從容，揮揮手。「你激動也沒用，目前沒人能回答你們，要不要先說說……誰殺了白雪？」

「沒殺她！誰都沒殺她！疼她都來不及了！誰殺她！」嚴老大歇斯底里的大吼，「那賤女人跑掉我們都沒說話了，她居然——」

跑掉？白雪後來跑掉了？林蔚珊聞言捧著杯子直起身，雙眼熠熠有光的看著他。

「激動解決不了事情的。」卓璟璿起身按著他坐下，「沈老七你說吧？如果沒殺人，何必這樣隱瞞？」

沈老七終於抬頭，哀怨的眼神裡盈滿淚水，望著他們只是搖頭。

「她未成年，之前我們又讓她去援交，犯法的事我們怎麼會承認？」沈老七心虛的開口，「而且我們推她出去時，是說她剛滿十八……」

「那女的逃走後就不關我們的事了！」嚴老大悶悶的出聲，「隔這麼多個月，不管她做了什麼事，都跟我們沒有關係！」

「最後一次見到她是什麼時候？你們怎麼可能會讓她有機會離開？」卓璟璿蹙眉，看起來並不信任他們的說詞。

「我們……沒有很限制她的自由，我知道你們不信，但幾乎都是她自願的！自願跟我們在一起，也自願去援交！」沈老七話裡說得很理所當然，但說話聲卻越來越小。「她要離開我們視線也不是不可能……」

「騙人！」林蔚珊重重放下杯子，「她怎麼可能自願跟你們發生關係，還自願援交……你根本胡說八道，現在就算死無對證，也不能讓你們隨便說！」

「幹！是真的！那麼正的妹我們當然想碰，我們一有表示她就很主動，而且她性經驗很豐富，好嗎！」嚴老大說得倒是臉不紅氣不喘，「跟她說她要工作換生活費，她也沒有意見，衣服全是她自己挑的！」

騙人騙人！林蔚珊閉上雙眼，白雪才不可能會這樣！

「然後呢？後來發生什麼事？她怎麼會跑？」卓璟瑢只想聽重點。

沈老七深吸一口氣，事已至此，所以他說出帶白雪出去玩的最後一天。

那是間知名夜店，裡面不乏高級援交妹，論身材外貌都是上乘之選，在夜店裡搜尋獵物或是待價而沽；像白雪這種貨色，他們一定要挑隻肥羊，因為她的價格可不能隨便。

白雪第一次去那種地方，開心的到舞池跳舞，男人們一看到她就貼上去，她一如往常的挑逗、貼舞，搔首弄姿，她非常知道如何展現自己的魅力，更知道挑逗男人的方法。

那天是沈老七跟老二帶她去的，讓她盡情去玩當作活廣告，只要發現對她有意思的人，他們就主動上前談價碼，基本上當他們帶著白雪進門時，夜店就知道白雪是「有人的」；在談成生意前，任白雪玩、任白雪吃，她愛怎麼鬧就怎麼鬧，只是等到客人付了錢，她就得乖乖上班。

那天好不容易談到好價格，前一秒還在的白雪，卻突然失去了蹤影。

「我們找遍整間夜店，連他們的保全都出動找，就是沒看見白雪。」沈老七幽幽的說，不安的瞟了嚴老大一眼。「後來我急著回家，想說白雪是不是回去了，但是她沒有回來……沒有再出現過。」

丟了這麼大隻金雞母，自然被嚴老大毒打一頓，大家都氣得半死，要人去打聽，四處搜索，卻連一點點蛛絲馬跡都沒有。

「反正那天之後就沒再見過白雪了，她不知道是跟哪個男人跑了，我們完全找不到！」嚴老大不耐煩的說，「然後妳莫名其妙問我們認識白雪嗎？我想那女人是又在外面闖了什麼禍，還敢跑回來嗎？」

一開始，嚴老大是真的沒想過她已經死了，直到豬老三死亡……

「我們不知道她出事了，真的不知道……」沈老七不停搖頭，「她怎麼會出事？而且我們真的沒傷害她，她為什麼要找我們？」

因為……葛宇彤回想汽車旅館裡的白雪，對著鏡子梳理自己那頭烏黑長髮，她說因為他們「弄髒」了她，所以她想把他們抹除。

好傻好天真，就算他們不在了，也不代表發生過的事不存在啊！

「哪間夜店？」卓璟璿等著抄錄。

「天堂。」沈老七囁嚅的說。

卓璟璿立刻看向左邊的李警官，他豎起大拇指。「收到！走！一隊人馬跟我去Heaven！」

咦？葛宇彤急著要站起身跟去，立刻被卓璟璿拉下。「他們辦事妳去攪和什麼？」

那是他大人大量，讓她在這裡出入，李警官可沒這麼好說話。

「可是……」葛宇彤不安的看著那群警官，她想去啊。「不是要去查白雪在哪裡嗎？」

「等他們去查過就知道了。」卓璟璿喚來另一位員警，「麻煩幫這兩位做筆錄。」

「啊？又要做筆錄喔！」葛宇彤唉聲嘆氣，「我怎麼老是在做筆錄啦！」

「嗯……」卓璟璿很認真的望著她，「那妳要不要考慮先不要這麼常出現在命案現場？」

葛宇彤哼的一聲，老大不甘願的起身到另一個房間做筆錄，留意到身邊的林蔚珊蜷縮成一團，幾乎要把自己的臉埋進膝蓋裡了！

唉……葛宇彤有點無奈，對於善良又為弱勢孩童盡心盡力的林蔚珊來說，今天聽到的無疑對她來說是重大打擊。

「蔚珊？」葛宇彤展現難見的溫柔嗓音，「好了，妳得去做一下簡單的筆錄。」

她抬起頭，滿臉淚痕。「我實在沒辦法相信白雪會這樣做……」

「妳我都不認識她，我們不知道這個孩子在想什麼，也無法管她，在旅館裡妳也看見了，她殺意甚堅，這不是妳想像中的白雪吧？」她的微笑裡帶著堅韌，「她不是什麼白雪公主，別想得太美好了。」

林蔚珊痛苦的闔上雙眼，流出豆大的淚水，她得做幾個深呼吸才能壓抑那抹無法停止的鼻酸，緩緩站起身，跟著警察離開。

葛宇彤只能嘆息，世事總是難料。

對她而言，就是好好採訪這個「白雪公主失蹤案件」，然後，把失蹤的白雪公主找出來。她說想得到幸福，那麼……誰是王子呢？

誠如嚴老大所言，為了尋找白雪，他們付出過一番努力，請夜店幫忙尋找、調監視系統，只是他沒有想到的是：他們的請託跟警方調閱是兩碼子事。

夜店相關人員可能只是草草看一下錄影，就跟他們說沒有，因為他們根本沒有必要認真花時間幫他們找人，但警方要求協助辦案可就不同，必須繳出錄影光碟詳查的。

幸好銷毀期是六個月，還在時間內，由李警官幫忙查看；而卓璟瑢則帶了另一批人去現場詢問工作人員，看有沒有人對白雪有所印象。

幸運的是，美麗如白雪這樣的女孩，對她有印象的人還真不少。

不過呢，葛宇彤有她自己想調查的方向。

葛宇彤一身性感紫色洋裝，在夜店一角啜飲著調酒，一旁的林蔚珊不自在的蹙眉，這裡的音樂實在太吵了，而且……她不時拉著自己的裙子，葛宇彤借她的洋裝未免也太短了吧？她稍一彎腰就會走光耶！

「不要一直拉裙子。」葛宇彤斜眼瞟她，「輕鬆一點，妳這樣大家都會知道妳第一次來。」

「我……真的第一次來啊！」她咬著唇，全身上下都很彆扭。

「乖乖的待在這裡，不要被人拐走了，別人遞給妳的飲料都不要喝。」一副純潔小綿羊的樣子，沒一會兒就會被拐走了。

葛宇彤放下杯子，逕自扭身往舞池裡去。

警方有警方的調查方式，她也有她自個兒的管道，在這兒待了一小時，觀察夜店裡的人們，哪幾個是常客、哪幾個是特別愛玩的，全都一目瞭然……尤其她是記者，自然認得那些是富二代三代的有錢少爺。

租個大包廂，大家在裡頭狂歡喝酒，年輕的女孩蜂擁而上，真是個紙醉金迷的世界。

「打擾了。」她揭開水晶珠簾，現身在偌大的包廂裡。

「咦？」兩個男孩打量她，是成熟了點，但是個大美人耶。「美女找人啊？」

「嗯哼。」她眼神落在左擁右抱的男人身上，「嗨，葉少爺今天什麼事這麼開心，來這裡玩啊！」

葉軍元愣了一下，他沒見過這女人啊。

「借過，借過一下……」葛宇彤硬把他身邊的女孩擠開，一屁股塞在葉軍元的身邊。「您好，葛宇彤，這是我的名片。」

大方遞上記者的名片，葉軍元頓時臉色刷白，倏地就想站起。

「急什麼，我又不是警察，不是來抓未、成、年的。」葛宇彤使勁壓下他的肩，身邊的富二代們紛紛警戒，氣氛趨於僵硬。「喝酒啊，怎麼突然變這麼安靜？」

「記者來這裡做什麼？」其他少爺們不爽的瞪著她，「不要來破壞氣氛好不好！」

「不是來追你們新聞的啦，這麼兇幹什麼？我在找人，幫我一下。」她秀出手機裡白雪的照片，「你們很常泡在這裡，我在找這個女生……時間有點久了，看看你們有沒有印象。」

手機首先遞到未成年的葉軍元面前，他很緊張的瞥了一眼，皺眉搖頭，接著手機傳到其他人手上。

「很漂亮耶……」葉軍元低語著，「妳真的不是來報我的？」

「真的！」她斬釘截鐵的說，「不管多小的事都麻煩想一下，這個女生很美，如果有看過她的話……」

「咦！我認得！」其中一個女孩子拔尖了音，「高高的，身材很好對不對？」

果然！

「我也看過，我跟她跳過舞，我還邀她進來坐，她拒絕了！」說話的是另一位富二代，二十歲的新貴連昭裕，長得不錯家世顯赫。「不過這很久了……她好像沒有再來過這裡。」

「聽起來你等過？」隔壁的男人笑了笑。「這麼一說我好像也有印象，很久了，什麼時候的事啊……」

「記得她穿的衣服嗎？」葛宇彤試探性的問，就怕認錯人。

「白色連身短裙，裙子很短，但裙襬綴有流蘇，上面還有水鑽什麼的……」連昭裕說得鉅細靡遺，「別那樣看我，那天大家都記得，白色的衣服在紫外線燈下多顯眼啊？她全身都是白的，身上又有鑽跟珠子閃耀，那晚每個人都在看她！」

「說衣服我記得！身材之好……頭髮很長，黑髮！」另一個小開想起來了，「像洗髮精廣告那種！」

「對，她頭髮快跟裙子一樣長，黑色的反而很顯眼。」第一個說認得她的女生說著，「只是很討厭，那天本來有個男的跟我聊得很開心，結果被她硬生生搶走！」

喔，這個自然記得清楚。葛宇彤接過傳一圈回來的手機。「就這樣？沒有人請她喝酒？

跟她離開？或是……」

連昭裕搖了搖頭，「她連進包廂都不肯，說跟人有約……我是覺得很可惜啦！」

「所以念念不忘厚！」用手肘推了他一下，一票年輕人笑了起來。

「你是沒看到，她真的非常漂亮，比照片還美。」連昭裕非常認真的輕笑，「對了，妳說找她？她怎麼了？」

「失蹤，那天在這裡失蹤後就再也沒出現了。」

包廂一瞬間又靜了下來，每個人轉動眼珠子，覺得好像是個案子。

「我沒有喔！我說過她沒進我包廂的，我後來自討沒趣就回來了，是有點不爽，但我不是會強迫人的那種。」連昭裕趕緊自清。

「我根本不認識她……」葉軍元很虛弱的說著。

「那有注意到她跟誰在一起嗎？欸，妳！」葛宇彤問向被搶男友的女孩，「妳男友是誰？」

「才不是我男友，就才認識的。」女孩聳了聳肩，「我連他叫什麼都不知道，只知道叫艾倫……他後來就一直黏著那個女生，不過那個女生最後也沒理他，他不爽的回頭找我，被我潑了一杯酒！」

「幹得好！」幾個女孩子紛紛支持。

「艾倫……」至少是個線索，「記得模樣嗎？」

「多久之前的事啊，我根本不記得了！」女孩子翻了個白眼，「而且，那天之後我也沒在這間夜店看過他了，我哪記得他現在長怎樣！」

沒在夜店見過他了！葛宇彤的記者天線發出訊號，這麼巧？不止一個人那晚後不再出現？

她仔細問了那天女孩眼裡的艾倫，記得多少是多少，因為警方有監視系統。

在本子上仔細抄錄後，她滿意的起身，拍拍葉軍元的肩。「謝謝大家幫忙啊……欸你，未成年少出入吧？不是每個記者都跟我一樣善良。」

還善良咧……葉軍元不敢撫肩，這女記者壓得他肩頭都快瘀青了吧！

葛宇彤撥開珠簾走了出去，葉軍元吁了口氣，端起酒來重燃氣氛。「大家喝！我們繼續跳舞！」

「喔喔喔！」包廂裡再度傳來笑鬧吵雜的聲音。

小開們一切盡在不言中的只以眼神交流，末了連昭裕站起身，帶著手機到包廂角落。

在LINE的朋友裡搜尋「艾倫」，接著跳出了一個年輕人的照片。

「應該不會吧……」他喃喃唸著，卻還是飛快的輸入訊息。

傳送出去，不安的走到珠簾後看著紫色的身影在舞池裡穿梭，葛宇彤攔著幾個服務生問了白雪的事，有人認得，但口吻不耐煩的表示已經都跟警方說過了，請她不要打攪他們工作。

身後有人貼了過來，整個舞池大家都在貼近著熱舞，葛宇彤索性也跟著 HIGH 一場，想像著今天如果她是白雪的話，在這兒興奮狂歡；面對無數貼上來搭訕的男人，然後呢？

她環顧夜店每個角落，門口沒有拍到任何白雪離開的身影，那麼只有後門，可是他們後門偏偏沒有裝攝影機……熟悉的身影站在後頭的吧台角落，有人上前攀談，從背影就可以看見那女孩的驚慌失措。

唉！葛宇彤推開都快貼上來的男人，一路穿過舞池中的人群，來到後方的吧台。

「來這裡喝可樂也太奇怪了吧？我請妳喝酒，沒問題的！」男人靠近林蔚珊。「來，妳喜歡喝什麼？」

「我沒有……我我……」我只是口渴所以想再叫一杯可樂而已啊！

「沒關係嘛，妳說！哥哥請妳！」

「那就請全場一人一杯馬丁尼怎麼樣？」冷不防的葛宇彤直接插進他們中間，睨了男人一眼。「借過。」

「朋友嗎？美女的朋友果然是美女！」男人沒有打退堂鼓的意思，葛宇彤默默的掏出名片，擠出個絕對沒有誠意的笑容。

一秒退散。

「葛宇彤……」林蔚珊都快哭出來了，「我們什麼時候要回去？」

「我不是叫妳待在那裡嗎？」

「我待在那裡也是有人來啊，我根本不知道要怎麼應付！」她絞著雙手，相當害怕。「每個人都來找我聊天，或是要請我喝酒……還有自我介紹的……」

她不知道怎麼應對，那白雪呢？葛宇彤想得出神，剛剛聽那些富二代口中的白雪應付得宜，她如嚴老大所說很懂男人的心理，挑逗著每個人，讓每個人都覺得有機會。

林蔚珊不是惹人注目的美女，只是清秀看上去像小白兔似的，魅力值輸白雪太多了，光是如此就已招蜂引蝶，那白雪那天應該是女王蜂等級了吧？然後呢？她每個都笑臉迎人、每個都好，這樣子會不會造成什麼誤會？

「小姐喝什麼？」酒保問。

「GIN TONIC。」她翻過手機，「加上這個。」

酒保看著照片，再看向她，微皺起眉有些不快，別過頭幫她調酒，臉色很難看。

奇怪，刺毛他們是怎麼問這些工作人員的啊，怎麼每個人看到白雪的照片都翻白眼，好像欠他幾百萬？

酒遞上時，酒保的眼神像是瞪著她似的，然後眼神忽然往後瞟，微微使了個眼色。

咦？葛宇彤感受到那毫秒間的態度，下一秒她的右手邊來了熟人。

「記者小姐。」連昭裕突然到她身邊，笑吟吟的。「我很好奇，怎麼突然在找那個女孩？妳說她失蹤了很久，為什麼現在才在找？」

葛宇彤啜飲一口 GIN TONIC，才慵懶的向右看他。「因為最近才發現她失蹤的。」

「所以妳在追這條新聞？」

「所以你有線報？」

「噢不不！」連昭裕趕緊搖手，「我只是想說，如果有機會的話……找到那個女生之後，可以認識一下嗎？她叫什麼名字，出來吃個飯……」

「她叫白雪。」葛宇彤沒等他說完，「我覺得她已經死了，陰魂不散的正在找殺她的兇手。」

連昭裕一時為之語塞，平靜的面容僵了幾秒，才哇的一聲，失聲笑了出來。

「這招高！高——」他指著葛宇彤搖頭，「好好，不纏妳就是了，別嚇人吶！」

「我說的是事實。」她把還捏在手裡的名片塞進他手裡，「我在找她的屍體，知道的話麻煩通知一下。」

連昭裕顫了一下身子，看著掌心裡的名片，神情一秒丕變，他擰著眉退後兩步，轉身離去。

「……宇彤？」林蔚珊不安的看著男人的背影，「妳怎麼這樣說話。」

「我覺得那傢伙知道些什麼。」葛宇彤邊喝酒，邊透過玻璃杯瞄著酒保。

酒保從容不迫的調製飲品，彷彿剛剛什麼事都沒發生。

「後門在哪裡？」她突然湊前問了。

酒保指向左邊角落，依然沒有多話。

葛宇彤端起酒一飲而盡，拉過林蔚珊就往左邊的窄廊去；後門的設計是只出不進，所以一旦從後門出去，門關上就得從前門再進來，這兒應該是便道。

刺毛也查過這裡了，可是他們的攝影機居然是空殼，所以什麼都沒拍到。

「要回去了嗎？」林蔚珊這語調可興奮了。

葛宇彤使勁推開門，就聞到一股異味，她卡在門口往外看著，夜店的後門是在暗巷裡，這條巷子是附近所有店家的後門，根本沒什麼人會行走，只是不遠的地上都是嘔吐物，還有人根本醉死在地上。

「有沒有搞錯……才幾點就喝成這樣？」她忍不住掩鼻，味道超噁的啦！

林蔚珊哎唷的閃過一灘又一灘的嘔吐物，走沒幾步就看到一個女孩子直接蹲在路邊，靠著牆像是睡著似的，裙子都撩到腰部了，完全走光。

「我的天哪……小姐？小姐！」林蔚珊上前拍拍那個女孩，她根本毫無反應。「喝成這樣，難怪會被撿屍！」

喝！林蔚珊的話彷彿一記雷，劈在葛宇彤頭上。

「什麼！」她使勁扳過林蔚珊的肩膀，「妳剛說什麼？」

「我……我……我說錯了什麼了嗎？」她有點害怕，「就她們這樣子，難怪最近撿屍新聞這麼多！」

「對啊！對啊！我怎麼沒想到呢！」葛宇彤歡呼起來，「林蔚珊！真有妳的！就是撿屍啊！」

「嗄？」說者根本丈二金剛摸不著頭腦。

「白雪公主啊，她後來不是被王子撿屍了嗎！」

「啊？被撿……不是這樣說的吧！」林蔚珊倒抽一口氣，「她是被毒蘋果噎死了，小矮人抬著為她打造的玻璃棺去埋葬，路上王子經過瞧見了，才用吻讓她甦醒。」

「那不是撿屍是什麼？白雪公主那時是具屍體啊！王子撿的就是屍體嘛！」葛宇彤雙眼熠熠有光，回身看著那關起來的後門。「白雪可能喝醉了，從後門出來後——就被撿走了！」

只是王子有沒有用一吻讓白雪醒來，這就是個謎了！

第十章

嚴老大跟沈老七被安置在警局，但警局也不是個百鬼不侵之處，事實上許多警局過去甚至是行刑場，裡頭不散的冤魂之多，令人咋舌。所以他們交保後，被葛宇彤安置到一間廟宇裡，她問過朋友了，那是間有作用的廟。

跟汽車旅館旁邊那間完全不一樣。

自他們被安置後，就沒有再發生過任何詭異事件，連歌聲都沒再聽見，但葛宇彤不覺得事情有這麼容易，以白雪那孩子的執著度而言，她不該會如此輕易善罷甘休。

卓璟璿從監視器裡找到白雪最後的身影，她就坐在吧台上喝酒，中間來搭訕的男人不計其數，也找到了符合「艾倫」條件的男孩，他們一夥四個人，左右兩邊包圍著白雪，她巧笑倩兮的與他們談天說笑，最後像是婉拒似的，但男孩們依然死纏爛打。

最後白雪不知說了什麼，才讓他們摸摸鼻子離開，雖然人仍在不遠處張望著。

接著白雪突然急速離開吧台，踉蹌不穩的朝後門方向走，然後消失在牆後，而這就是她最後的身影。

「通往門那邊沒裝攝影機，後門外也沒有，夜店說離開店裡就不關他們的事了。」卓璟瓆另外調出了艾倫的資料，「我覺得那個艾倫應該是大學生，是那間夜店的常客，一票人都在裡頭混。」

「跟連昭裕認識嗎？」葛宇彤閃亮著雙眼問。

卓璟瓆忍不住勾起微笑，點了點頭。「認識。」

葛宇彤跟林蔚珊離開夜店後，就急著打電話給卓璟瓆，告訴他白雪公主後來應該被「撿屍」的歷程；所以推測白雪可能從後門離開夜店，喝得爛醉被撿走了，還讓他查查連昭裕的交友狀況。

她當然可以透過記者間調查，但這樣會打草驚蛇，其他記者一定會嗅到不對勁，這樣反而麻煩。

其實富二代間幾乎都有認識，一掛一掛的跑夜店也是常態，只是艾倫他們是普通中小企業的二代，所以自成一掛，跟葉軍元他們也算有交情，但他跟其他人更熟。

接著從監視器中確認了白雪最後的身影，與葛宇彤猜測的一樣，她從後門離開，然後就再也沒出現過了；她身上沒錢，能跑到哪裡？只能猜測被撿屍，或跟別人走了。

「跟艾倫在一起的人也查到了嗎？」葛宇彤膝上是一疊資料夾，一個人名一個夾，富二代怎麼這麼多啊？

「只確定一個，其他的好像是同學，並不常出入。」卓璟瓚將車往右邊停靠，「另一個叫魯銘甫，算是艾倫最好的朋友，不是富二代，到夜店的開銷都由艾倫買單。」

「真有義氣。」葛宇彤抽空抬頭，「嗯？到哪裡了？」

「他們的大學，家長完全不知道孩子在外面搞些什麼，只說一陣子沒跟家裡聯繫了。」

卓璟瓚直接下了車。

大學要找一個人不是這麼容易，通常都是從系所下手，艾倫念的是傳播，因此他們直接前往傳播大樓。

「林蔚珊呢？聽說去一趟夜店嚇得半死。」

「她是很關心白雪的事，但她手邊有其他的事要處理……嗯，就顏家他們的領養問題。」

葛宇彤挑了挑眉，「好像有想要領養的對象了！唉。」

「開心點吧，有人能被顏家領養也不錯啊！」卓璟瓚輕笑著。

「不錯？我總覺得那像個詛咒，進去的都沒好事。」葛宇彤歪了歪嘴，「不過現在想來，說不定……唉，說不定白雪當年讓他們領養會比較好？」

「事情不能這樣比的——對了，那面鏡子我們還沒空去問顏思哲。」卓璟瓚倒是沒忘記那面魔鏡，雖然在他眼裡都一樣。

葛宇彤拍拍肩包，她隨身帶著，跟寶貝的西瓜刀一起。

他們直奔系所辦公室，到達後卓璟瑢出示了刑警的身分，說明來意並希望能找到艾倫，只是系主任皺眉，表情頗為為難。

「事實上我們也在找他，他已經兩星期沒來學校了，只託同學請假。」主任搖了搖頭，「理由也不說，老師都不知道該怎麼打成績了。」

「請假？」這自然不對勁，「那……他是託魯銘甫幫他請假的嗎？我想見見他。」

只見主任面露驚愕，蹙著眉搖搖頭，「很遺憾，魯同學上個月車禍過世了。」

咦？葛宇彤瞪圓雙眼，下意識的與卓璟瑢交換眼神。「那個……方便請問是怎麼樣的車禍？被撞還是……」

「車速過快，自撞電線桿，聽說時速超過一百……當場死亡。」主任長嘆一口氣，「魯同學好不容易才買了機車，他一直都是謹慎的孩子，沒想到會貪快丟了性命。」

一樣，跟飛車黨的情況一模一樣！

「還有兩個男孩，跟艾倫及魯銘甫的交情都不錯，主任知道嗎？」卓璟瑢嚴肅的追問，「我現在就得找到他們！」

「呃……這要導師或其他同學比較清楚。」主任讓他們稍等，打電話請導師過來。

卓璟瑢趁空走出去打電話，因為這所學校不是他的轄區，所以他並不知道車禍細節，加上車禍如此多，根本不會注意會有重疊的狀況，他得請李警官幫他跟這邊的人問問。

坐在位子上的葛宇彤腦裡千頭萬緒，白雪要抹滅她的過往，那幾個學生不是撿屍就是對白雪做了什麼事，她可真忙，一個都不放過。

不一會兒，有人叩門後便逕自開門而入，葛宇彤原本以為是導師，結果只是普通學生，學生到系辦詢問事情，打開櫃子像是在拿招生簡章或什麼資料。

「對，王老師，請你趕快過來，警方就在這裡等你……是！」主任又打了一通過去催，「是要問艾倫他們的事，嘿，班上有哪幾個比較熟的同學。」

在找簡章的學生回過頭，瞥了一眼。

葛宇彤留意到他的動作，下意識的看向男學生，只見他匆匆的把東西收進背包，跟助教道別，然後疾走出系辦；在他掠過眼前時，葛宇彤瞪大了眼睛仔細看，這張臉可真眼熟啊……耳朵後面還有刺青……刺青？

「同學？」葛宇彤主動叫住他，「請等一下！」

男孩子聽見她的叫喚，回頭瞥了一眼——下一秒竟瞪大雙眼，二話不說立刻衝出了系辦！

「喂！」葛宇彤拍桌站起來，她才出聲，他居然跑掉！

她跟著追出去，講完電話才要進來的卓璟瑢差點撞上衝出來的她！

「那傢伙——」她指著走廊上奔跑的身影，「我在白家公寓樓下遇過他們！」

卓璟璿立刻旋身，箭矢一般的奔出，葛宇彤跟在後頭。基本上刺毛體格相當優異，一下子就把葛宇彤拋在後頭，她倒也不那麼急，反正刺毛應該沒問題的！

只是才跑到一半，就看到明明向左跑的刺毛突然又出現。「他坐電梯下去了！」

厚！葛宇彤低咒，她今天穿高跟鞋耶，又沒有先通知說今天要追人！看卓璟璿三步併作兩步的跳下階梯，追人當跑酷似的，這裡是十樓，他已經跳跳跳不知道跳到幾樓去了。

「媽的！」葛宇彤索性抬腳脫掉高跟鞋，赤腳跑還比較快，要一口氣跳五階她也會！

好不容易跑到一樓時早就不見人影了，她衝出大門，學生們好奇的往她這兒張望。

叭——喇叭聲傳來，她嚇得向右看去，只見一台銀色 TOYOTA 朝她這邊來，她立刻向後跳上階梯，閃進大樓大門附近，那台車的輪圈直接開到樓梯上，與階梯面擦出幾許星火，車子又咚的回到地面，直駛而去！

葛宇彤立刻衝出去記下車號，手上的相機也沒忘記連拍幾張。

又一聲長按喇叭，她回頭看著熟悉的車子駛來，沒時間繞到副駕駛座，直接從後座摔進車子裡。

「右轉右轉！」她一跳上車就指揮，「他沒有從前面那道門……銀色 TOYOTA！左轉！快！」

卓璟璿穩當的開著車，葛宇彤一點都不優雅的從後座爬到副駕駛座上，迅速拉上安全帶繫好。

「車號我拍下來了。」她立刻LINE給卓璟璿，他抽空從口袋抽出手機扔給她。「傳給李警官，請他查車主是誰！」

「密碼！」一按開手機，果然加密。

卓璟璿居然遲疑了幾秒，才告訴她一串數字。

她依言輸入，找到李警官的LINE，將照片轉傳過去，並寫著：「緊急請速查。」

「我在白思齊家樓下見過他，那時我搞不清楚門牌號碼，我是問他們的！」葛宇彤緊張的握著雙拳，「四個人……還是三個人？少了魯銘甫嗎？」

「抓到就知道了。」卓璟璿屏氣凝神，已經追上了前車，就跟在屁股後面，只可惜目前道路太小，對向來車又多，他沒辦法超車。

趁機將警笛裝上車頂蓋，刺耳的鳴笛聲立刻響起。

停下！停下吧！葛宇彤不由得祈禱，躲藏對你沒有好處的……幾個轉彎，進入了寬敞的大道，卓璟璿帥氣的從左方切出去，右方切入、再切一台，一轉眼來到學生的左手邊，與之並排行駛。

車窗降下，葛宇彤對著他扯開嗓子：「停車！停車啊！警察看到沒有！」

卓璟璿挑了挑眉，不是警察的喊這麼大聲？

車子沒有停下的意思，反而一路按著喇叭直衝，卓璟璿決定逼車，至少得要擋到他前面。

「等一下——」一感覺車子倏地往右時，葛宇彤驚聲阻止。「他不會停的！」

「什麼？」卓璟璿大吼。

「白雪在車子裡！」葛宇彤看見了，看見學生握著方向盤的手上，還疊著另一隻手。

女孩從駕駛座後方伸手向前，緊緊的握住學生的雙手，他嚇得臉色蒼白，與葛宇彤四目相交時盈滿了深刻的恐懼。

「白雪在車子裡，他會自撞而死的。」葛宇彤回身找尋東西，「我要想辦法救他……」鬆開安全帶，探身向後將肩包拿回，找出張Ａ４紙在上面寫字。

「他越開越快了……等等就進鬧區了！」卓璟璿低吼著，「我至少要把他逼離開這條路。」

「靠近點！」她喊著，「白雪只剩一隻手，表示她應該還有一隻手可以用。」

只要他開窗，她就可以把佛珠什麼的扔進去。

穩穩拿著紙，上頭寫著「開窗」兩個字，葛宇彤立在車外希望學生可以看清楚，但遠處的行人斑馬線上，正值不知狀況的小學生放學！

「握好！」卓璟璿沒辦法等了，他轉動方向盤，以車身向銀色轎車狠狠撞過去！

「哇啊——」剛鬆掉安全帶的葛宇彤嚇得趕緊抓住上方扶把，但頭還是撞到了邊欄，疼得要命。

又是撞擊又是急煞的，她到處遭撞，忍著疼先趕緊拉過安全帶繫緊。此時，銀色 TOYOTA 已經帶著凹陷的車前蓋往右轉了。

卓璟璿開始要求支援，他至少成功將車子逼離市區，他們現在正往一條上山的路前進。

「不能讓他死！」卓璟璿甩下無線電低吼，「好不容易追到這裡了，絕對不能再落空！」

葛宇彤撫著滲血的前額，雙目發光的看著他堅毅的側臉，這時候的刺毛真是他媽的帥！

「好！」她跟人家熱血什麼勁啊，看車子開始上坡，他們往山上走了。

直到現在，這台車都沒有發生意外……失去一隻手的白雪果然無法完全控制車子嗎？而且汽車跟機車可不一樣啊！

「刺毛，再上去是不是有一處很寬的地方？有個大彎，路邊的石壁有避險處，非常寬？」

葛宇彤知道這邊的路，「能不能在那邊逼他停下？」

咦？卓璟璿只看了她一秒，緊抿著唇點點頭，接著用力踩下油門追上前。

正如葛宇彤所說，兩個彎道之後，就可以看見一片腹地甚廣的區域，由於警笛聲依然大作，所以來往的車輛紛紛閃避，遠遠的可以看見下山的車子也減緩速度。

卓璟璿一口氣追上去，從銀色轎車的右方進行第一次撞擊。

轎車立刻打轉，葛宇彤可以從窗子看見在裡面尖叫的白雪，那雙眼正瞪著她不放。

卓璟璿算準位置，再撞一次車身，轎車終於滑到一旁的山壁，只是不是以車頭直衝的方式，而是副駕駛座那面的車身撞擊山壁而停下。

卓璟璿這台車也沒好到哪去，兩顆安全氣囊都爆開了，他們兩個還是咬牙下車，要在第一時間把那個學生拖出來！

玻璃碎裂，但駕駛座這邊看起來似乎沒事。

「同學！」卓璟璿上前靠近車門，學生車子的安全氣囊也彈開了。

取刀割破安全氣囊，學生半昏迷的躺在椅子上，雙手還死扣著方向盤，葛宇彤趕過來才要協助，伸進去的手立刻被後頭的手握住。

少女坐在後座，用一種憤怒的眼神望著她。

『為什麼？』她問著，淚水自裂開的眼窩滑下。『都是他們啊！』

西瓜刀沒拿下來。

葛宇彤看著少女缺少的那隻手，雖然很不願意這樣傷害她的靈體，但誰讓她根本執迷不悟啊！

「殺掉他們，並不會讓妳活過來，讓警方處理好嗎？」葛宇彤理智的說著。

嗯？卓璟璿留意到身邊的女人在自言自語，車子裡有鬼嗎？不重要，他正努力用刀割開卡死的安全帶。

『我要……我要幸福。』白雪哽咽著，『我只要幸福！』

電光石火間，她那駭人的臉就從後座破碎的窗裡衝出來——葛宇彤即刻向左邊閃避，卓璟璿準確穩住她的身子。

「還好嗎？」他根本沒等她回答，就把她往旁邊扔。「快來幫我。」

「白雪想殺他的意思很明顯……喂，車門卡死了。」她使勁想拉開車門，卻完全沒有動靜。

「好了！同學！同學——」卓璟璿割開安全帶，開始呼喚學生。「聽得見吧！醒醒！爬出來！」

葛宇彤看他如此客氣，看不下去的將他推開。「你怕被投訴，我來！」

什麼？卓璟璿還沒搞清楚怎麼回事，就見葛宇彤狠狠的巴了男學生一掌。「起來啦！快點！喂——」

啪啪，清脆的巴掌毫不留情，卓璟璿看了不免皺眉，但在第三下前男學生總算醒了。

「玻璃我清掉了，可以動嗎？有受傷嗎？」卓璟璿再上前擠掉葛宇彤，他剛剛目測是沒有。

「我……天哪！我們不是故意的！」男學生忽然掩面大哭，「我們不是故意的！那天喝太多了，我們的……對不起、對不起、對不起！」

看那歇斯底里的樣子，絕對跟他們有關了。

「出來再說吧！」卓璟璿趕緊吆喝。

男學生動動身子，狀似無礙，葛宇彤趁著他在接應學生的同時跑回車上揹起包包，沒帶西瓜刀在身上就渾身不舒服，總覺得白雪不會善罷甘休。

好不容易學生從車子裡被拉出來，當地的警方也趕來了，救護車同時抵達，為男學生檢查傷勢。

卓璟璿去跟當地警察周旋，葛宇彤則盯著男學生不放，她現在就想知道答案。

「你們幾個人？艾倫？魯銘甫？你叫什麼？至少四個人，對吧？」葛宇彤雙手抱胸的倚在救護車車門邊。

「小姐。」警察上前擋開她，「請不要靠近。」

葛宇彤心急如焚，刺毛是死到哪裡去了？她的身分根本不能接近學生啊！踮起腳尖四處張望，好不容易才看見卓璟璿的身影，正想往前腳底卻一陣刺痛……啊！

「小姐，換妳了。」救護人員喚住她，「妳的腳……鞋子呢？」

啊……在包包裡。

她一蹦一跳的被扶到階梯上坐下，原來是玻璃刺進腳底，所幸傷口不深，額上的傷也是消毒一下便是；男學生就坐在她身邊，這麼近的距離連問都不能……

「怎麼回事？」卓璟瑢終於走來，看見她在包紮腳一臉不解。
「喂！快點！」她使著眼色，這時候管她的腳幹嘛。
「我跟當地警方說了，這是他們的案子……我們協助。」他認真的說著，以嚴肅的眼神盯著她，彷彿在說：這是規矩，不要亂來。
「救救我們……艾倫躲起來了，也沒有消息，我原本以為我會沒事的，我不知道她會這樣！」驀地，男學生突然抓狂吼了起來。「我們真的不知道會那樣，我們什麼都不記得了！」
「喂！」警察立刻扣住跳下車的他，「冷靜點，你在做什麼！」
啪沙啪沙——驚鳥出林，來自他們正上方的樹叢，這讓葛宇彤打了個寒顫。
她倏地抬首，看見一大片驚鳥飛出、上天……然後折了回來！「小心鳥！」
什麼？根本沒有人聽得懂她在說什麼，不管是警察、救護人員，甚至是卓璟瑢都用困惑的眼神望著她。
「小心啦！」她一邊尖叫著，一邊跳進救護車裡。「你上來！」
伸長手，她抓過學生的外套。
「喂，小姐妳做什麼！」警方基於保護心態，立刻打掉她的手。
說時遲那時快，突然振翅聲傳來，緊接著一大群鳥直襲而至！牠們圍繞在所有辦案人員的身邊，或啄或拍翅，所有人倉皇失措，伏低著身子不明白這群鳥的攻擊所為何來！

「怎麼回事！天哪！」

「哇——」鳥是一群接著一群，不客氣的攻擊所有警員，就算是逃到救護車裡的葛宇彤也沒躲過，鳥竟衝進車子裡，朝著她就是一陣猛啄。

最可惡的是，牠們對準的是她的眼睛！

「滾開！」她尖叫著，抓起東西就往鳥身上揮。

「同學！」卓璟璿整個人都蹲在地上，雖然能用手護著，但圍繞在他身邊的鳥少說有幾十隻。「上車！同——」

「哇哇——我們不知道會這樣！對不起！」學生驚恐的尖叫著，鳥群重重包圍住他，連人影都瞧不見了。

而剛剛架著他的警察根本早已自顧不暇，大家都歇斯底里的亂揮亂轉。

「請妳住手——我們沒有要殺妳的意思！」男孩子哭喊著，「好痛！不要——哇啊——」

男孩子被追得無處可躲，雙手、身上開始被啄出傷口，他驚恐的想躲想逃，一路移動奔跑，但是密密麻麻的鳥群卻亦步亦趨，瘋狂的啄著他。

護身符……葛宇彤連摘下護身符的機會都沒有，她歇斯底里的在車子裡竄來躲去，鳥一有機會就撲上啊！

叭——叭——低沉的喇叭聲急促的傳來，頭埋在膝間的葛宇彤倏地睜大眼睛。

「不不不——」她突然直起身子，「刺毛！學生——」

用西裝外套裹著自己頭部的卓璟璿登時一驚，立刻往左前方看去——他自己都移了位置，更別說剛剛還在面前的學生已經不見了！

軋——

巨響「砰」的傳來，在山谷間迴盪著，刺耳的煞車聲令人膽戰心驚，就在這瞬間，在身邊拍翅的鳥突然一秒調轉回頭，啪噠啪噠的盡數朝空中飛走了。

一整群黑壓壓的鳥同時離開了所有警員的身邊，剛剛的一切彷彿一場夢，或許根本不到十秒的時間，卻已經讓所有人兵荒馬亂。

卓璟璿第一時間衝到馬路上，看著他們圍起來的現場外頭，那剩下的一線道上，停了一台砂石車，後輪裡卡著一雙腳，懸在半空中顯示身體早已在輪子裡。

紅血滴答滴答，開始從輪下滲了出來。

葛宇彤並不急，緩緩走下救護車，臉上有不少鳥喙啄出的傷口，她早該知道白雪為達目的，不擇手段。

「天哪……剛剛是怎麼回事！」

「那個學生被撞死了！」

警察們手足無措，適才那短短幾十秒簡直像是一場惡夢，救護人員慌亂的趴在砂石車邊，搖了搖頭。

「我不知道啊，他突然衝出來的！」司機抱著頭，「我很遠就鳴喇叭了，一大群鳥在旁邊……但是他真的是突然衝出來的！不是我的錯啊！」

是，不是你的錯。

葛宇彤頹然的靠著救護車，抹去臉上的鮮血，瞪著上方的青天白雲及綠樹，還有正飛過的幾隻鳥兒。

卓璟璿回身，頭疼的撫著前額走來，眉心緊皺，但看得出他身子緊繃，滿腔怒火熊熊燃燒。

「好像不只我一個人覺得火大？」她仰起頭。

「事情不是這樣搞的，讓她一個人濫殺就好了？」卓璟璿本就不能接受亡者殺戮，「不管她幾歲，不管她遇到什麼事，這樣做都太過分了！」

他氣得咆哮，一拳打在救護車上。

「就說過了，不能跟厲鬼講道理。」話雖這麼說，但葛宇彤拳頭握得比誰都緊。「下次遇到，我要用刀子割開她的喉嚨，不讓她再唱歌……」

就算明知是個孩子，可能無辜，可能死得痛苦，但不能讓她再這樣屠殺下去……人鬼有別，她不能妨礙陽界的規則！

手機響起，她深吸幾口氣平復情緒，瞥了一眼不明號碼，狐疑的接通。

「喂，葛宇彤。」

『……』電話那頭沒有什麼聲音，只有濃厚的呼吸聲。『呼……』

「死變態。」她不客氣的唸著，手機拿離耳朵邊。

『妳、妳是記者嗎？』哽咽的聲音突然傳來。

葛宇彤愣了一下，將手機重新放回耳邊。「是的，請問你是……」

『我是……求求妳救救我！她來了！她要把我們都殺掉！』男孩嚎啕大哭著，『我們不是故意殺死她的！』

第十一章

從警局離開時已經快十一點了，因為這次葛宇彤與卓璟璿不僅僅是目擊者，還是「肇事者」，撞爛的轎車已經被拖吊走，他們必須清楚交代過程；由於開車的是卓璟璿，所以葛宇彤原則上只交代了她所見所聞，不若他那般繁雜，因而早早就結束了。

許多警察身上都有小傷口，全是鳥喙啄出來的，而葛宇彤連臉跟手臂都有，後頸背部更是痛癢難耐，一直很想去抓，且隱隱作疼，從沒想過小鳥的嘴喙居然這麼硬又這麼銳利。

男學生叫黃威源，當場死亡，無辜的砂石車司機根本不明白他為什麼突然衝出，那是個完全煞車不及的狀況，但司機的確有看到一大片鳥兒圍繞在警方身邊；警察間更是竊竊私語，談論著這玄奇事件，每個被攻擊的警察都覺得不可思議，鳥群攻擊史無前例，而且密集得很誇張。

葛宇彤坐在外面等待，警察都待她很好，還替她準備了拖鞋，因為包紮腳傷，塞不進高跟鞋裡了；她每次一急什麼都拋諸腦後，赤著腳到處走才會踩到玻璃，說穿了就是活該。

她抱著咖啡坐立難安，下午那通電話讓她一直很想行動，好不容易找到的學生因意外身故，但還有兩個藏起來的學生，恐怕已經被怨鬼追殺了吧？才會選擇躲起來。

嚴老大跟沈老七已經被妥善保護，但他們終究不是知道白雪最後下落的人，更不是痛下殺手的人，電話中的男孩哭著自白，他們不是故意要殺她的。

兇手居然還有兩個……撿屍的應該只有英挺的王子一位啊，一口氣增加這麼多個，白雪是打算「去蕪存菁」到剩下一名嗎？

但她記得白雪也在找誰是王子啊！

「……葛宇彤！」一旁突然傳來叫聲，林蔚珊慌張的奔入警局。

「林蔚珊！妳怎麼真的來了啦！」葛宇彤嚇了一跳，她是跟林蔚珊通過電話，但沒料想她會真的過來。

「妳不是受傷了……」她視線立刻看到右腳掌的紗布，「哎，怎麼這麼不小心……來！」她放下手裡的提袋，拿出一雙家用的毛茸茸兔子拖鞋。「穿這個比較舒服，柔軟又沒有寬度限制！」

葛宇彤忍不住泛起笑，心窩暖暖的，林蔚珊總是這麼貼心。「謝謝……難為妳這樣特地過來。」

「欸……我聽說了。」她抬起頭，留意到葛宇彤臉上跟頸子上的大小傷。「我知道又出事了，所以放心不下，又是……白雪？」

葛宇彤點點頭，但電話裡只說了大概，讓林蔚珊於心難安，決意還是親自過來一趟；所以葛宇彤清楚的交代了事情的來龍去脈，咫尺之遙的警察完全無法工作，人人都豎耳傾聽。

「那這邊的車禍也有黑髮嗎？」林蔚珊緊絞雙手，她沒想到在另外一個城市也有這樣的事！

「欸……」葛宇彤歪著頭，她還真不知道。「這得等刺毛跟我說。」

「有！」背對他們的警察轉過身來，「真的有黑髮，妳們怎麼知道？」

兩個女孩眨了眨眼，面對積極的警察尷尬一笑。「我們那邊也是，還連續三起。」

「真的有問題耶！」警察們交頭接耳，「就說那個頭髮很奇怪了，只是查不出來是誰……」

「上次老謝就說過陰氣很重了，我們不是都去拜過？」

「就是……今天鳥群發狂亂攻擊也不正常啊，等等還是都去一下好了。」

對對，葛宇彤絕對支持他們這樣做，她知道警方其實私底下是吃這套的，不管真假，總之到廟裡燒個香、去個邪氣都有益無害。

終於，裡頭傳來聲音，熟悉的步伐聲踏出，卓璟璿一邊穿著外套，一邊跟承辦的警官交談，闊步而出。

「走了。」他一看見葛宇彤立刻甩頭，但瞧見林蔚珊時有點訝異。「陳警官，那就再保持密切聯絡。」

「好，後續只怕麻煩事還不小，你要有心理準備。」

「知道。」卓璟璿頷首，一副嚴肅模樣。

葛宇彤趕忙起身，林蔚珊原本要攙著她走，但她嫌麻煩，打算用單腳跳，跳跳跳到門口。

「這樣是要怎麼走路？」卓璟璿來到她身邊，皺起眉。「妳不要拖累我啊！」

「喂喂喂，這話怎麼說的！」她聲調揚高了八度，「刺先生，多少次是我救大家於水火啊！」

「我姓卓。」他皺眉，刺毛她還真叫慣了？一進警局就叫個沒完，害得這個綽號越傳越遠！「林小姐怎麼來了？」

「放心不下她。」林蔚珊實話實說，「聽到又出事就覺得不安心，而且隔這麼遠的地方居然有一樣的情況……」

「那就開妳的車吧。」他瞬而接手，將葛宇彤摟了過來。「妳去開車。」

他的車報廢了，葛宇彤根本沒開車來，現在剛好林蔚珊有車，也算天意！林蔚珊聞言立刻點頭出去開車，葛宇彤就這樣縮起一隻右腳倚在卓璟璿身上。

「約了嗎？」他低語。

「得等他們打來，剛剛有兩通來電，那時我在做筆錄。」她也很無奈，「你呢？狀況如何？」

「就這樣了，現在最大的麻煩是家屬，他們有可能會告我執法過當、沒必要追他們兒子的車、把他們兒子逼上死路……反正都有可能，我要有心理準備就是了。」

嗯……現在的社會的確如此，儘管剛剛如果卓璟璿不使盡手段逼車停下，只怕他現在已闖進鬧區，或撞死斑馬線上的幼童了；只是人們不會去管起因與過程，他們看的只有結果，警察成為眾矢之的似乎是一種常態。

「你還記得我是記者吧？」葛宇彤勾起微笑，「我會竭盡我所能的，需要律師的話，我妹也可以幫忙。」

「謝了。」卓璟璿只是微笑，但似乎已做好最壞的打算。

林蔚珊將車子停妥在門口，急急忙忙的下車想要攙扶葛宇彤，卓璟璿卻只是讓她拿好自己的東西；接著直接打橫抱起葛宇彤，嚇得她措手不及，連忙攬住他的頸子。

「喂……」她有點心跳加速，「可以先通知嗎？」

「這還要通知？」卓璟璿皺眉，把她扔進副駕駛座。「莫名其妙。」

「這是公主抱耶！像我這麼正的妹，好歹——喂！」人家已經把車門甩上了，葛宇彤氣呼呼的轉向左邊等著他進來繼續唸。

結果誰知他走進警局，又不知道跟其他警察在討論什麼。

後車門打開，林蔚珊笑著坐進來。「哎唷！」

「妳發出那什麼聲音啦！」葛宇彤倏地回頭一瞪，「我的肩包呢？」

「這裡。」林蔚珊堆滿不懷好意的笑容，「什麼時候發展的也不說一下。」

唉……葛宇彤重嘆一口，「他只是懶得攙著我走而已，不要想太多！」

「嘻！」林蔚珊還在竊笑，那笑聲聽得葛宇彤就渾身不舒服。

「好啦！說吧！就算真的擔心妳應該也不會直接跑過來！」葛宇彤認真的望著她，「發生什麼事了？」

林蔚珊的笑容僵硬，眉頭立刻皺起，露出一種難過失望的神情。「今天顏家又去育幼院了，顏思哲是放學後才來的……我在他車上看到一個人。」

「誰？」

「那個連少爺。」林蔚珊趨前攀著椅子，「是連昭裕載顏思哲來的耶，兩個人下車後還聊了一會兒，連昭裕才上車離去，始終眉頭深鎖，像是在煩惱什麼事。」

繞到顏思哲身上葛宇彤並不意外，那莫名其妙的鏡子就是他給的。

「妳在哪裡看見的？有聽到他們說話嗎？」

「就在育幼院門口，我原本要出去，卻看見他們在車裡說話，所以就一直躲在門內沒出去。」林蔚珊說得一副膽戰心驚的模樣，「後來聽見關車門的聲音，我才再往外探，看見顏思哲彎身在車窗邊跟連昭裕講最後一句，還拍拍他的肩。」

「有聽見嗎？」葛宇彤亮著雙眼問。

林蔚珊用難受的眼神點點頭，「我聽見艾倫。」

十一點半，車子停在一間廟外的停車場，離開警局後沒多久就接到電話，電話中哭泣的男孩指定了這個地點，由於距離不遠，他們便直接前往。

躲在廟裡是正確的選擇，葛宇彤下車看著黑暗裡的廟宇，這間廟宇給人溫暖的感覺，是有保護力量的廟，躲在這兒應該沒事；不過既然會躲來這裡，不是虧心事做絕了，就是已經遇過白雪了。

下車時卓璟瓚留意到還有另一台車停在停車場，剛剛明明是黑暗靜止，此刻車裡的燈突然亮起，有人開車門下了車。

「注意。」他說著，警戒的盯著那台車。

下車的人不躲不藏，光明正大的現身，筆直朝他們走來，林蔚珊瞪圓雙眼看向葛宇彤，就是他！

「連昭裕。」葛宇彤揚了聲，「這麼晚還來拜拜喔！」

「別調侃我了。」連昭裕用無奈的口吻說著，「是我把妳的電話給阿治的！」

阿治應該是指何華治，他們已經從學校老師那邊得知，常在一起的那四個人分別是潘國龍、何華治、魯銘甫及黃威源，目前活著的就剩兩個了。

那天在包廂裡遞出的名片果然還是有作用，葛宇彤冷冷一笑。「你那天好像沒提過跟何華治他們認識啊？」

「妳那天也沒問。」這傢伙倒是挺皮的，瞥向就近的卓璟璿頷首。「這位是？」

「刺毛，我朋友。」葛宇彤草草介紹，扶著車子一拐一拐的走出去。「我提過艾倫，你也沒吭半句。」

「我認識的叫國龍，不叫艾倫。」連昭裕繼續詭辯，「別在意這種枝微末節了，妳不是在找白雪？阿治他知道這件事。」

「那他知道黃威源已經死了嗎？」卓璟璿不客氣的接口，換來連昭裕狠狠倒抽一口氣！

「死了？什麼時候的事！」黑暗中看不出他臉色，但是眼神呈現惶惑。「怎麼可能，他下午還好好的……」

「就傳完 LINE 之後吧！也是意外死亡，不過我想你可能知道那不是真正的意外。」卓璟璿凝視著他的眼神，凌厲且毫不客氣。

連昭裕感覺得出敵意，只能嘆氣。「這真的不關我的事，我沒參與其中……但知道誰有參與罷了！」

他旋身走向廟的側門，朝他們比了一個請。

連昭裕認識何華治那票，表示那晚對她說了謊，葛宇彤看著那高瘦的背影思考，本來他就沒有對她坦然的必要，更別說她是扛著記者招牌去的，怎麼可能不防？也是情有可原。

只是他把電話交給何華治，讓他打電話求救，就表示連昭裕可能知道白雪的事，再不然，也一定知道艾倫他們與白雪之間的關係。

敲了廟門後，很快就有和尚開門，感覺上與連昭裕熟識，還先打了招呼，緊接著一路往廟後方的廂房去，在角落一間窄小的包廂中，見到了滿臉鬍碴，雙眼哭紅的男孩，何華治。

「昭裕！」何華治一瞧見他就撲了上去，「我剛看新聞，威源死了！死了！」

唉，連昭裕皺眉。「新聞播出來了嗎？」

「說他在被捕過程中意圖逃跑，所以撞上砂石車……」何華治哭喊著，「不是意外，那一定不是意外。」

「的確不是。」葛宇彤出聲，希望這位何同學能意識到還有別人在。「我們那時被鳥群攻擊，大家驚恐的亂逃亂跑，他是那時候跑出去被撞死的。」

何華治一僵，愣愣的看向站在門口的不速之客，雙眼瞪圓，倒抽口氣。「記者……葛宇彤小姐？」

「嗨。」她挑了挑眉，應付的揮動右手表示一下。「這位是刺毛先生，整顆頭髮刺刺的刺毛，那位是林蔚珊小姐，她是兒福機構的志工，也認識白雪。」

何華治皺起眉，「白雪？什麼白雪？」

卓璟瑢厭惡那種看起來什麼都不知情的無辜樣，「就是那個被你們殺掉的少女。」

喝！何華治聞言嚇得鬆開擁抱連昭裕的手，連連退後數步，豆大的淚立即往下掉。「不是……我們沒有要殺她的！根本不知道誰殺了她，我們醒來時她就已經死了！」

「你們撿屍嗎？撿走喝得爛醉的她？」林蔚珊焦急的上前，她關心的只有孩子。「四個人撿走一個人後發生什麼事？白雪一反抗，你們就打她，掐她脖子、還是拿東西揍她？」

「沒有！都沒有！我們什麼都沒有做！」何華治歇斯底里的哭喊起來，雙手抱頭痛哭失聲。「我們我……什麼都不記得！」

葛宇彤趕緊安撫林蔚珊，別遇到孩子的事就激動，她拐著腳上前，拉開方桌邊的椅凳坐下。

「你慢慢哭，哭夠了我想知道發生了什麼事。」她聲音倒是很輕柔，「在這之前你應該知道幾件事：你同伴的意外車禍不是意外，你比誰都清楚；我們那邊也發生了幾起離奇車禍，那些人生前都跟白雪認識。」

「啊……」何華治全身發抖，靠著牆滑坐下來。

連昭裕趕緊安撫他的情緒，一邊低聲勸說，既然選擇打電話給葛宇彤，就表示他多後悔多害怕，黃威源已經死了，表示事情根本尚未終止，難道他想一輩子待在這間廟裡？

「我真的不知道……她是什麼時候死的。」何華治不斷哭泣，說得含糊不清。「那天在夜店，我們看見一個很正的妹……」

在他們眼裡，白雪是個異常漂亮迷人的女孩，不管跟誰對到眼，都不吝惜給予迷人的笑容，所以最先上前的是艾倫，也就是潘國龍；他們跳了好幾段舞，白雪很瘋也很開心，對於他的身體碰觸也沒有抗拒，後來他們又再跳了幾支舞後，白雪表示要休息一下，還說有人陪她來，這句話似乎是提醒潘國龍：她不是隻身一人。

所以潘國龍悻悻的回到桌邊，抱怨正妹果然身邊已經有人，他們四個繼續喝酒聊天，過了一會兒，魯銘甫注意到白雪隻身坐在後面的吧台上，跟其他剛靠過來的男人有說有笑。

這讓潘國龍有點不滿，因為那群男人後來離開後，她身邊也不再有人，感覺說有人陪伴像是一個幌子；又觀察了一會兒，他們決定主動出擊，潘國龍主動接近，還點了一杯酒請白雪。

白雪見到他並沒有訝異，還很熱情的打招呼，潘國龍面對她的笑容只覺得這女人也太厲害了，直接問她到底有沒有人陪她來，要不要跟他們一起出去玩時，白雪搖了搖頭，指向遠處某個方向表示她真的有人陪。

但隨便一指根本誰都看不清，酒酣耳熱的他們真的覺得白雪在敷衍，莫名的火氣湧上，潘國龍覺得面子掛不住，跟她表明若是不想一起出去就明講，幹嘛這樣騙人？白雪一臉無辜，說她真的有人陪，而且要跟誰出去不是她自己能決定的。

一邊說一邊道歉，讓潘國龍不要生氣，酒保的眼睛一直盯著他們，唯恐他們生事，所以最後潘國龍只叫白雪喝酒當作賠罪，她甜笑的說謝謝，將調酒喝下。

當時何華治覺得她好像喝多了，眼神都泛著迷濛，讓潘國龍不要跟她計較，而且女生本來就有拒絕的權利，所以拉了他回座位；只是還沒坐下，就看到白雪離開櫃台，踉踉蹌蹌的一路往後門的方向去，走路東倒西歪，看來喝得不少。

何華治還特別留意她有沒有把後門抵住，卻見她出去後沒有再回來，所以提議大家出去看看，等他們從後門步出時，看見的是倒在牆邊，喝得爛醉的白雪。

「所以就撿屍了？」葛宇彤緊皺起眉，「你們真的很變態！看到女生喝醉了就想性侵？誰教你們這樣做是對的？」

「當時我們都喝多了！潘國龍搖了搖那個妹，發現她都沒反應，就說這是個大好機會……她拒絕了我們，但現在卻毫無反抗之力，可以隨便我們幹嘛！」何華治緊抱著頭，「我當時也不知道是怎麼了，看見她那麼漂亮，因為喝醉裙子都上撩了，她穿著紅色的丁字褲，超性感的……」

「那都是藉口，性侵就是犯罪。」林蔚珊氣急敗壞的斥責，「她可以醉倒在路邊，不代表你們可以亂來！」

「我怎麼知道！那是活生生的誘惑啊！」何華治暴怒哭喊著，「反正我們就是衝動、我們看到她就想上，所以抱著她就到旅館去了！」

「念這麼多書還是精蟲衝腦！」葛宇彤懶得批評了，反正白雪已經親自料理了。「然後呢？性侵她的中間她醒了？反抗？尖叫？誰下的手？」

何華治搖了搖頭，認真的搖著。「我什麼都不記得！我們清醒時已經快天亮了，看見躺在床上的她，才知道自己幹了什麼事，我把大家都搖醒，想著該怎麼辦，國龍就說想塞錢給白雪，叫她閉嘴。」

先為她蓋上被子，再假意搖醒她，卻發現床上的女孩如此冰冷僵硬，怎麼搖都搖不醒。

「是我去探她的心跳的……她根本沒有心跳，全身跟冰塊一樣，我們甚至不知道她什麼時候死的！」何華治驚慌的哭著，「沒有人有記憶，我們連性侵她的過程都是很片段的，可是她身上沒有傷口，我們身上也都沒有血……我只記得她醉得不省人事啊！」

「這時候你們應該報警。」卓璟瑢義正詞嚴，「然後呢？人呢？」

「會報警就不會想塞錢了，他們是怕曝光吧？」葛宇彤有種誰都不想幫的衝動。

「國龍說把她埋起來就好了，不會有人知道的……那是汽車旅館，進去時她是被塞在後車廂裡，所以沒有任何監視器拍到她，我們也這樣出去。」何華治顫抖的瞪著地面，「國龍找了個地方把她埋起來，然後我們約好誰都不許說這件事，當作不知道……在同一艘船上，根本沒人會說啊！」

「事情沒這麼簡單吧？」卓璟瑢思考了一會兒，「葛宇彤看見的亡靈整張臉幾乎毀容，她說有一半的臉是凹裂的，連下巴都不見？」

何華治鐵青著一張臉，不可思議的緊抓著連昭裕。「怎麼……你們怎麼知道？」

「你們對她做了什麼？」葛宇彤緊握雙拳，怒從中來。

「不是不是……是要埋屍體的時候……她好重，阿源不小心鬆開手，在斜坡上誰都扛不住，所以她的身體就往下掉，撞上了石頭。」何華治緊張的嚥了口口水，「右邊的臉整個凹掉，下巴也撞碎，因為距離很高，她又連續撞了好幾塊……」

死後的撞擊嗎？葛宇彤抱持極大的懷疑態度。「不是你們拿鎚子毀她的容，活活敲死她的？」

「不是！真的不是！」何華治驚恐的連忙搖頭，「真的是因為滑掉才害她變那樣的……

那樣子好可怕，我們為了重新把她從下面搬到土穴裡，又花了一番功夫！」

一旁的林蔚珊已經淚流不止，她知道白雪已經死亡的可能性很大，但居然是在這種情況下死亡，屍身甚至還遭此橫禍，又被草草埋屍，讓她怒不可遏。

簡單來說，離開飛車黨的那晚，她就已經死了。

「不該是這樣的，她應該、應該過著平凡的生活，為什麼會變成這樣？」林蔚珊難受的說著，「被趕出家門，跟一群流氓住在一起還去援交，最後居然被你們這群人性侵死在床上！」

「我們真的沒殺人啊！」何華治痛苦的喊著，「我們沒有殺她！真的！」

「你們吸毒嗎？」卓璟瑢一臉完全不信的表情，「K？還是冰？」

毒加酒，會讓人在無意識間做出許多荒唐的行徑而不會留下任何記憶。

「沒有沒有，我們真的沒吸毒，我願意做尿液檢查！」何華治連忙否認，「吸毒是不歸路，我們沒這麼傻！」

「撿屍也沒多聰明啊！」葛宇彤挑起一邊嘴角嘲諷著，「看看撿屍的下場是什麼？躲到廟裡來表示你知道她，她什麼時候找上你們的？」

何華治打了個寒顫，恐懼的瞪圓雙眼。

「阿魯先看見的，他跟我們說那個妹站在他家樓下，坐在他機車上抬頭瞪著他，我們都不信，可是他一直跟我們說要去自首，國龍氣到揍他兩拳，說已經四個月了，都沒有人知道，叫他閉嘴把這件事忘掉……」何華治抬起頭，眼裡盈滿淚水。「隔天他就死了！我們都有去現場，看見他身上的黑色長髮時大家就都知道了！」

那個美麗的女孩擁有一頭極長的黑髮，是她的特色之一啊！

「人不會無緣無故的就死，你們每個人都有嫌疑。」卓璟瑨厲聲說著，「站起來，帶我們去找她！」

「我不要我不要！」何華治恐懼的喊著，「我不要離開這裡，一出去她就會來的，她一定會來找我的！她才殺了威源，她不會放過我們的！」

「潘國龍呢？」葛宇彤沒忘記始作俑者，「他躲到哪裡去了？」

「我不要我不要！」何華治還在唸著，他拉住身邊連昭裕的衣服低吼。「她會來找我的，真的，她一定會……」

連昭裕不停的安撫他，握著他的臂膀不知道該說什麼，安慰的話也不是，說加油好像也有點怪。

「這件事你知道多少？」葛宇彤望著連昭裕。

他臉色有點僵硬，好一會兒才說：「知道全部，但都只是雛形。」

「你早知道白雪死了？」林蔚珊不可思議的喊著。

「我不知道她叫白雪，我只知道那天艾倫有跟她跳舞，也大概知道他追著她出去……後面的事我不清楚，是自己拼湊出來的。」連昭裕也是實話實說，「隔天早上他們慌亂的打給我，說人死了怎麼辦，我還在宿醉根本聽不明白，電話扔到床底就沒理他們了，是幾天後才想起來。」

連昭裕抓著潘國龍詢問那天早上莫名其妙的電話，他哭著和盤托出，的確是不知道怎麼回事，一早醒來女孩就已經死了，他們草草埋了她。

「那天我問你關於白雪的事，你倒是挺從容的？」葛宇彤瞇起眼，「刺毛，知情不報有沒有犯法？」

「很遺憾沒有。」卓璟瑢還沒回答，連昭裕倒自己答了。「我沒有據實以告的義務，我也沒有提供他們任何逃亡的場所或金錢，所以並無觸法；我只是知道這件事，但不打算講。直到那天妳在夜店出現，我也知道他們狀況很糟，所以才跟他們說有人在調查的事。」

林蔚珊抹去淚水，走到卓璟瑢身邊。「卓警官，能夠調派人手去找白雪嗎？」

卓警官？警官？這瞬間，何華治整個人都跳起來了，甚至連昭裕都瞠目結舌，他們壓根兒沒想到這位刺什麼毛的是警察！

「妳帶警察來！妳居然帶警察來！」何華治不可思議的大喊，但是停頓了一秒後又突然癱軟跪地。「我要自首，我受夠這樣的日子了，我自首的話她會不會放過我？」

葛宇彤翻了個白眼，「不會。」

這麼容易的話，就枉費她那麼努力的一個個抹殺了。

「可以，只要知道地點我立刻聯繫。」卓璟璿回應著葛宇彤，接著闊步走向何華治，他嚇得節節後退。「喂，躲什麼？起來，帶我們去找屍體！」

「我不知道……我不認得路！」何華治慌張的掙扎，「潘國龍才知道，那天天這麼暗，地點是他選的，我沒有說謊，我真的不記得！」

「那潘國龍在哪裡？」卓璟璿不客氣的揪起何華治的衣領，將他拉近至身前。

潘國龍……何華治明顯別開了眼神，他遲疑了。他答應過國龍絕對不能說出彼此的藏身地，不，他也承諾過不能把這件事說出去啊！

「拖他出來吧！」葛宇彤當下做了決定，乾淨俐落。「拖到廟外面，讓白雪親自問他！」

嗯，卓璟璿二話不說揪著他衣領就往外拖，何華治驚恐大吼，連昭裕立刻拉住卓璟璿。

「喂！放手！你們這麼粗暴！我、我要檢舉你喔！」他拽著卓璟璿的手阻止他。

「那我來吧，你來告我。」腳有傷的葛宇彤居然回身，扯過何華治的手臂繼續往前走。

「俗辣，只敢躲在廟裡，性侵的時候不是很強嗎？撿屍的時候笑得不是很開心嗎？」

「不要——他在別墅裡，他們家在山上的那棟別墅！」何華治跟孩子一樣，哭得唏哩嘩啦。

葛宇彤瞥了卓璟璿一眼，兩個人同時分別拉起何華治的左右兩手，持續往外拖——說了這麼多，總還是要有個帶路人吧！

第十二章

潘國龍躲在自家某棟別墅裡，雖不是家財萬貫的富二代，但至少也有千貫，幾棟房子是基本配備，他躲在其中一棟山裡的別墅中，這別墅附近不遠便是間靈驗的廟宇。

連昭裕主動上前按門鈴，即使時近午夜，稱職的傭人還是前來應門。

「連少爺？」中年女人果然認得他，「這麼晚了，怎麼——」

「來找國龍的。」連昭裕趕緊伸手把何華治也帶上，「我跟阿治一起來的，國龍呢？」

不等女人答話，卓璟瑨立刻把門頂開。

「欸欸……你們……」女人趕忙追上，「連少爺，你知道少爺說過這陣子不見人的，他不讓人打攪。」

葛宇彤跟林蔚珊殿後，看著不開燈的豪宅裡多了份陰森之氣。

「家裡沒有什麼異狀嗎？」她急忙拉住女人，「東西掉落？移位，還是妳看見什麼孤魂野鬼在附近飄？」

「啊啊別說了！」女人一臉慘白，「我什麼都不知道啊，我沒做虧心事的，我……」

「去廟裡躲躲。」葛宇彤抬起手，用力握住她的手。「最好現在就去。」

女人一臉恐慌，連多說一句話的時間都沒有，轉身便奪門而出！林蔚珊有點錯愕的看著她奔離的身影，嚥了一口口水。「這樣是說……有什麼嗎？」

不然怎麼嚇得奪門而出？

「國龍！潘國龍！」連昭裕一路往二樓走，何華治則一副很想落跑的樣子，但卻被身後的卓璟瑢直接擋住，往樓上推去。

「我不要上去！我不要！」他轉身就下樓，撲在卓璟瑢身上喊著。「我已經帶你們來了，你們放過我吧！」

「敢做幹嘛不敢當？」卓璟瑢沉著聲，每一字一句都含著怒氣，使勁將他往樓上推。「你真以為你能平安回到廟裡嗎？」

啊啊……何華治痛苦的閉上雙眼，所以他從來沒想過要離開啊！

「這裡！」連昭裕從看起來像牆壁的中間縫隙探出頭來，「這邊有道假牆，從這邊繞進來！」

卓璟瑢詫異的走上前，看著眼前真的像牆的地方，但真的往前踏到底，左邊卻赫見一條足夠側身通過的窄路。

「誰在家裡做這種密道啊？」他擰眉，抓過何華治往裡扔。「你先走。」

側著身走進窄道裡，沒一公尺就變得寬敞，原來這裡藏了另一間房間，正方形格局，單扇鐵門上鎖。

「潘國龍！潘國龍！」連昭裕在外面拍著門，「開門啊你！」

葛宇彤突然從肩包裡拿出西瓜刀，這嚇得兩個大學生一陣錯愕，臉色蒼白。「妳妳……」

林蔚珊見狀倒抽一口氣，忙不迭的從頸子上取下護身符，緊緊握在掌心，卓璟瑢回首一瞥，嘆口氣皺起眉頭，看樣子白雪在這裡。

「我還有警棍。」他從容的握住警棍。

兩個大男孩根本丈二金剛摸不著頭腦，只覺得他們怪怪的，但隨著裡頭傳來開門聲，立刻就分了神。

開門的是人不像人、鬼不像鬼的男孩，眼窩凹陷，兩眼無神，雙頰削瘦，別說滿臉鬍碴了，感覺連站都站不穩。

「潘國龍？」連昭裕愣住了，「你怎麼變成這樣！」

卓璟瑢皺起眉頭打量，這跟資料照也太不符合了。

潘國龍像魂不附體似的毫無反應，只是看著連昭裕，一臉疑惑的彷彿在思考，反應相當遲鈍。

「國龍……為什麼變這樣？」連何華治都害怕起來，「你也遇到她了嗎？」

潘國龍不語，只是回頭往房裡走去，宛如行屍走肉。

「潘國龍！」連昭裕連忙上前，他怎麼陰陽怪氣的啊！

只是一踏進屋裡，連昭裕就傻了。

「這是佛堂嗎？還是什麼避難室？」葛宇彤好奇的也跟著走進去，「待在這裡能沒事也太怪了。」

「真臭！」卓璟璿嫌惡的說，「我打電話問他爸媽時還說不知道他在哪裡……」

「你沒聽過父母的經典名言，我兒子很乖，都是別人帶壞他的？」葛宇彤冷哼一聲，勘查著四周。

左邊一轉看到自己，右邊一轉還是看到自己，她這才專心的環顧四周，看著四面八方全都映著她、刺毛、林蔚珊及全部的人！

「天哪……」林蔚珊伸手摸向牆上的鏡子，「這是白家的升級版啊！全部都是……鏡子。」

這根本是間鏡屋。

不是白思齊家那種簡陋的四處找鏡子掛在牆上，而是一大面一大面跟舞蹈教室一樣的大鏡子，密實的黏貼在四面牆上，無一處遺漏，尤有甚者……卓璟璿抬頭向上，房間正中央的天花板上，還有面圓形大鏡黏得紮實。

這間房高度不到三公尺，或許是當避難室，所以天花板約莫只有兩公尺高，卓璟璿都快頂到頭了。

「這裡怎麼變成這樣？」何華治詫異的說，彷彿他之前知道這裡。「潘國龍！你黏這麼多鏡子做什麼？」

「她要我做的……」潘國龍的聲音細如蚊蚋，「她要鏡子……要鏡子……」

她？葛宇彤登時驚覺，回身看向正門。「出去！」

咦？靠近門口的林蔚珊卻一時驚愕，聽著身後的門轟然關上——砰！鐵門關上的聲音令人膽寒，那扇門後竟也有一面與門等大的鏡子，映著林蔚珊那張倉皇的臉。

「她說她要鏡子！要滿滿的鏡子！」潘國龍突然抓狂吼叫起來，「不然她不會放過我的！」

他是王子嗎？葛宇彤一秒閃過這個疑問，所以才沒被白雪抹殺掉，所有碰過她的男人都該被抹掉，因為這樣她才能得到幸福？跟王子在一起？

這間屋子，難道就是她跟王子的城堡？

林蔚珊緊張的揪著手，不安的轉圈，看著鏡子裡映出的六個人影，恐懼於不知道白雪什麼時候會出現。

「你跟她說了什麼？」葛宇彤突然跪上榻榻米，逼問潘國龍。「你答應過她什麼嗎？說什麼她很髒所以不能跟你在一起？還是對他說過什麼承諾？」

「我沒有！我沒有啊！」潘國龍的雙眼滿佈血絲，看來在恐懼下生活一段時日了。「她突然出現，魯銘甫死了之後她就跑來找我了，我拚命說對不起，跟她道歉，我說我可以給她任何東西，燒紙錢，超渡法會，就是求她不要殺我……她、她就說要鏡子。」

鏡子，卓璟瓈瞥向葛宇彤的肩包，白雪指的應該是那一面吧？

「就這樣？」何華治一臉錯愕，「她只是要鏡子？」

「她每天晚上都來找我，她要跳舞，要唱歌，要拉著我一起！」潘國龍每一句話都是用吼的，「我不想要她就傷害我，阿治！你幫我求她放過我、我已經幫她打造了鏡屋，可以放過我了……」

「這玩哪招？」卓璟瓈皺眉，「故事裡有這段嗎？」

林蔚珊飛快的搖頭，她可是熟知童話故事的咧，白雪公主哪時候在鏡屋裡跳舞唱歌了？但是，跟王子在一起過著幸福快樂的日子，這句是一定有的！

「我不知道她在搞什麼！」葛宇彤帶著不耐煩的口吻，青少年很難懂耶！

林蔚珊戰戰兢兢的看著，突然間一個轉身，留意到潘國龍身邊的鏡子裡多了一個人！

「呀——那邊！」她失聲尖叫，指向了潘國龍身側。

這讓大學生們嚇傻了，潘國龍精神瀕臨崩潰的慘叫，立刻衝向何華治緊緊抱住他，再將他一路往門的方向推去。

「冷靜點！」卓璟璿一步上前，抵住何華治的背，不讓潘國龍繼續往前推。

鏡子裡的少女是坐在地上的，她坐在靠近鏡子的地上，屈著雙腳看向鏡中的自己，差別只是在真實世界的榻榻米上沒有一個面目全非的少女罷了。

「啊……白雪！」林蔚珊緊張的看著她，「白雪，我是林蔚珊，蔚珊姐姐妳記得嗎？」

那臉頰凹裂的白雪緩緩抬首，她正在梳理長髮呢，嘴角像是笑了起來。『蔚珊姐姐……蔚珊姐姐！莉莉喜歡的志工姐姐。』

記得！葛宇彤悄悄上前，從卓璟璿手中拉過何華治，要他們噤聲，盡量靠近門口。

林蔚珊有點緊張，但仍然試圖再靠近一點。「妳不要再害人了……我們等等就去找妳，乖乖的好嗎？」

『找我？』白雪低下頭，『我哪裡也去不了吧，我能去哪裡——就是他們害的，我現在哪裡也去不了了！』

可怕的鬼哭神號開始，卓璟璿每次聽都覺得極度難受！林蔚珊嚇得節節後退，葛宇彤扳過她的肩膀，換她上前。

「白雪，我叫葛宇彤，大家都叫我彤姐姐，莉莉也是。」她連熱絡一下都懶，「我們會帶妳回育幼院，妳不必擔心了。」

白雪倏地抬首，從鏡子裡也可以看出她的驚訝。『我不要！我要跟他在一起，我明明可以跟他過著很幸福的日子，都是他們害的！』

下一秒，她忽然瞪向潘國龍。

「跟誰過著幸福的日子？」王子到底是哪位啊？

『只要你們不在就好了，你們把我弄髒了……』白雪的聲音接近哽咽，她緩緩站起，這讓葛宇彤下意識的後退再後退。『還差四個人，但是我可以的，我一定可以獲得幸福的！』

她咆哮著、她哭吼著，用那張無論何時都會讓人恐懼的臉，深吸了一口氣，誰都看得出來她又打算唱歌了。

妳可以的！葛宇彤的右手沒有鬆開過刀子，她都能卸下白雪一隻手，現在要割開她的喉嚨更不是難事！可是……她為什麼在猶豫？因為就算那張臉被撞得亂七八糟，她還是覺得白雪現在的樣子很可憐！

清亮的歌聲響起，林蔚珊驚恐的尖叫出聲，她衝到門邊試著打開門，這麼小的地方，等等不管爬進什麼東西都很難躲啊！

「這是在做什麼？」連昭裕不明白，這幾個學生都不知道！

「白雪公主的歌聲可以召喚動物，她召喚過成千上萬的老鼠跟蜈蚣，活活把人吃了！」

林蔚珊回頭尖喊，「你同學會衝到馬路上，就是被她引來的鳥攻擊的！」

使用動物技能，這個比什麼都可怕！

幾個學生聽完毫不猶豫的跟著衝到門口，死命想把門扳開，潘國龍扯開嗓子高喊傭人的名字。「阿彰姨！開門！門是妳關的嗎？阿彰姨！」

「這只能從外面開嗎？」林蔚珊焦急的問，「哪有房門不能從裡面開的！」

「這……」潘國龍顫抖著搖頭，「問題是這扇門本來就只能從裡面關啊，外面不可能關上的！」

換句話說，這門是被白雪關上的！

歌聲越來越高亢嘹亮，葛宇彤的心越來越急，白雪的亡魂存在鏡子裡，她根本束手無策，舉起的刀子就是揮不出去，卻又不安的頻頻回首，深怕有什麼東西爬進來了。

「妳真的一點都不聽話耶！白雪！」葛宇彤低吼著，「不要為難我啊！」

白雪根本沒在聽她說話，她只是哭著唱歌。

突然間身後有人一秒奪去她手裡的西瓜刀，葛宇彤被粗暴的推到一旁，腳傷的她沒跳幾下就摔在地上，只見卓璟璿站在她眼前，舉起她的刀子毫不遲疑的往鏡子裡的白雪喉間刺進去！

匡啷——鏡子瞬間碎裂，白雪狠狠抽口氣。

歌聲驟停，她張大嘴不可思議的看著卓璟璿，舉起手撫上自己的喉嚨，破裂的鏡子一片片剝落，她的影像也一片片落下。

『啊啊——啊啊啊——』粗嘎的難聽聲音來自於白雪，她痛苦的按著喉嚨，下一秒出現在葛宇彤左手邊的鏡子裡。『我的聲音，我不能唱歌了！我的聲音！』

有效！葛宇彤詫異極了，她瞠目結舌的看著蹲在地上歇斯底里的白雪，右手突地被執起，卓璟璿把刀子塞回她手上，順便拉她站起。

「婦人之仁會誤事。」他嚴肅的看著她，「妳動不了手，我只好代勞了。」

「謝謝。」她立即道謝，「沒辦法，我就是婦人，心慈手軟。」

「妳心慈手軟？」卓璟璿呿了一聲，「說妳一時不忍行啦，心慈手軟還能活到現在就太扯了！」

嘖！真沒禮貌！

『他喜歡我的歌聲！你怎麼能這樣！』白雪倏地一躍而起，眨眼間消失在鏡子裡。

現在的狀況是出不去，但也沒東西進得來，所有人驚恐的在這房間裡盯著鏡子，不知道白雪會出現在哪兒。

答。

液體滴上葛宇彤的臉頰，她伸手探去，竟是深黑濃稠的血液——上面！她倏地抬首，看見白雪自天花板的鏡裡竄出。

卓璟瑢飛快的自旁撲倒她，白雪撲空落地，渾身散發著怒火，忿忿的瞪著卓璟瑢，但沒有堅持太久，她並沒有忘記主要的目標，向左回首，看著傻在門邊的大學生們！

那些才是她要抹殺的過去！

「哇——」看見她過來，潘國龍跟何華治異口同聲的放聲大叫。

失去悅耳歌聲的白雪無法再召喚動物來幫她，現在她似乎只能親自動手，她朝何華治的頸子伸出手，就在他身旁的林蔚珊急忙將他拉開，潘國龍跟連昭裕也慌亂的往反方向逃逸。

白雪隻身站在門口，雙肩微顫，意外的居然在哭泣，有些徬徨的張望著，幽幽回身，竟泣不成聲。

『為什麼要逼我！』她沙啞痛苦的喊著，『不要阻止我，拜託……』

誰逼她了啊？葛宇彤簡直不敢相信這種神邏輯！只見白雪眼神鎖在何華治身上，下一秒便直接衝向他。

「對不起！對不起啊！」何華治嚇得在房間裡到處亂竄，從右邊逃到左邊，再從左邊往後退到角落，幾乎都要跪到地上了。

葛宇彤本想上前，怎知白雪倏地撞進她右手邊的鏡子，下一秒就從何華治身邊的鏡子裡衝出來，直接勒住他的頸子。

「哇——呃——」何華治措手不及，整個人跌坐在地，白雪惡狠狠的隻手掐頸，駭人的雙眼裡居然還在淌淚。

「我去看門能不能開！」卓璟瓂趁機往正門奔去，葛宇彤頷首後，旋身就朝白雪那邊滑去。

只要再砍下她一隻手，就不能再造次了……對吧？但是現在側身的白雪右手離她有段距離，有點難以掌握。

「白雪！停止！」林蔚珊突然上前，雙手緊握著葛宇彤給她的佛珠。「我討厭看見這樣的妳！」

簡直跟套圈圈似的，林蔚珊把佛珠往白雪頭上套去。

喝！佛珠才觸及白雪的頭，她即刻驚恐的鬆手大叫，瘋狂的甩著頭，撥開那串佛珠，向後撞上鏡面，頭頂活生生被燒掉一塊！林蔚珊趁機抓過何華治的肩頭，直接往身邊拖。

『不不不！為什麼！』她竟嚎啕大哭，『為什麼要阻止我！』

下一秒，她倏地跳起，筆直衝向林蔚珊！

葛宇彤俐落的自中間攔截，原本想試著削下她僅存的手，怎知白雪的反應突然變得敏銳，在西瓜刀揮出去的那刻，她竟一躍而起，鑽進了天花板的鏡子裡——糟糕！

「林蔚珊！不要靠近鏡子！」葛宇彤大吼，餘音未落，那映著林蔚珊背影的鏡子裡已經衝出了另一個身影！

白雪從鏡子裡衝出，直接揪過林蔚珊的衣服，將她往房間斜角、門邊的方向狠狠扔過去！

開門不成的卓璟璿聽見叫聲回首，卻眼睜睜看著林蔚珊從自己眼前飛過，撞上門右方的鏡面！一大面鏡子應聲而碎，迸裂的碎片四散，不但割傷她的臉，也扎進了身體裡。

「喂！夠了喔！」葛宇彤一見就火大，右手倏地向後揮刀，就在白雪面前。「適可而止吧，妳已經死透了，再怎樣幸福都跟妳無緣了！」

喂喂，這是跟孩子說話的態度嗎？卓璟璿正在探視林蔚珊，知道葛宇彤火大了，他探向頸動脈，確定人還活著，只是劇烈的撞擊讓她暫時昏厥，還有背後實在扎了不少碎片。

碎片不能拔，他也不知道碎片多長，刺得多深，要是有刺中大血管至少能當個塞子；而這樣的重擊說不定也傷到頸椎，不能隨意挪動她。

重新執握警棍，他蹲在角落偵察，意識到連昭裕躲在門的另一邊角落，遠離戰場，真是聰明的做法，因為他與白雪的事無關，白雪要抹殺的存在不包括他。

何華治跟潘國龍倒是抱在一起，看來連爬過來的氣力都沒有……這房間才幾坪大，他們只能在這窄小的空間行動，亡者可不一樣，看她撞進撞出的，有鏡子的地方就像是她的通道似的……卓璟璿瞇起眼，冷冷望著白雪。

狹窄之處要求勝，也就只有一招了。

白雪被葛宇彤激怒，她什麼都不想聽，意圖直接攻擊葛宇彤，伸手擋刀，刀上的符紙讓她痛得慘叫，可是卻無法阻止她的動作。

她寧可看著著手因符紙燒灼，也不願放棄殺掉想抹殺的人。

葛宇彤就擋在她跟學生間，以刀擋住她，但成效有限，意圖砍下她的手卻屢屢撲空，白雪尖叫著向左一瞪，房裡的日式方桌立刻朝葛宇彤飛了過來！

「媽呀！」葛宇彤嚇得蹲下，但還是被桌子擊中。

她向後撞上櫃子，被木桌與櫃子夾在中間，沉重的木桌壓在她胸口，讓她不由得脫口罵了一連串的髒話。

西瓜刀依然握在手上，這種刀子不合用啊，就算可以傷鬼，但要擋一張普通的和式桌都擋不下來是怎麼回事！

她是不是應該想辦法找把削鐵如泥的刀子，上面貼符紙，這樣可以一刀兩用呢？

「喂……」她的視線被擋住了，照理說學生應該就在她旁邊啊。「不會幫忙搬一下嗎？」瞎子都看得出來她在保護他們吧？

「哇——阿治！」潘國龍的聲音傳來，竟然離她越來越遠了。

葛宇彤使勁推開桌子，好不容易才總算坐起身，看著就在右前方的何華治抱著頭趴在地上，她氣得一腳就踹向他！

「哭什麼啊！看我被壓住也不會幫忙一下，你同學被拖走了也不動！」說得火了，再補一腳。「把性侵女生時的積極度拿一點點出來行不行啊！」

「嗚……哇啊啊……」被踹到倒地的何華治只是驚恐的重新抱頭、再換個地方趴在地上，為大家表演烏龜模仿秀而已。

向左望去，十一點鐘方向的潘國龍被拖到一旁，他掙扎無用，白雪由後揪著他的頭髮，開始往牆上敲。

葛宇彤忍著胸腔的疼打算往前，一個中氣十足的聲音忽然大喊：

「葛宇彤。」

咦？她戛然止步，留意到一點鐘方向、站在門前的卓璟瑢，他握著警棍站在一面鏡子邊，使勁敲擊——鏗！

鏡子應聲而碎，白雪停止了動作，詫異的回首，而卓璟瑢沒有遲疑，再往前，不僅敲碎下一面鏡子，還把上方太大塊的部分補敲一陣。

『住手！』白雪嘶喊著，右手揪著的潘國龍額頭開始滲血。

葛宇彤瞬圓了雙眼，對上卓璟瑢的眼色，懂了。

她立刻回身推著櫃子往鏡面上撞，不管這裡有多少鏡子，都得全部毀掉！因為鏡子是白雪的通路，她能逃能躲，就是靠這些鏡面。

想要取勝，就是要讓環境只剩最窄之處！

白雪的確慌了起來，像個孩子似的又哭又叫，但她絲毫沒有鬆開潘國龍，而是嗚咽的低喊著，並加重力道將潘國龍往牆上撞；房間右邊的鏡子剛剛已經碎裂了一大片，現在只剩下兩面，在門邊角落的連昭裕默默的找了工具，遠遠朝葛宇彤使眼色，表示就近這面就交給他了。

因為白雪跟潘國龍位在中間的位置，離他有段距離——「現在！」

她大吼著，連昭裕立刻舉起椅子敲碎鏡子，同時卓璟璿冷不防的筆直衝向白雪，她先是被聲響驚嚇，接著看見由後來襲的卓璟璿，警棍高舉，朝著她的頭顱就要敲下。

啪！白雪隻手握住那打算敲碎她頭顱的警棍——也鬆開了潘國龍。

『警察，不是應該要保護好人嗎！』她怒不可遏的嘶吼，『為什麼你要保護壞人——』

她緊緊握著卓璟璿的警棍，意圖將他扯動，但他左手早有準備，短刀擎握，冷不防的揮動左臂，往白雪的眼窩戳去。

「好人與壞人不是妳我決定的！」卓璟璿厲聲吼著，「但現在這裡，最具攻擊力的壞人就是妳！」

刀尖眼看著就要插入，白雪一聲驚叫，使勁握著警棍將卓璟璿甩離，下一秒旋身躲進鏡子裡！

「葛宇彤！」被甩開的卓璟璿利用跌倒以煞住衝力，不讓自己往對面的牆上撞去，伴隨著大吼，將警棍朝剛剛白雪逃離的鏡子扔過去。

「收到！」

剛剛她趁空把潘國龍拖走，看著警棍朝僅存的鏡子飛去，她知道心軟無用，握緊西瓜刀直豎向上，身子一路滑到天花板的鏡子區下——白雪正從上方飛撲而下。

不偏不倚的讓自己插進了西瓜刀裡。

『喝！』她是以俯衝之姿出來的，刀子從她的胸膛穿過，她詫異的頓住，與葛宇彤僅距離十五公分，怵然對望。

「這邊唯一的殺人犯，可是妳啊，白雪。」葛宇彤瞇起眼，咬著牙轉動刀子，以期讓每一面符紙都能燒上白雪的身。

『啊啊……啊啊啊——』白雪痛苦的慘叫著，眼淚奪眶而出。『我沒有錯！明明是他們害我的，我是無辜的啊！』

胸口燒融，白雪淒厲尖叫，卻突然伸手欲抓下葛宇彤的臉龐，她及時閃躲，下一秒卻被白雪推離！

刀子從白雪身體拔出時，符紙上的文字都流瀉著橘金光芒。只是她被推得一路向後，眼看著就要壓上那大片的碎鏡區，卓璟璿趕忙衝來，直接將她撲倒在地，止住她的滑行……但是也讓她閃到腰了。

『我只是要幸福而已！我沒有錯！是他們毀掉我的！』白雪不顧靈體被銷融，發狂的抓到躲無可躲的何華治，拚了命的往地上敲。

「阻止她……」葛宇彤痛得要死，趕緊推了推卓璟璿。再這樣敲下去，不出十下何華治腦子就要成西瓜了！卓璟璿渾身也痛得要命，但還是咬牙把手邊現有的東西往白雪那邊扔。

毫無效果，他只得拿過葛宇彤手上的西瓜刀，朝白雪劈去。他看過很多為非作歹的青少年，但這麼狠又難處理的倒是頭一遭，既然不是人，他也不必避諱什麼「執法過當」了吧！

白雪一見西瓜刀果然恐懼，慌亂的閃避，她現在只剩下天花板那面圓鏡可以進出，卓璟璿知道自己只要守住鏡子下方即可……可惜剛剛原本要趁她出來時先擊破的！

『誰都不能阻止我！』厲鬼明明剩沒多少力量，卻還在硬撐，就是想殺掉潘國龍跟何華治。

葛宇彤疼得都快站不起來了，她的腰閃到了啦！咬牙爬向自己的肩包，森寒的鏗鏘聲互擊著，卓璟璿拚了命想砍向白雪，白雪卻也力阻，看得出來白雪並不希望傷害他人，她的目標單純得很，只有潘國龍跟何華治。

他們算是卑鄙了，利用她單純的心態。

從肩包裡拿出鏡子，白雪該看看，她現在變成什麼樣子——就算沒用，如果她能為鏡子著迷的話，或許不失為另一個方法。

『滾！』白雪忽然臉色泛青，一秒變得猙獰凶狠，不知何時伸出的尖銳指甲朝卓璟璿胸膛揮去！

喝！他向後彎腰，以西瓜刀擋擊，白雪卻突然伸腳踹向了他。

卓璟璿整個人被踹飛到房間的另一頭，重摔在鏡子碎片上，葛宇彤只能嘆息，她沒有辦法像他那樣威武，撲過去制止飛勢。

因為她腰閃到了嘛！

白雪異變了，她剛剛那瞬間連獠牙都長出來了，她的力氣變得更大，眼見她重回潘國龍身旁，抓起他的頭髮，拉高再拉高，看來這一下就準備要爆頭了。

「看看妳現在的樣子。」葛宇彤冷不防的將鏡子擺在她面前，「哪個王子會喜歡妳？」

咦……白雪怔住，她看著眼前的圓鏡，立刻激動的鬆開手，握住鏡子。

葛宇彤稍稍鬆口氣，如果可以的話，希望白雪可以移動一下屁股，不要坐在何華治身上，這樣她很難拖；而三點鐘方向的卓璟璿也趁機小心翼翼的起身。

白雪開始哭泣，她望著鏡子泛出詭異的笑容，像是喜極而泣的模樣，不過由於她的臉龐腐爛撞裂，實在很難判定她的表情。

只是，似乎並沒有看見可怕的自己，鏡子裡不知道照映出什麼？在她眼裡，鏡子裡的自己是否依然是最美的模樣？

她終於緩緩站起身，目不轉睛的看著鏡子裡的自己，葛宇彤抓準時間拖出潘國龍，他血流如注，看起來奄奄一息。

『我就是……想跟他在一起。』她突然開口，『他會照顧我，會疼我……會喜歡我！』

鏡子裡不止一個人嗎？白雪望著鏡子，居然開始陶醉的跳舞，用那胸口融出一個洞的身子，不平穩的踉蹌著。

連昭裕悄悄移動，他謹慎的靠近早就趁機躲到角落的潘國龍，現在大家各據四角，中間的白雪穿著那帶血破損的白色洋裝，正翩然起舞。

『我沒有傷害過任何人……我一直很努力，我想被人喜歡，被人疼愛！』白雪忽然放下鏡子，『我沒有要對你們怎麼樣……只要讓我把剩下四個人解決了！我就可以……可以過著這樣的生活！』

她指著鏡子，但所謂「這樣」的生活，很遺憾大家都看不到！

白雪狀似虛弱，看起來楚楚可憐……如果是原來那張臉的話，應該是飽含著委屈苦楚，但是葛宇彤現在看著她那副模樣，就算是正妹臉，她也只有一種想法。

她直接上前，二話不說就狠狠揮出一巴掌！

為了以防白雪沒有感覺，她事前還在掌心上擱了護身符，這樣打起來才能確定她會痛。不痛，就不會明白！

『呀！』白雪驚恐的摀著正冒著煙的臉頰，『為什麼！為什麼全怪我！』

「還敢問為什麼！妳自己看看現在的樣子，醜陋不堪，殺了這麼多人還想要幸福？」葛宇彤緊握雙拳，「妳已經是厲鬼了，準備下地獄去吧，幸福個屁啊！」

『不會！我不會去地獄的，我會過得比誰都快樂！』白雪歇斯底里的吼著，『該下地獄的是那些人，他們佔我便宜，他們性侵我——』

葛宇彤轉向昏迷的何華治跟遠處發抖的潘國龍，「是，他們幾個是性侵妳，但那七個人呢？妳是自願的吧？也自願去援交不是嗎？」

援交……卓璟璿突然皺眉，是不是應該全國都清查一下是否有詭異車禍？畢竟白雪進行援交，跟她交易過的人該不會都死於非命了吧？

『他們……他們會不高興的！這樣他們才不會丟下我，我不想一個人，我想被喜歡！』白雪搖著頭，『我不想做，但是我不能！因為這樣會被討厭的——我是被逼的！我不知道這樣會讓我失去他，他竟因為這樣不要我了！』

「那個他到底是誰？」葛宇彤不耐煩的問，「妳已經死了，今天不管是誰都不會要妳了！要幸福的話考慮下輩子吧？殺了這麼多人，妳下輩子都不知道在哪裡咧！」

『不會的！我會幸福！』白雪一點兒都聽不進去，『錯的明明是他們，我不懂為什麼大家都要保護他們！』

「他們的對錯有法律決定，有他們必須擔負起的刑罰，這不是妳我可以私自決定的。」卓璟璿手上還揮舞著刀子，「更不是妳這個已死之靈可以決定的。」

白雪看見西瓜刀，撫上融蝕的胸口，向後退卻了幾步。

『對，我已經死了，我的傷害我的損失他們坐一百年牢都賠不起！所謂的刑罰根本不痛不癢！』她的信念異常堅定，緊握著手裡的鏡子。『我要的是他們的消失，他們消失，一切就不存在了。』

那面鏡子到底給她看了什麼幻象？讓她相信只要這些人死了，她就能夠過著什麼鬼幸福快樂的日子？

「事情已經發生了，哪有可能不存在？妳就算把他們全殺了，嫌妳髒的人還是會嫌，妳跟他們就是已經發生關係了，哪可能抹滅！」葛宇彤指著那面鏡子，「不管那面鏡子顯現什麼，都是騙妳的！」

「妳對小孩都這樣說話嗎？」卓璟璿忍不住好奇。

「這是厲鬼，誰當她是小孩！」葛宇彤沒好氣的應著，面對這種傢伙還要溫柔勸說嗎？

『騙子！這是真的！我可以跟他一起跳舞唱歌，我可以真正被人寵愛！』白雪揚著鏡子，『我原本的人生！』

「對，原本的人生。」卓璟璿打斷了她的激動，「白雪，妳的人生已經在四個月前終止了，死人是不會復活的，不管妳做任何事……妳都不會再活過來了。」

『不——不會的！我會復活，只要我遇到對的那個人！』白雪跳了起來，忽而猙獰咆哮。『只要他願意愛我，給我真愛之吻，我就會——』

電光石火間，葛宇彤看準鏡子一把搶下，白雪發出驚恐尖叫，她卻毫不猶豫的將鏡子往上方的天花板狠狠扔去！

『不——』白雪的尖叫聲震耳欲聾，人人忍不住掩耳，鏡子擊破了天花板的圓鏡，鏡片似雨落了下來。

但是那面魔鏡，卻沒有掉下，而是在擊中的瞬間沒入鏡子裡，沒有落在白雪意圖接住的手掌心內。

她低首望著手掌，空空如也。

『還給我啊！』白雪全然失控，『那是我與他唯一的聯繫了！』他？葛宇彤瞪圓雙眼，所謂聯繫——難道是顏思哲嗎？鏡子是他送的啊！

葛宇彤想得出神，絲毫沒注意失控殺來的白雪，反倒是手握西瓜刀的卓璟瑢俐落擋住白雪，忍著全身上下的疼將葛宇彤一把向後拉開。

「妳有沒有別的東西啊！她抓狂了！」卓璟瑢低吼著，他的警徽跟佩槍都因為案件調查交了出去，連點鎮壓之力也沒有。

東西……葛宇彤伸手向前，她的掌心還有本命的護身符咧！一掌貼上白雪的前額，阻止她前進……問題是，她的力量有點大耶！

「哇啊！」葛宇彤節節後退，根本抵不過白雪。

卓璟瑢動手也扳住白雪的身體，「我可以砍下她的頭嗎？」

「她……可以的話不要再傷她靈魂了！」葛宇彤低吼著，「門口的不要發呆！快點想辦法出去！」

這是惡性循環，因為被西瓜刀傷害的靈魂有缺陷，所以她只會越變越糟，不完整的靈魂能好到哪裡去？

如果再傷害她，只怕這少女靈體就殘缺不堪了，不到最後關頭，她不希望這麼做！

連昭裕看著這詭異的情況，驚愕得根本說不出話來。「那個……潘國龍！國龍你振作一點！去幫忙啊！」

「我不要！」潘國龍揮掉他的手，「快點殺掉她殺掉她，嗚……」

「那是鬼怎麼殺？你不能自己闖禍要別人收拾吧？」連昭裕忙不迭扳過他的雙肩，「她只是要人家疼而已，你答應她不就好了！」

什麼？潘國龍滿是血絲的眼瞪大。「你在白爛什麼？」

「聽不懂嗎？她只是想要幸福，希望有個人疼，走白雪公主模式啊！」連昭裕緊張的說著，「你就當她的王子，說你會一輩子愛她什麼的，讓她覺得有依靠就行了！」

潘國龍腳邊的林蔚珊緩緩睜開眼睛，她聽見吼叫聲與尖叫聲，側躺在地上的她還聽見身邊有爭執，眼前模糊的人影正在閃躲、對打……葛宇彤？啊啊，卓警官正拿警棍勒住誰的脖子？

「白雪……白雪……」林蔚珊撐起身子，引起了連昭裕的注意。

「小姐，妳不能動！」他趕緊彎身止住林蔚珊的動作，「妳身上插了很多玻璃碎片，不能亂動！」

「白雪……不要這樣對她，她不是故意的！」林蔚珊哭喊著，「她什麼都不懂，她真的……」

「對、對！就是這樣！」連昭裕轉向潘國龍，「反正她只是想要個感覺，你就跟她說，她又不會真的跟著你！」

「誰說的，她已經跟了我一個多月了！」情緒瘋狂的潘國龍根本聽不進去。

「那是因為她陰魂不散啊！她沒得到她要的東西當然不會罷手，可是你給她想要的，她就會很開心，然後呢？」連昭裕一擊雙掌，「就沒有留下來的必要了，電影都這麼演……啊啊，她或許就升天了！」

潘國龍不可思議的看著他，滿是懷疑。「這麼簡單？」

「我看她要的很簡單啊！」連昭裕鼓吹著，再低下身子問林蔚珊。「小姐，妳說呢？白雪是不是只是希望有人疼她愛她保護她而已？她現在是因為得不到所以抓狂！」

林蔚珊痛苦地點點頭，「是沒錯，因為幸福被破壞了，有個誰在等她……」

「那個誰好像在一個小鏡子裡啊？被扔掉了，所以她現在變成那樣！」連昭裕邊說，一邊看著白雪被葛宇彤趁機戴上透明佛珠，全身跟被電擊一般抽搐慘叫。「這樣也太可憐了，我看她根本不想放棄！」

「小鏡子扔掉了？」林蔚珊暗叫不好，「她好像很愛那面鏡子。」

「是鏡子裡的人吧？她說某個人會讓她幸福的，是某個人嫌棄她什麼的！」連昭裕將潘國龍的手拉下，「所以現在國龍出現說喜歡她、會保護她，不就正好是現成的白馬王子？」

咦？林蔚珊詫異的看向潘國龍，是嗎？她還真沒想過這招。「這是……說不定可行！」

「聽到了吧！否則她不殺掉你不會罷休的！」連昭裕趕緊再勸說，「你希望她永遠消失吧？這種日子不能再過下去了吧？」

潘國龍淚如雨下，渾身劇烈顫抖的看向連昭裕，「我……哇啊啊……我真的沒殺她啊！」

他雙手緊扣著連昭裕的雙臂，放聲大哭，連昭裕嘆口氣，有沒有殺掉那個少女已經不是重點了，他難受的看著那破碎的少女，重點是他們性侵她了啊！

「刀子給我！」葛宇彤大喝，用警棍將白雪壓制在地的卓璟瑢把地面的刀子踢過去。

『嘎啊！啊啊──』白雪聲嘶力竭的吼著，盈滿憤怒，若不是身上纏著水晶佛珠，眼前這個男人怎麼會是對手。

「好執著啊！」葛宇彤握著刀子，這種佛珠應該可以讓鬼完全無法動彈才對。

這麼執著的信念，她從未見過。

「不想損害靈魂，至少可以不讓她再動吧？」卓璟瑢餘音未落，動手就朝她膝蓋骨敲下。

他的警棍上刻滿佛經，是葛宇彤拿去「處理」過的，若非如此，要傷害亡魂根本不可能。

『啊啊──哇啊──』白雪嘶吼著，『爸爸！媽媽──我想要回家！我想見你，為什麼沒有人要我！為什麼沒人喜歡我──』

「我……喜歡妳。」

再一棍就要完全敲碎膝蓋時，卓璟瑢突然止住力道，他剛剛聽見什麼了？將刀尖抵在白雪喉間的葛宇彤也驚愕呆愣，誰在說話？

潘國龍顫抖著身子，被連昭裕推著靠近了卓璟瑢。

「不、不要打她，我我我我、我喜歡她。」他每個字都抖得很嚴重，「我會給她幸福的。」

卓璟瑢擰眉，留意到他身後的連昭裕。「撞到頭了嗎？」

連昭裕比了個噓，戳戳潘國龍的背。「對她說吧！」

他一邊講，一邊猛然把潘國龍往前推，害得他差一點向前撲倒在……白雪身上。

葛宇彤趕緊抵住潘國龍的身體，省得他自動送上門讓白雪殺掉就麻煩了，躺在地上的白雪瞪大雙眼，看著突然出現的、該死的人。

「白雪，妳叫白雪，對吧？」潘國龍嚥了一口口水，「那個我是真的很喜歡妳，那天晚上是太喜歡妳了才會這麼做……」

白雪用只剩一邊，殘缺的眼皮，眨了眨。

「妳、妳不介意的話，我可以給妳幸福，讓妳天天都很快樂。」這任誰聽到都會覺得超級言不由衷，潘國龍連雙眼都沒看著白雪。「如果妳……願意原諒我的話……」

這誰想出來的招啊？葛宇彤簡直不敢相信親耳所聞。「你們……」

『真的嗎？』

地上的厲鬼，一瞬間殺氣盡失，用沙啞但天真的語調，開心的回應著。

葛宇彤跟卓璟璿完全來不及反應，他們緩緩看向躺在地上的白雪，她還是那副駭人的模樣，但眼神已經完全不同，充滿了期待與興奮。

卓璟璿伸長左手，將葛宇彤的刀子移開，自己同時也謹慎的起身，警棍收回身後，順手將白雪身上的水晶佛珠拿起，白雪倏地挺直身子躍起，就站到潘國龍面前！

他差點尖叫逃離，是連昭裕抵著他的背，忍！要忍住啊！

『真的嗎？』她還歪了頭，這模樣當然不可能很可愛！

潘國龍深吸了一口氣，壓下恐懼。「真的，就一輩子愛護妳，永遠喜歡妳……好、好、好嗎？」

『嘻……』下一秒，白雪居然隻手掩嘴，開心的哭了起來！

葛宇彤完全瞠目結舌，下巴都快掉下來了，卓璟璿緊抿著唇，覺得這發展實在超展開，但握在手裡的東西沒有鬆開，誰知道這女孩會不會突然又抓狂！

『好開心！』白雪忽然原地轉起圈來，嚇得大家擎起武器，才發現她只是在跳舞。『你不會騙我嗎？真的永遠永遠都會一直愛我？』

「嗯……」潘國龍點頭點得很勉強。「如果妳願意的話……」

『我願意！我願意！只要有人願意疼我，不會討厭我就好了！』白雪激動的用那凹裂的臉湊上前，突然噘起了嘴。『一個吻。』

什麼！潘國龍腦袋一片空白，激動得想要掙扎往後逃，連昭裕連忙制住他！

嗯？白雪覺得不對勁，剛剛的喜悅之情漸漸消失。

「對啊，王子要給公主一個吻才對吧！」葛宇彤趕緊出聲，「白雪不要急，王子只是一時驚訝，吻代表一個誓言嘛！」

她走上前，拉過潘國龍，凌厲的眼瞪著他：演戲就演到底，敬業一點。

「我……」吻她？吻她？

「她是鬼。」葛宇彤背對白雪，用嘴型說著。「不要擔心。」

什麼叫不要擔心？那個模樣、那種可怕的樣子誰吻得下去啊！

「這也是你造成的吧？」卓璟璿從另一端上前，要不是埋屍時摔到她，白雪的臉也不會變成這樣。「我們都當見證者吧！」

見證者……林蔚珊緊蹙起眉，她覺得好像哪裡不太對勁？太認真了。

潘國龍痛苦的忍住想尖叫的衝動，葛宇彤還要白雪閉上眼噘起嘴，她真的閉起唯一有眼皮的那隻眼，滿心期待的趨前；潘國龍也只好闔眼，連昭裕見他抖得厲害，索性使勁往前一推——

須臾，駭人少女瞬間變成那晚夜店裡的無敵蘿莉，烏黑亮麗的黑色長髮，白色的綴珠連身裙，美麗迷人的臉龐，身上無一處損傷，只是白皙的肌膚再也透不出血色罷了。

真的很漂亮，連卓璟璿都忍不住多看了幾眼，身材好到不像十四歲，高挑婀娜，五官美麗帶著純真，揉合了少女與女人的魅力，簡直是蘿莉極品。

當然必須忽略她只有一隻手跟胸前的窟窿，被西瓜刀傷及的地方是不會好的。

她笑得一臉燦爛，潘國龍原本哭喪著臉，睜開眼，一看到她又傻了。

『謝謝……』她露出羞赧的神情，『你不會反悔吧？』

潘國龍搖搖頭，不知道為什麼，現在的白雪沒有剛才可怕了，她笑起來真的好漂亮啊！

遠遠的林蔚珊看見這一切，只感到悲傷，白雪的執著只在於她想被愛啊！

『那你要快點找到我，再吻我一下，我就會活過來了。』白雪幸福的笑著，身形逐漸消失。『我先去那邊等你了……快點……』

美麗的倩影轉眼消失無蹤，所有人呆然的站在混亂的房間裡，卓璟璿最先回神，筆直走近門邊，輕輕一推，門已經開啟了。

「唔……」林蔚珊吃力的想起身，但痛楚漸漸清晰。

「林小姐，妳別動！」卓璟璿旋即往右蹲下，壓住林蔚珊。「我現在就叫救護車……喂，我要報案……」

卓璟璿積極的報案、叫救護車，並要求調一個小組，發現命案遺體需要挖屍！

潘國龍腦袋則一片空白，不解的望向葛宇彤。「等我？她不是應該消失了嗎？」

「白雪公主的故事讀過嗎？」葛宇彤聳了聳肩，「想想最後白雪公主是怎麼活過來的？」

她冷冷的拍拍他的肩頭，拖著身子開始撿拾自己散亂的東西，哎喲喂呀痛死人了。

「潘國龍！現在就去埋屍地點，你可以吧！」卓璟璿大吼。

潘國龍點點頭，腦子還有點轉不過來，旋身拉住連昭裕，心跳變得急速。「白雪公主的最後，是哪個版本？王子抬棺時，讓公主喉嚨裡的蘋果掉出來？」

「普遍的版本，少爺。」葛宇彤把西瓜刀放進肩包裡，無力的跪到林蔚珊身邊。「說個故事給他們聽吧！蔚珊！」

林蔚珊嘆了口氣，面有難色的望著潘國龍。「王子打開棺木，吻上白雪公主，白雪公主即刻復活，從此與王子過著幸福快樂的日子。」

王子得吻上棺木裡的公主，沒有棺木的話，那只有吻在墓穴裡的公主了。

他，得再吻白雪一次。

第十三章

探照燈照亮了深夜的山林陡陂，白雪埋得並不深，只是地處荒僻，地形近似懸崖邊，這一帶均是潘家的家產，所以外人不可能進入；如果育幼院裡的檔案盒沒有掉落，讓葛宇彤她們發現白雪的檔案，說不定永遠都沒人知道白雪已經死亡。

畢竟以為她離家出走卻沒報案，實際上是養母趕她出門還丟給飛車黨，與飛車黨在一起生活數月，進行援交也無人留意，甚至她被撿屍、如何死亡都沒人知道。

很有可能，一輩子都不會有人知道白雪的下落。

「挖到了！」現場士氣大振，一般搜山都得挖好幾處，沒料到這麼快就挖到屍體了。

葛宇彤小心翼翼的拉著繩子往下走，白雪埋於陡坡林間，這坡度很斜，黑暗中看不到底，再往下走會更陡，所以警方在林間架設繩子，讓大家能拉著行走。

深夜裡振翅聲頻繁，大批的鳥類聚集在他們上方盤旋，密密麻麻遮去深藍夜幕，連月兒星光一併掩去，幾十幾百幾千隻都有可能，更別說這還是感應得到的，山裡還有什麼最多？

什麼都有可能，葛宇彤第一個想到的是蛇，密密麻麻的蛇海？別鬧了。

啪噠啪噠，又一大批鳥兒飛過來，停在附近的樹梢上，葛宇彤忍不住仰頭，看著埋有白雪屍體旁的樹上方，有一雙勻稱白淨的腳正在那兒晃來晃去。

「看什麼？」卓璟璿擰眉，手電筒就要往上照。

「欸。」她連忙壓下，「你可能看不到就別照了，等等萬鳥驚林，有得你嚇的。」

「萬鳥……」他一頓，「又來？」

「數不清啊……」葛宇彤再度抬首，小腿在樹上搖搖晃晃，漂亮版的白雪坐在樹梢，跟童話故事裡的插圖一樣。

她果然還沒走。

「她在上面等。」葛宇彤低聲的跟卓璟璿交談，「雖然我也覺得很噁爛，但那是潘國龍自己跟她做的承諾，就得自己做到。」

「天哪……妳有沒有搞錯啊，吻屍？」卓璟璿根本反對，「怎麼能真的讓潘國龍這麼做？」

「行，那先說好我不管喔！我腰快痛死了。」她兩手一攤，「這山林裡什麼都有，你就祈禱你這群弟兄不會在這裡死於非命！」

卓璟璿怒目瞪視葛宇彤，「妳威脅我？」

「不是我喔！」她往上一指，「是她。」

「只有這個辦法嗎?」他壓低聲音,「潘國龍也不見得會願意。」

「他最好願意,我問過我朋友了……就開廟那個,他說那是潘國龍自己對白雪的承諾,剛剛還有我們這些證人在場,最好不要開玩笑。」她捏著鼻子,腐爛四個月的屍體實在太臭了。「鬼當真了,後果不堪設想。」

卓璟瑢相當為難,這事不能跟警方說,不管誰都不能講,所以他看向站在上頭路邊,一副想逃跑的潘國龍。

這還真應了種什麼因得什麼果的真理啊!

他們倆雙雙走上去,基本上閃到腰的葛宇彤是被卓璟瑢半抱半推上去的,潘國龍跟連昭裕都站在一旁等待,而何華治跟林蔚珊則在醫院治療,現在是寒冬深夜,氣溫可低得不得了。

「白雪還在。」葛宇彤拉了潘國龍到旁邊直接開口,「正坐在樹上等著王子一吻,你得去吻她。」

「我不要!」潘國龍近乎歇斯底里的大喊,引起他人注意。

「噓……沒事沒事!」連昭裕機靈,趕緊回身打圓場,再捏了潘國龍一把。「喂,你是要搞得人盡皆知嗎?」

「不行,裡面那個……是她原來的樣子嗎?」潘國龍慌張的問。

「埋在土裡爛四個月了,還是那樣就更慘了!那叫屍變,屍變的話你現在早死透了!」

葛宇彤搖了搖頭，「你要慶幸爛得差不多了，還不是只爛一半那種湯湯水水的模樣，但還是有些殘肉啦，不管怎樣你都得吻，現在就兩條路：吻跟死選一個。」

「不不不……」潘國龍驚恐的抱著頭，「我不要，我寧可死……我寧願死！」

「好！」卓璟璿立刻果斷接口，「那讓我先把弟兄撤離，沒必要這麼多人陪葬！」

不！潘國龍連忙慌張的抱住卓璟璿的手。「不要扔下我一個人！」

「自私夠了沒？她一旦瘋起來這邊每個人都會死，你自己造的孽自己擔，為什麼要牽連這麼多人！」葛宇彤不客氣的扳開他抓著卓璟璿的指頭，「放開！這麼有骨氣就不要吻！在這裡明白跟她說！」

吻屍體……這他怎麼做得到！那天晚上的白雪那麼美麗，吻幾百下都沒問題！可是現在她是被埋在土裡，還被岩石毀容的腐爛屍體啊！

「國龍，你真的想死嗎？」連昭裕在後面不安的勸說，「屏住呼吸，咬牙吻一下，大不了漱口水幫你準備好……就碰一下啊！」

「說得這麼輕鬆，你去吻啊！」潘國龍咬牙切齒的瞪著他。

連昭裕瞇起眼，高舉雙手。「強姦她的又不是我。」

這就是一切的因，若不是他們撿屍，就不會有今天這些事了！

「我問過行家了，不吻不行。」葛宇彤動手把身上的佛珠取下，好整以暇的戴在他身上。

「照理說她現在已經沒有殺氣了，這是以防萬一用的，這是你自己選擇的路，啄一下就算數，跟你剛剛在吻亡魂時一樣。」

潘國龍緊握著飽拳，萬分懊悔。「我剛剛為什麼要答應她啊！」

「你剛剛不答應她，現在已經是屍體了。」卓璟璿直接拽過他，「敢作敢當吧，你不扛也行，就給我徹走警力的時間。」

「這選擇題不難啊。」葛宇彤幽幽出口，「生或死。」

生或死，二選一，看起來簡單，實際上好難啊！淚水模糊了潘國龍的視線，他渾身都在發抖，想到吻屍體他就一陣反胃，但如果不做，他就會、就會被殺，跟魯銘甫、黃威源走上一樣的路！

嗚嗚嗚，為什麼會這樣，那天晚上為什麼要撿屍啊！

「好，我去。」好死不如賴活，只要一吻，就能活下來了。

「那得由你開口，支開所有人，也得你自願下去。」卓璟璿輕輕的撥著他緊握不放的手。

「像個男人吧。」

潘國龍不捨的鬆開手，拖著沉重的步伐往便道走，他算是自首，但還是得到現場模擬一次埋屍的過程。

葛宇彤站在上頭的路上，刻意離得很遠，吆喝著連昭裕跟卓璟璿都靠過來，只是卓璟璿不可能站到她身邊，身為警察的一份子，他反而是謹慎的盯著潘國龍的舉動。

葛宇彤明白，現在他要盯著潘國龍完成承諾，絕對不允許他危害到任何一個警察弟兄；潘國龍每一步都踏得沉重，靠近屍體時雙腳抖得站不穩，這麼遠就可以聞到屍臭味，她不敢想像靠近時是如何。

他演練著怎麼扛白雪，如何因為太重滑掉了她，所以她撞到下方那巨大雪白的岩石，臉頰一半被撞凹，臉骨成了階梯狀，骨頭全然裂開；相關人員聞言，也打算在石頭上採集微量跡證。

『嗨！』正上方突然傳來聲音，潘國龍倏地抬首，在應該陰暗看不見任何東西的樹上，竟看見了美麗的白雪，正對他打招呼。

她在！她果然在！

潘國龍抖得更厲害了，警察冷冷看著他。「抖什麼！殺她時不抖？把她摔下來不抖？」

「嗚……」潘國龍忍不住哭了起來，終於踉踉蹌蹌的到了土坑旁。

還算完整的屍體正被抬出來，擱在擔架上。那模樣跟樹上那位根本相差十萬八千里，眼前這個腐爛到一半，屍身黏滑醜陋，惡臭直撲而來，潘國龍忍不住反胃側首，衝到一旁嘔吐。

白色的衣服已經被屍水浸透，白雪所剩唯一完整的，就是那頭烏黑的長髮。

「啊啊啊……對不起對不起！」潘國龍跪在地上，哭喊聲迴盪山林。

「你一個人埋的？還有跟誰？怎麼埋？」警方拉他站起，要他交代清楚。「埋屍的工具呢？隨手扔還是？」

潘國龍斷斷續續說著當日埋屍的情景，這時，白雪的亡魂突然站在屍骨前，那雙烏黑的雙眼骨碌碌地望著他，櫻唇帶著笑，滿臉期待。

『親我一下，我就會變得跟現在一樣漂亮，然後活過來喔！』白雪的聲音直接傳進他腦子裡，嚇得潘國龍打了個寒顫。

「啊啊！」潘國龍咚的突然跪下，這次就跪在白雪的遺體旁。

遠處上方，葛宇彤心急如焚，「是親了沒啊？」隱約看白色衣服的靈體從樹上下來。

「他不可能拿自己生命開玩笑的。」連昭裕也很焦急，「只要吻下去就沒事了！」

葛宇彤挑眉，打量著連昭裕。「話說回來，你怎麼想到那招的？怎麼知道跟白雪告白就會有用？」

「我也不知道是不是真有用，是他告訴我的，他剖析了白雪的想法，說她可能單純的只是想要被愛或被守護而已，就跟童話故事裡一樣。」連昭裕嘆了口氣，語重心長。「所以我才自願跟著阿治、帶你們去找國龍，我也不希望朋友這樣身故，他們該受法律制裁，但不該是——」

「等等，誰？」葛宇彤打斷了他的話，「誰引導你這個方法的？」

連昭裕猶豫了幾秒，「就我們的一個朋友，年紀很小但很聰明……妳是記者可能知道吧！叫顏思哲，是顏家的……」

顏、思、哲！今天下午，在車子裡跟連昭裕就是在談這個！葛宇彤忍不住緊握粉拳，那個少年實在太有問題了！

「喂！你幹嘛——」遠處一陣驚呼，下方的警察一時不察，潘國龍居然上前吻了屍體！「變態嗎！」

他們一把扯開潘國龍，他立刻轉頭過去，頭皮發麻的反胃感旋即湧上——「嘔！」

「變態！都已經強暴她了，屍體你也不放過！」

「拉上去！快點！」

「阿彌陀佛，白雪，請妳原諒他！他精神失常了，阿彌陀佛、阿彌陀佛。」

潘國龍靠著樹幹，警方七手八腳的拉他站起，他吐得滿地都是，唇上還殘留著腐肉的氣味。

「呵呵……哈哈哈……哈哈哈……」潘國龍笑了起來，淚水遮去了視線。「哈哈哈——哈哈哈哈哈——」

狂笑聲自林間傳來，卓璟璿原本緊張的想下去，但被他人阻止說沒事，兇手只是變態的吻屍體罷了。

吻屍體，吻了嗎？他倏地回身，看向後方足足有十公尺遠的葛宇彤。

白色的身影站在墓穴旁，她卻比誰都驚訝。

王子吻了她，為什麼她沒有醒來呢？為什麼她還在這裡？

啪唰啦，突然萬鳥驚林，那聲響大到所有警察都伏低身子，手擱在槍套上，還以為發生了什麼事！

黑壓壓的鳥群遮去了星空飛去，所有人詫異的看著異常龐大的鳥群，白雪的靈體也在剛剛漸漸消失。

連昭裕躲到葛宇彤身後，她比誰都疑惑，如此的白雪是滿意的離開了，還是悲傷的消失了？

王子的一吻如果沒讓白雪公主醒來，那幸福快樂的日子呢？

尾聲

白雪的屍體更加驗證了，即使再美麗的皮囊，最終也是腐爛回歸大地。

如果白雪能順利長大，或許她會成為明星、或許會成為模特兒，或許會過得很平凡，找到一個真正愛她的人，過著幸福平安的日子；但殘忍的說，葛宇彤不認為她能真正獲得幸福。

因為她的性格決定了她的人生，而她的環境造就了她的性格。

即使四歲就被收養，但她依然知道自己是被遺棄的孩子，好不容易得到了父母親，得到了一出生就失去的家庭，讓她格外珍惜，渴望被愛，成了她人生的課題。

白思齊對她出手，不懂世事的白雪恐怕只想著這是父親對她表達愛的方式，但是久了也知道不對勁，所以才會恐懼於讓母親知道；在掙扎與恐懼中生活，一邊是父親的「疼愛」，一邊是母親的嫉恨，這讓原本就有不安全感的白雪變得更加不安。

被趕出家門時，程安喜是直接把她送上飛車黨的車子，她惶駭不明，程安喜卻告訴她：「以後那就是妳的家了！別想再回來！」

林蔚珊說，白雪受的打擊一定很大，因為她知道自己「又」被拋棄了一次。

飛車黨一開始限制她的行動，大家對她都很兇，只是讓白雪害怕而已，但是她乖巧聽話，又沒有逃亡的意圖，張老五他們開始漸漸溫柔對她，她也給予同樣的反饋。

她怕大家不喜歡她、怕沒有地方可以去，說了幾次想回家，嚴老大直接跟她說：這裡就是妳的家，妳爸媽不要妳了，畢竟不是親生的，他們不打算繼續養別人的孩子了。

否則，為什麼最愛妳的爸爸沒有來找妳？

白思齊想找卻不敢找，因為程安喜以他跟白雪通姦的事情當要脅，誰都不想這件事公諸於世，況且她是用「白雪離家出走」為藉口，不許白思齊去找她，並不是用「賣給飛車黨」為理由。

白雪在第一個月每日以淚洗面的日子結束後，確定了自己已被拋棄，沒有人要的她只剩下這七個男人可以依靠，所以當嚴老大最先對她出手時，她沒有反抗，如果這是跟爸爸一樣的「愛」，她當然要接受，因為這是她的家。

當他們提出援交時，她其實一開始不是很懂那是什麼，是嚴老大跟她說要待在這裡就要付生活費啊，大家沒辦法一直養妳，妳應該要賺錢孝順大家；沈老七說，第一次結束時白雪是哭著回來的，她沒想到是做那樣的事，那晚豬老三因為厭煩她的哭泣揍了她一頓，此後她再也沒有抗議過。

販賣白雪的收入可觀，他們七個人將她當成搖錢樹看待，自然待她更好，白雪在這之中得到了她自以為的「愛」，喜歡跟每個「哥哥」在一起，喜歡他們陪她逛街、或是出去玩、想買什麼就有什麼，想吃什麼「哥哥們」都會想辦法。

沈老七說，有一天他負責陪她去遊樂園玩，她那天回家居然挽著他的手說，她覺得好幸福，當時讓他覺得很愧疚，回頭跟嚴老大商議是否不要再逼迫白雪援交？嚴老大只說，不趁她年輕時撈要等什麼時候？無利可圖了誰要她？叫誰都不許再多講。

他們能做的，就是對白雪好，因為只要她開心，什麼都好談。

就這麼一直到夜店那晚出了岔子，白雪突然消失無蹤，他們氣急敗壞卻又遍尋不著，最後也只能放棄；可完全沒有想到，她是被一群大學生撿屍，自此香消玉殞，連十五歲都沒捱過。

早上十點的速食店，葛宇彤一邊吃著薯條，一邊看著速食店牆上的電視，電視裡正播放著莫名其妙的新聞，什麼末日說，世界各地又開始在說末日快到了，天譴降臨的事，她怎麼記得一九九九年也有過一輪？這些人還真樂此不疲啊？

更有人主張擁有靈力的人都可能是造成末日的主兇，葛宇彤哼的一聲挑起眉，照這樣講，那她認識的幾個朋友不都有問題了？拜託，他們也算幫社會解決了不少鬼怪吧？聽說連魔物都封印過，人家默默做就當人家不存在就是了。

有靈力的人都有問題？嘖，那她算不算啊？體內還有個女神耶！無聊！

玻璃門被人推開，鈴聲叮叮噹噹，林蔚珊從門外走了進來，她瞧見正啃著薯條出神的葛宇彤，連忙走過來。

「是我遲到，還是妳早了？」她來到桌邊，葛宇彤嚇了一跳。

「哇！嚇我一跳！妳先去點餐！」她催促著，接過林蔚珊遞來的皮包，擱在身邊的位子上。

林蔚珊微笑的前去點餐，但葛宇彤沒忽略她紅腫的雙眼，白雪的事一直困擾著她，她回去翻查所有資料，調查到底哪裡疏忽，會讓白雪不受關照長達十年？事實上疏忽的環節太多了，因為需要照顧的孩子太多，但相關人員太少。

就像她們，也不可能完整的顧及每個人，更別說是已被領養，看似非常安穩的白雪。

「卓警官還沒來嗎？」林蔚珊端著餐盤回到位子上時，好奇的張望。

「還沒十點啊，那傢伙一定準時出現的啦。」換言之，不會早到也不會晚到。

今天算是早餐約會，大家都累癱了，找個空出來想知道白雪案子的後續，解剖報告跟詳盡的部分她們都不知道，不只林蔚珊想知道，她更想知道——這可是她下期的主要報導。

「那什麼新聞？末日？好無聊喔！」林蔚珊嘆了口氣，「現在的日子都不好好過，還在講什麼末日！」

「太閒了吧！」葛宇彤聳聳肩，門外高挺的身影終於出現，她雙眼都亮了起來。

高舉手示意，再指指櫃台，卓璟瑢領首後先到櫃台點餐；他現在算閒人一個，留職停薪，因為黃威源的車禍案件還在接受調查中，對方家屬並不打算輕易放過他，一如預料，要他擔負大部分的過錯。

然後神句果然出現：「我兒子很乖的怎麼可能開快車，都是你們警察在後面追才會這樣。」

幸好黃威源並非因為追逐間撞車身亡，要不然卓璟瑢麻煩就更大了。

葛宇彤最早來就是為了佔張大桌子，卓璟瑢難得穿著輕鬆，運動帽T跟運動褲，看起來頓時小了好多歲。

「喲，新氣象耶！」葛宇彤打量了他，「穿這樣還不錯看！」

卓璟瑢淺淺一笑，挨著她身邊坐下來。「妳幾點來的啊？都吃完了！」

「沒事做就早點來，沒差！」她已經把本子跟錄音筆都準備好了，「我超迫不及待想知道後續的！」

「又要寫什麼亂七八糟的東西？」他皺眉，「你們那本周刊到底多少人會看啊？」

「你管我！」葛宇彤催促著，「快點啦，林蔚珊也很想知道白雪到底是怎麼死的！對不對！」

她回頭朝林蔚珊使眼色，她一口漢堡剛咬下去，鼓著腮幫子連連點頭。想！超級想！

那晚大學生們喝得爛醉，撿屍性侵輪姦得很開心，但竟沒有人記得誰殺了白雪，只說清醒時就死透了，這點太匪夷所思了。

不過針對活著的潘國龍及何華治驗尿，他們的確沒有吸毒，或許只是喝得太多，所以失去記憶，但一切還是要以解剖為主，探查真正的死因；令人擔憂的是，屍體已腐爛四個月，不知道還能找得到多少東西。

「找不到任何外傷，骨頭方面沒有任何損傷，也不像被掐死的，因為舌骨喉骨都齊全；如果是枕頭悶住窒息而死就比較棘手，因為她的屍體幾乎都爛了，很難找到證據。」卓璟璿條理分明的說著，「所以大家重新檢視筆錄，再問一次夜店的酒保，當初著重在白雪的下落，沒有探究細節，潘國龍曾請白雪喝酒，所以我們找酒保問是哪一款。」

「他記得嗎？」酒保每天要調上百杯酒，林蔚珊很懷疑他怎麼記得四個月前的事。

「當然不記得，但是請酒的人不會忘記……至少何華治記得。」卓璟璿趁機咬下一大口漢堡，「潘國龍是問不了了，他精神崩潰了知道吧？」

葛宇彤點點頭，吻屍之後潘國龍就崩潰了，他又尖叫又狂笑的，多半是因為白雪的亡魂先前纏著他太久所施加的精神壓力，那晚初見他時就已經不是很正常了，再加上當晚的生死關頭，乃至於吻屍，大概是壓垮理智的最後一根稻草。

「Vodka & Apple Juice。」卓璟璿拿出手機，滑出照片。

林蔚珊直接站起身湊過來看，一見到照片臉色立刻刷白，「蘋……蘋果？」

「嗯，螺絲起子的姊妹品，只是拿蘋果汁代替了柳橙，而白雪卻喝光了！雖然她刻意避開蘋果沒吃，但她恐怕不知道裡頭的果汁換了，酒保說那是潘國龍指定的，為了表示她如蘋果般甜美。」卓璟璿望著兩個驚訝的女人，「所以目前推斷，她極有可能是因為過敏反應，導致窒息，因此身上均無外傷。」

嚴重過敏的窒息，最快甚至在數分鐘內就會死亡，因為腫起的氣管阻斷了空氣……所以錄影畫面裡的白雪才會如此痛苦，踉踉蹌蹌的往後門衝去，她是因為呼吸困難，想要出去換口氣——

「等……等一下！」林蔚珊突然刷白臉色，「如果她那時就過敏窒息，那麼、那麼潘國龍他們發現她的時候——」

卓璟璿緩緩點著頭，「對，他們是名副其實的『撿屍』。」

天哪！葛宇彤簡直瞠目結舌，在夜店後門的白雪已經死了，他們卻當成爛醉撿走，真的撿一具屍體到旅館去，還對她——

「那就從過失殺人變成姦屍了嗎？加上損害屍體？」葛宇彤有些訝然，「哇塞……這真的超展開！跟何華治說了嗎？」

「嗯，總是要讓他們安心，他們並沒有殺掉白雪。」卓璟璿說得四平八穩，好像這消息真的能讓他們「安心」似的。

「這是另一種打擊吧？知道自己性侵的對象是具屍體……」葛宇彤忍不住打了個哆嗦，「以後應該不會再撿屍了吧？」

林蔚珊感慨不已，趕緊喝幾口紅茶平復一下心情，葛宇彤至此明白，原來白雪是因蘋果而死，才會對蘋果如此恐懼。

「這真的……是白雪公主的故事啊！」

白雪吃下毒蘋果後便即刻死亡，後來王子對棺木裡的白雪一見鍾情，親吻後她便復活了。

「是啊，不一樣的是現實生活中，人死不能復生。」葛宇彤看著自己的本子，這真是離奇的命案。「連白雪自己都以為可以跟童話故事一樣，在王子的愛之下重生。」

「都十四歲了，怎麼還會這樣想？我可以理解她渴求被愛跟害怕被拋棄的心理，但復活這件事怎麼想都太扯！」卓璟璿嚴肅的望著她，「是因為那面莫名其妙的鏡子吧？」

是，關鍵的魔鏡，它讓程安喜逼近抓狂、讓白雪痴迷。

「那鏡子在擊破天花板鏡時跑進去了，不知道會從哪裡出來，當時房間裡已經沒有任何完好的鏡子了。」葛宇彤眼神變得銳利，提到那面鏡子，她就想到還有一個人尚未去拜訪。

「真希望那個就永遠留在奇怪的空間就好了，不要再讓任何人拿到……」林蔚珊親身體驗過那面魔鏡的威力，「那簡直是種催眠，任誰拿到都會被迷惑的。」

「所以才是魔鏡啊！」葛宇彤皺著眉，看著手上的紀錄。「其他相關人犯呢？」

「目前全都先交保，再慢慢進入法律程序，潘國龍現在在做精神鑑定與療養，何華治算是交代得很清楚，原本說出來後平靜許多，但知道他們是真的撿屍後情緒也變得不太穩定。」卓璟璿有點無奈，「不過這些人罪都不會太重，很快就能出來，這就是現實。」

即使有個十四歲的少女歷經了戲劇性、又痛苦的一生。

「說穿了，沒有人殺死白雪。」葛宇彤語帶嘲諷，「但也可以說每個人都殺了白雪。」

一人一刀，就算下手不重，但還是把她逼到了絕路。

「她到死都還在夢想著被人疼愛，夢想著有個幸福的家……」林蔚珊忍不住潸然淚下，「這未免太可憐了！」

不，葛宇彤悄悄看著林蔚珊，白雪不是這麼想的。

她死前最後的想法是震驚與不解，她已經知道自己永遠不可能得到幸福快樂，因為——她沒有如己所想的復活。

對林蔚珊說這太殘忍了，挖屍時她在醫院接受治療，也不必讓她知道太多了。

「其他人就交給司法吧，反正該受制裁的就照法律走……最讓我介意的，是那個從頭到尾置身事外的傢伙。」

卓璟瑢聞言，囫圇吞棗的把早餐吞下，急得跟什麼似的，立刻收拾餐盤起身。「走！」

「這麼急？」葛宇彤覺得好笑，「他不會跑的啦！」

「不安就去一趟，不然我渾身不舒服！」他擰著眉說，看起來對顏思哲的意見也頗多。

「咦？」林蔚珊還在狀況外，「要去哪裡？我等等……」

「妳有事就慢慢吃，不必陪我們了。」葛宇彤拎起包包，爽朗的跟她揮手。「再聯絡！」

「喂……喂！葛宇彤！」林蔚珊隻手拿著漢堡大喊，他們葫蘆裡在賣什麼藥啊！一起出生入死！怎麼可以就這樣把她扔下來啦！

才想著，離開的葛宇彤突然又折回來，推開玻璃門。「喂，不要讓他們太容易領養孩子！」

嗯？他們？

林蔚珊瞪圓雙眼倒抽一口氣，顏家？天哪，葛宇彤他們還在針對顏家？

那個……他們已經決定領養了啊！

司機遠遠看見放學的高中生，立刻離開車子，準備打開後座車門，迎接少爺的到來。

顏思哲正熱絡的跟同學道別，好幾個女生心花怒放的拚命朝他揮手，他帶著笑走向自家座車，直到旁邊突然殺出兩個人影。

「咦……彤姐姐！」顏思哲露出燦爛的笑顏，「還有刺毛波麗士大人！哈囉！你們怎麼在這裡？」

「找你啊！」葛宇彤皮笑肉不笑的一屁股靠上名貴跑車的後座把手，就不讓司機開門。

「找我？」顏思哲一臉錯愕，「怎麼了嗎？竟然會特地到學校來找我？」

「來感謝你提供的方法，那天晚上我們算是都獲救了。」卓璟瑢的聲調毫無起伏，其實他也很矛盾，這些是實話，但他也打從心底覺得這孩子大有問題。

「那天晚上？」顏思哲皺眉，一臉不解。「什麼事啊，我有提供什麼方法給你們嗎……啊！你們是說連昭裕！」

裝蒜！葛宇彤瞇起眼，一點兒都不避諱讓顏思哲看見她的質疑。「他應該早跟你說了吧？讓潘國龍向白雪告白，因為你剖析了白雪的個性，真不簡單吶，以一個高中生而言竟可以做到分析性格？」

「呵！過獎了啦！」顏思哲大方接受讚美，「彤姐姐忘了，以前我們家領養過孩子啊，思吟一直就是這樣的心態，我們也都小心翼翼的珍惜她。」

啊……對，他曾經有個領養的妹妹。

「顏思吟也是一樣的心態？」卓璟瑢狐疑。

「嗯，其實多少都有，白雪是比較偏執了一點，但以前思吟就算看起來樂觀，也還是一直很怕有失去家的一天。」提起思吟，顏思哲就流露一抹感傷之情。「她知道自己不是我的親妹妹，沒流著顏家的血，有的親戚也會很過分的諷刺她，這對被領養的她來說都是傷害——所以白雪的想法，我很輕易就能猜到。」

「連昭裕為什麼會來找你問白雪的事？」葛宇彤直接問了，「那天在車裡聊天時有人看見了。」

「噢，是嗎？沒差，又不是什麼見不得人的事！」顏思哲果然一臉無所謂，「我跟連哥哥他們都有聯繫，我一聽說……白雪是在天堂夜店失蹤時，我就問了連哥哥，我知道他們都在那邊喝酒，我請他們如果知道白雪的事，一定要跟警方配合。」

這麼好心？卓璟瑢滿腹疑心。「你還真熱心，對一個根本不熟的女生。」

「我很喜歡白雪的。」顏思哲看向葛宇彤，「彤姐姐也知道，當年我們家本想領養白雪，是因為白雪選了程安喜，所以我們後來才領養思吟。」

葛宇彤朝卓璟瑢點點頭，是有這段淵源。

「總之那天是連哥跑來找我講這件事，我問他報警了沒，他說不能不講義氣，然後他給我看了彤姐姐的名片！」顏思哲滿臉笑容，葛宇彤卻下意識的打了個寒顫。「我一看到彤姐姐的名片就知道應該沒問題了！接著連哥哥跟我說了他知道的內情，我呢，則跟他分析白雪可能的想法……說不定她只是希望有人愛、有人陪就好。」

「世界真好，也真巧……」葛宇彤看著他話語流利毫不造做，這不是真的毫無心機，就是實在太深沉了。「雖然我不是很滿意，但我們的確是託你的福獲救的，謝謝！」

「巧合啦！那可是厲鬼耶，真可怕！我只是感嘆白雪居然變成那個樣子。」顏思哲眼神忽然飄遠，「我原本以為……她可以跟白雪公主一樣，過著快樂的日子。」

結果，她卻選了白思齊那個死變態！

漂亮的眼神在一瞬間變化，葛宇彤盡收眼底，顏思哲周遭的空氣丕變，無形的壓力居然直襲而來，她簡直——

「唉，不提這種傷心事了！」下一秒，顏思哲又恢復成翩翩美少年的模樣。「所以今天來找我就這件事？」

咦？葛宇彤看著眨眼間改變的氛圍，剛剛那壓力、那深沉令人喘不過氣的力量居然轉眼消失得無影無蹤！

卓璟瑢發現葛宇彤竟在發呆，主動接口。「想問你那面鏡子的事！」

顏思哲又是一陣錯愕，轉著眼珠子滿臉困惑。

「你送給白雪那面鏡子是什麼意思？」葛宇彤聽見鏡子一秒回神，「那鏡子讓程安喜發狂，還給白雪莫名其妙的希望！」

「那……」顏思哲歪頭，「就是一面普通的鏡子啊……扣掉它價值連城這件事。」

「少來，連林蔚珊照到那面鏡子都變了個人，說那鏡子可以映出最美麗的她，白雪的養母也說唯有看著那面鏡子才能年輕！」卓璟璿擰起眉，這少年的無辜模樣也裝得太完美了吧？

「是嗎？那你們有照嗎？」顏思哲吃驚的望著卓璟璿，「卓警官？你也看到一樣的東西嗎？」

呃！卓璟璿一怔，這問題可問對人了，他還真的完全沒有看出那面鏡子哪裡有問題。

「我……我照是沒有什麼差別，但是其他人都有問題！」卓璟璿趕緊看向葛宇彤，她卻反而話少了。

她要怎麼說？說鏡子裡是個不認識的日本女生？她的前世？這叫她怎麼說得出口！

「程安喜為了那面鏡子幾乎抓狂，白雪一直在鏡子裡看到她所謂的幸福，那到底是什麼東西？」葛宇彤避重就輕，不提她看到的模樣。

「我不知道啊，我也跟卓警官一樣，怎麼照就是我啊？」顏思哲遲疑了幾秒，「鏡子呢？不然我們再來照一次。」

鏡子不見了啊！卓璟瑢有點為難，與葛宇彤對望一眼，去哪裡生？「不見了……我才要問你鏡子會到哪裡去？你到底是誰？為什麼會有那種東西——送給白雪又是什麼目的？」

顏思哲微張嘴，顯得詫異非常，眼神露出點恐慌，小心翼翼的趨前一步。

「彤姐姐為什麼好像在生我的氣？那真的只是一面普通的鏡子，之前我拿來玩時就只照出自己而已啊！」他用試探的眼神看著她，「其他人看鏡子怎樣我不懂，我也不是什麼其他的人啊……我就是顏思哲，送白雪是因為喜歡她，如此而已。」

葛宇彤不發一語，只是用凌厲的眼神凝視著他，但是顏思哲卻以柔克剛，用帶著笑意的眼神回敬，波瀾不驚。

一個普通高中生，不該有這麼深沉的反應，卓璟瑢見的人多，如果一般高中生遇到這種狀況，或生氣、或不解，但沒有人能像他如此從容，更別說嘴角永遠掛著一定角度的微笑。

「我不信你。」葛宇彤開門見山的說，「總有一天會堵到你的，不管是這件、或是其他失蹤的人，你們曾領養的人……」

「我不懂，彤姐姐為什麼對我有誤解？」顏思哲蹙眉，但是他眼底居然還帶著笑意，看向卓璟瑢。「卓警官，我犯法了嗎？」

他喉頭一緊，搖搖頭。「不。」

「很多事不是沒犯法就沒事的。」葛宇彤接口，「等著吧！」

顏思哲意外的不再裝傻或是提問，只是用很無奈的眼神望著他們兩個，輕嘆口氣聳了肩，一副你們要這樣想我也沒辦法的模樣。

司機趨前，表示時間快到了，少爺必須離開了。

葛宇彤起身閃開，顏思哲禮貌的朝他們頷首，掠過葛宇彤面前坐進車裡。

「彤姐姐，不管妳有什麼誤會，我都希望妳不要討厭我。」坐在車裡的顏思哲降下車窗，對著葛宇彤說。

「很難。」她俯下身子，手扣在窗緣逼近他，「我直覺你不對勁、或你們家不對，我直覺很準的。」

顏思哲眨眨眼，深吸了一口氣，突然輕聲開口的。「彤姐姐，妳在鏡子裡看到了誰呢？」

喝！葛宇彤立刻向後站直身子，瞠目結舌的望著那張俊美的臉蛋，顏思哲該是清澈的眼底閃爍著詭異的光芒，拍拍前座，司機立刻啟動車子。

「再見！」他還跟他們擺手道別。

天哪，這傢伙果然有問題！葛宇彤雙拳緊握，問題是他到底是誰？

「怎麼了？」卓璟瑢不解的扶住她的雙肩，「他剛說了什麼，妳怎麼一副受驚的樣子！」

「他……他絕對有問題！他根本什麼都知道！」葛宇彤咬牙說著，「居然問我在鏡子裡看到了什麼——」

或者說，他根本知道她看到了什麼？

「嗯？是嗎？」卓璟璿倒是好奇，「對啊，妳也照過那面鏡子，妳看到了什麼？」

她瞟了他一眼，「那不重要……欸，刺毛，你可以查到顏家曾涉入什麼案子嗎？」

「不方便。」他回答得毫不猶豫，轉身。「這種事情我不能再做了。」

「喂，又不是第一次了計較什麼，我又沒拿去亂用，哪一次不是幫忙破案子？解決事情？」

「妳還敢說？哪一次是好好的案子，跟妳扯上關係就又是厲鬼、又是攻擊，又是亡魂……這次連動物吃人都出現了？」

「欸欸欸，天地良心啊，這不關我的事啊！那是亡靈的問題……我又不是很喜歡撞鬼，這是不得已的好嗎？」她疾步追上去，腳長了不起喔？「這次還順便破了一個埋屍案，讓少女沉冤得雪耶！不好嗎？」

「我受夠了，那些鬼的地方沒有律法的嗎？看看我這次受的傷！」他不悅的朝她抱怨，「多少次都九死一生？多少次都——」

「先生，我也閃到腰了好嗎？我行動不良耶！」她噘起嘴，「你難道希望白雪真的埋在那邊不見天日、人間蒸發，連怎麼死的都沒人知道嗎？」

卓璟瑢緊皺起眉，伸長手摟過她的腰，將她整個人攙起……對，她閃到腰，還是他害的……但這是為了救她耶！

「那些離奇車禍，你自己也覺得奇怪，我沒看見的話，你怎麼會抓到這群人誘姦未成年少女又讓她援交？」她一臉邀功的模樣。

卓璟瑢只是望著前方，一邊攙著她往前走。

「等把顏思哲揪出來再得意吧。」

「嘿，那就是你要幫我找一下相關案件了？」

「妳不是記者嗎？」

「我們到時再統整，現在我餓了！我們去吃點東西！」

「……我到底為什麼會認識妳？」

「去吃大餐好不好？」

「哇啊啊——」兩個人從坡上一路往下滾，驚恐的叫聲引來陣陣回音。

啊啊啊啊啊……

「啊……啊！」程安喜摔在地上，全身疼得要命。「嗚嗚……」

她伸手一抓盡是黃土，恐懼的立刻翻身，左顧右盼。

這是哪裡？環顧四周發現這是個洞，不，不對，她環顧四周，這像個碗，一個大坑？

她仰起頭看向高處的人影，顏思哲彷彿正站在那兒睥睨著他，而再往左手邊瞧，這坑裡竟然有個巨大的山洞！

「呼嚕嚕……」詭異的聲音驟然自一旁的洞穴裡傳來，程安喜驚恐得立即向老公望去。

「老公！老公……」她爬向哀鳴中的白思齊，他抱著腿在打滾。「你怎樣了？腳很痛嗎？」

「腳斷了！」白思齊咬著牙，從那麼高的地方被推下來，怎麼可能不斷。「打電話報警！快！」

「噢噢……」程安喜慌張的要拿出手機，卻一怔。「包包放在車上……」

仰頭再看上去，顏思哲果然站在上頭，甚至還穿著高中制服，正笑著望向他們。

「為什麼……顏思哲！」程安喜扯開嗓子喊，「這究竟是怎麼回事！顏少爺！」

是他主動來找他們的！要談關於那面鏡子的事，還有白雪曾經託付東西給他，讓他轉交給他們夫妻。

白思齊自然是一定要知道，程安喜原本興趣缺缺，但提到那面寶貝魔鏡，她說什麼都會跟來，所以坐上了豪華轎車，卻一路到了這荒山野嶺，蘆葦隨風搖擺，每一根都比人還高。

話沒說兩句，冷不防的竟被那高中生推了下來！

「這是怎麼回事！」白思齊也扯開嗓子喊。

呼……身後的洞穴又傳來聲音，夫妻倆不安的回頭看去，那偌大的洞穴裡漆黑一片，但是真的有東西在叫，聽起來宛如野獸……而且現在出現了腳步聲，等等，裡面有人走出來了！

「噯，我還以為是誰咧！等你們很久了！」粗嘎的男人聲傳來，來人大步的走來，一把拉起程安喜。

「咦……你、你是——豬老三！」程安喜詫異非常，豬老三不是已經死了嗎？林小姐說被老鼠給咬死的！

「你們就是白雪的爸媽啊？」戴著鴨舌帽的年輕人看著他們，站在一旁笑著，耳後還有刺青。

白思齊倉皇失措，「你們是誰？」

回首一看，七個男人站在他們身後，現在有兩個壯漢分別到他左右兩邊，輕而易舉的把他架起來。

「這個骨折了。」老四說著，「你就別動了，我們負責抬你進去。」

「老四？哇啊啊——」不可能！程安喜恐懼的尖叫起來。「你們明明都已經死了！」

學生她不認得，可是這幾個飛車黨她是認得的，他們明明已經意外身亡了啊！為什麼現在好端端的出現在這裡！

反應未及，這些人或拖或架著他們夫妻倆，就往山洞裡去。

還在掙扎大喊，卻赫見山洞門口站了他們最熟悉的美麗女兒，她穿著那件雪白鑲鑽的綴珠洋裝，披散著亮麗烏黑的長髮，甜美怡人的望著他們，淚水撲簌而落。

「爸爸……媽媽……」她咬著唇，滿臉盡是悲傷。

「白雪？白雪！」白思齊激動的伸長手，「白雪妳怎麼在這裡，妳沒事了嗎？」

程安喜簡直不敢相信眼睛所見，驚恐的尖吼著。「你瘋了嗎？白雪死了！我們才剛火化完啊！那怎麼可能是白雪！」

「火化……」白雪淚如雨下，「我真的不能復活了嗎？」

復活……白思齊不可思議的看著女兒，是啊，白雪已經死了，他們認的屍，火化了她，所以眼下這個是、是鬼嗎？

「等一下……你們等等！」白雪突然阻止了壯漢們，接著向洞外奔出去，仰頭向上。「真的不能放過我爸媽嗎？」

顏思哲難受的搖頭，「那誰來放過妳呢？白雪？」

「我沒關係，可是爸爸媽媽他們、他們不是故意的吧？」她回頭望著養父母，「我可以不要復活、可以不要跟你在一起，能不能放他們一馬？」

顏思哲別過頭去，嗤之以鼻的輕笑，只是不願讓白雪瞧見。

「白雪，我不可能跟妳在一起的，我說過了，妳已經不是我想要的白雪了。」顏思哲話語無情，但依然掛著溫柔笑容。「『那個』正在等他們，與妳無關，他們本來就屬於洞裡——帶他們進去！」

「什麼洞裡？你們要帶我去哪裡——」程安喜瘋狂扭動，豬老三索性扛起她。「放我下來！白雪白雪！救媽媽！快救媽媽！」

「白雪！」白思齊不停回頭朝著她喊。

白雪慌張的想奔進去，又不捨的抬頭看向顏思哲，她到底該怎麼辦？不能復活也不能跟喜歡的人在一起！

「白雪，上來吧！」顏思哲微微一笑，「我可以給妳個舒適的地方。」

「可是……」洞裡傳來父母的叫喚聲，讓她猶豫不決。

「妳救不了他們的。」顏思哲朝她伸出手，「我雖然不願做妳的王子，但至少不會再讓妳哭泣。」

白雪闔上雙眼，根本淚流不止。

洞裡的叫喚聲未止，程安喜又踢又踹，白思齊扭動身子，但壯漢們不為所動，後頭的學生們訕笑不已。

「你們是什麼東西？要帶我們去哪裡！」程安喜尖吼著，「你們明明已經死了啊！」

「是啊，我們是死了，死透了呢！」身後的黃威源笑著招手，「還好我們死了呢！」

「對啊，死了痛快些！你們對白雪這麼好，待遇自然就不一樣嘍！」魯銘甫用輕鬆的語調說著，「兩位是『那個』最喜歡的食物，而且『那個』保證會讓食物活到命定的壽命！」

什麼？他們到底在說什麼？

「程安喜，妳現在三十六吧，妳命定歲數是六十一歲；白思齊今年三十九，可以活到九十七歲啊！」張老五在旁說著，「程安喜幸運多了，妳捱個二十五年就行了；白思齊嘛……五十八年有得受了！」

「你們在說什麼？」白思齊聽不懂！

「看看那個！」身邊的人指著就吊掛在旁邊的東西，那像是個木乃伊，雙眼正悲淒的望著他們，若不是雙眼陡然眨動，他們還以為那個木乃伊樣的人已經死了！

乾癟的木乃伊身上千瘡百孔，雙手還被倒勾的尖刺穿過，吊在半空中，血液從身上的孔洞滲出，凹下的胸膛依然起伏，這個人還活著！

「這個女孩子得這樣過七十六年，直到歲數終了為止，這就是活生生的地獄吧！」老二嘆口氣。「兩位未來的數十年就是這樣過了，請加油！」

不不不——白思齊不敢置信，這是騙人的，怎麼可能有這種事！太誇張了！

「憑什麼這樣對我們！」程安喜歇斯底里的大喊，「你們又對白雪做了什麼好事？為什麼你們可以這樣欺負我們！」

是啊……一票男人垂下眼眸，他們是對白雪做過什麼，當然不可能太好過，否則也不會在痛楚下死去，然後待在這個洞穴裡！

「這裡也是受罪的，只是跟你們比較起來，好一點罷了。」老六冷冷的望著他們，「出來混，總是要還的……丟下去！」

「不不——呀——」

淒厲無比的慘叫聲傳出洞外，嚇得白雪顫了身子，她聽著洞穴裡不止的慘叫聲，雙手掩面，知道一切都無力回天；身影漸淡，宛如一道白色的光影往上，掠過了顏思哲的身邊，進入他後頭的車子裡。

「誰叫你們要跟我搶白雪公主。」顏思哲不悅的聽著洞穴裡的慘叫聲，揚起滿意的笑容。

「她過得好就算了，偏偏遇到你們這種變態！」

優雅的轉身，信步走到停在路邊的車子旁，司機再度恭敬的開門，他從容坐入，也罷，反正也算收集到白雪公主了。

「少爺，我們接下來要去哪裡？」司機坐進駕駛座，恭敬的問。

「育幼院吧！」他揚起笑，「我想多去跟新妹妹相處。」

「終於要領養新的小姐了！」

「是啊，可惜之前那個庭庭不適合，我們缺幫手太久了。」他閒散的應著，「靠我們自己找食物太麻煩了！」

空中突地出現幾道一閃而逝的虹彩，司機驚嘆著，「好多個啊！」

「是啊，最近甦醒的東西越來越多了！」顏思哲遠眺天空，滿意的笑著。「裂縫越來越大，甦醒的數量便會增加，未來真是令人期待吶！」

「是啊。」

司機開動轎車，顏思哲身邊的座位上擺了一面鑲滿鑽石與寶石的鏡子，他執起一瞥，鏡裡出現美麗的黑髮少女，少女用帶著悲傷的笑容望著他；顏思哲回以微笑，將鏡子反蓋，抽出一旁的小報雜誌。

這是今天出刊的，他迫不及待的翻到由記者「木花開耶姬」撰寫的「白雪公主死亡事件：棄兒的悲歌」

「不管是與父王或七矮人的性交，甚至是王子的吻，都無法使白雪公主復活——這才是現實，人生永遠都不可能是童話！」

白雪公主

惡魔書

顏思哲看著報導，不由得眉眼俱笑，撐著下巴望向窗外一望無際的山景，真期待下一次，不知能收集到什麼樣的童話呢？

嘻嘻。

番外・魔鏡

那柄鏡子好漂亮。

女孩眼尾忍不住一直瞄向角落那古典梳妝櫃上的鏡子，那是一柄手持鏡，正倒放在桌上，鏡子背面鑲滿了寶石。

老師在前頭講得口沫橫飛，但是她雙眼卻離不開那面鏡子，她看過許多漂亮貴重的東西，但卻獨獨對那面鏡子感興趣。

「看什麼啊？」意娟悄悄用手背拍了她一下，「都出神了！」

她趕緊正首，尷尬的笑著，搖搖頭。

同學越過她往角落看去，這一屋子都是超厲害的奇珍異寶，每一樣她都覺得美得眼花撩亂。

今天是一場獨特的校外教學，有個很有錢的富豪顏董將多年收藏品對外展示，嚴格說起來就是一間小小博物館，但因為這棟宅邸本身也是古蹟，所以可以規劃成一趟歷史文物之旅，活動後還可以到外面的花園草坪去吃點心，簡直像是電影裡的貴族生活。

最棒的地方在於：免費！因為顏家非常心善，熱中公益，每週固定開放一天讓學生免費參觀，見識這些珍奇古物！各方學校都搶著登記。對古物有沒有興趣是一回事，但對有錢人家的宅邸裝潢，還有顏家那位知名的美少年，是學生們更感興趣的部分。

顏思哲，十六歲的高中生，有著如同明星般耀眼的容貌、富可敵國的背景，聰穎有禮又謙恭，是每個少女心中的王子。

參觀日時，總是由他陪伴著。

「好，現在大家可以自由參觀，但一定要小心，千萬不要碰壞任何東西，這些你們賠不起的！」老師擊掌聲後，轉向顏思哲。「顏同學，真的謝謝你們！」

「老師不必客氣，這是我們應該的！」少年相當有禮，輕搖著手上的鈴，門外依序進來數位人員。「這些都是負責博物館內部物品的人，如果有想要看哪些珍貴物品，可以請他們拿取。」

程佳羽看著魚貫走入的傭人們，一眼就看到了自己的母親。

同時間看到的，當然還有班上的其他同學。

「欸，妳看，那個是不是程佳羽的媽媽？」柳宜婷問著身邊的小潔。

「是耶！她媽媽本來就是幫傭啊，不過居然是在顏思哲家當幫傭？這也太好了吧？」小潔滿臉羨慕，「那這樣程佳羽——是不是常常可以看見顏思哲啊？」

柳宜婷聞言滿臉不快，她倒不是顏思哲的迷妹，純粹就是不喜歡程佳羽而已！她們念的是私立學校，學費相當高昂，更別說其實每個同學家庭背景都不差，不是自己開公司的，就是父母都是醫生律師，要有一定的水準才會來，這裡也是她們從小培養交友圈的地方。

有次作文課，老師要求大家分享自己的父母，拿到佳作的程佳羽在台上唸出她的作文，她是單親家庭，與母親相依為命，最讓人傻眼的是她母親竟只是幫傭！

別說什麼不該歧視這種蠢話，有人的地方，就必定有歧視！價值觀不同，高低有別，溝通都有困難了，更別說有許多人真的是端不上檯面，就像程佳羽。

職業無貴賤也都是謊話。在學校裡，父母的社經地位與身分，往往就代表了孩子，這就是現實的社會運作，講再好聽的心靈雞湯都是無用的。

醫生與傭人在同一個社交場合，無論是吹捧或是尊敬，世人都會先主動接近醫生。所以柳宜婷非常不解，程佳羽為什麼會跟她在同一間學校？

「程佳羽，妳媽媽耶！」柳宜婷刻意出聲，「妳今天穿錯衣服了吧？妳是不是應該要穿傭人服來幫忙啊？」

因為大家都知道，程佳羽跟她媽媽甚至是住在雇主家的！

程佳羽尷尬的低下頭，她的媽媽也難為情的陪著笑。

「不需要的。」溫柔的男孩走了過來，「今天是校外參觀日，程佳羽本來就是學生，而且我們家也從未雇用童工。」

他笑看著柳宜婷，但眼裡其實沒有笑意。

顏思哲出面說話，柳宜婷也不敢再說什麼，但還是不太友好的掃了程佳羽一眼。

程佳羽與母親對視，她微笑著輕輕的搖首表示她沒事，在學校裡冷眼對她的不止柳宜婷一人，她早就習慣了！

身邊的好友意娟悄悄握住她的手，代表一種支持跟鼓勵，她笑開了顏，她在學校還是有朋友的，沒問題！她拉著意娟到角落的桌邊，桌邊的傭人她也很熟，他表示手持鏡是可以直接觸碰的。

「我之前就注意到這面鏡子，好漂亮喔！」程佳羽執起鏡子，看著背後的雕刻與寶石，不免讚嘆其華麗。

「妳小心拿喔，它看起來很貴！」意娟吐了吐舌，根本不敢碰。「鏡子只是拿來照的，弄成這樣有夠誇張！」

「搞不好是什麼皇后貴族用的啊！」程佳羽笑笑，總得符合身分嘛！

「那是公主使用的喔！」

顏思哲不知何時來到她們身後，兩個女孩嚇了一跳，意娟當即紅了臉，程佳羽只是不太好意思的低下頭；她當然認識顏思哲，因為她跟母親住在顏家，學費也是顏家出的；但其實私下沒跟顏思哲有太多接觸，身分有別，何況她也不是傭人，碰不到的。

「公主嗎？」程佳羽讚嘆著，「記得之前我幫媽媽整理這間時，還沒有這柄手鏡，這是最近才出現的。」

「喔，是了……」顏思哲讚許的看著她，「之前的公主用不到了，最近才收回……妳很細心嘛！」

被稱讚的程佳羽趕緊搖頭，少爺過譽了！

意娟留意到顏思哲好像對程佳羽有點意思，她悄悄的後退，說著要去看別的東西，一秒離開。

「意娟？」程佳羽嚇了一跳，急著也想逃。

「怕什麼？我又不會怎樣？」顏思哲笑了起來，上前一步，主動從她手裡接過手鏡。「這柄鏡子有個非常特別的地方喔！」

在程佳羽背後兩公尺的柳宜婷，一直盯著他們的動靜。那柄手鏡她一進屋就瞧見了，原本想過去看的，還不是因為程佳羽離得更近，捷足先登了！結果現在連顏思哲都靠過去陪她說話……柳宜婷咬了咬唇，決定上前，她也要瞧那柄華麗鏡子。

「它已經夠特別了！不但重，而且這上面的寶石是真的吧？」程佳羽雙眼發亮的看著鏡子背後的紅寶石，「畢竟能放在這間展覽室裡，應該都是真品？」

「對，是真的，但這些都不夠珍貴。」顏思哲神秘兮兮的揭曉答案，「這是面魔鏡。」

程佳羽不知道該怎麼露出尷尬又不失禮貌的笑容，啥？魔鏡？咳！

「你好有趣，怎麼？它會變魔術嗎？」她笑著，突然轉過鏡子，卻在剎那間看見了自己在鏡子裡的面容。

鏡子裡是她嗎？她有些發怔，她不止是變漂亮而已，她變得比現在更成熟，穿著好看的衣服，身上拿著名牌包，跟許多人相談甚歡……然後她又換了件小禮服，頸子上的項鍊閃閃發光，看起來像電視裡的名媛，而身邊帶著媽媽！

她們一起進入一間高級餐廳，吃著頂級料理！

顏思哲泛起了微笑，他最喜歡每個人看著鏡子出神的這瞬間，雙眼熠熠有光，閃亮得令人著迷。

「這……」

「這面鏡子是《白雪公主》中皇后的魔鏡，它能夠映照出真實。」顏思哲輕輕的說著，眼尾卻往程佳羽背後瞄。「妳什麼都能問的，魔鏡啊魔鏡……」

程佳羽完全失神的盯著鏡子，根本聽不見顏思哲在說什麼，男孩轉身離開前，還對後方的柳宜婷欠一個身，帶著迷人的笑容。

「給她點時間，鏡子正在告訴她真實。」他說得莫名其妙，接著便走出了房間。

今天這一班，只有那兩個女孩有趣而已，其他都是無聊的靈魂，他也懶得待在裡面了。

柳宜婷聽得一頭霧水，她主動上前來到程佳羽身邊，只見她詫異的看著鏡子，神情有時詫異、有時緊張，但更多的是一種憧憬感？柳宜婷狐疑的找個角度看向鏡子，鏡子裡就是程佳羽那張乾瘦無特色的臉，是有什麼好著迷的啊？

「妳再照也不會變美的，哪有人看著自己的倒影失神的？」柳宜婷尖銳的聲音喚醒了程佳羽。「妳也太自作多情了吧！」

程佳羽整個人被嚇到，差一點點手滑，母親嚇得就要衝過來，幸好被柳宜婷一把搶過。

「……對不起……」程佳羽臉色突然刷白，一陣心慌。「我不知道……」

她尷尬的環顧四周，全班都被柳宜婷的聲音吸引，將目光轉到她們兩個身上，這讓程佳羽尷尬得直接往外奔了出去！

「妳幹嘛老喜歡找她麻煩啊！」意娟氣得追出去，「管好自己不好嗎？有病！」

「我應該錄下來的！她剛剛看著鏡子在傻笑耶！」柳宜婷公然的嘲笑起程佳羽，「照一百遍，人也不會變美吧！」

班上有人跟著大笑起來，她眼尾刻意朝程佳羽的母親挑釁，女人選擇避開衝突，繼續去關心其他想看古物的孩子們。

其他同學都是採取無視，事不關己，對柳宜婷她們那群人欺負程佳羽早是司空見慣，班上多少個派系，律師跟醫生都還有分等級了！

柳宜婷拿起鏡子，先是端詳了雕工與寶石，接著轉過來照向自己漂亮的容顏！她算得上是中上的臉蛋，有個人特色的好看，平時也喜歡打扮，每天上學她都會搽點潤色霜，就比一般女生好看很多。

只是當她看向鏡子時，詫異的發現鏡子裡的自己……也太漂亮了吧？

她眼睛是不是變大了？鼻梁更挺了些，臉頰也沒那麼肉感，還化了妝，這是她……嗎……

笑容突然凝結在嘴角，柳宜婷的臉色變得僵硬，連小潔靠近都不知道，但一瞧見她奇怪的神色，小潔就覺得別打擾她為妙，默默的退後，還叫大家不要打擾她。

幾分鐘後，柳宜婷緊閉上雙眼，用力甩著頭，將鏡子反過來，鏡面向下的蓋回桌上——

這是什麼東西？

剛剛顏思哲說什麼……它是魔鏡？映照真實？

那裡面哪是什麼真實啊！

「好了！大家準備往庭園移動嘍！」老師突然又擊掌兩聲，「點心已經準備好了！」

「哇！」學生興奮的趕緊往外走，豪宅庭園下午茶耶！

老師無奈極了，看來下午茶比這些文物來得更有吸引力啊！小潔這才到柳宜婷身邊，勾過她的手趕緊跟著出去，得搶個好位子，拍照、發 IG！

傭人們禮貌的鞠躬送走學生後，便要立刻著手收拾，那些被他們觸碰過的東西，都必須擦拭乾淨，地面跟桌子都要再擦一次，務求所有東西的完整與乾淨。

程佳羽的母親來到梳妝桌邊收拾，自己的女兒剛剛在這兒把玩鏡子，她要收拾得更乾淨，不能讓人詬病！這裡包吃住已經很好了，顏董還幫孩子付學費，這家人太仁善，她做事務求盡心盡……咦？

女人愣住，她戴著白手套的雙手慌亂的到處撫摸桌上的毛墊，掀開來察看，甚至每個櫃子、每個抽屜都仔細翻找了一番。

「怎麼了？」同事注意到她慌亂的神情。

女人無從說謊，手掌蓋在空白處發抖。「那面手持鏡……不見了。」

所謂「真實」是什麼意思？

柳宜婷心神不寧的蜷在書桌前，之後又躡手躡腳的到門邊，確認了父母都在忙碌後，悄悄的鎖上房門。

她把白天的側背包從衣櫃裡拿出來，小心翼翼的抽出裡面那柄華麗的手持鏡。

她不知道自己哪根筋不對，她只是想看得更仔細一點，但老師已經叫她們要出去吃點心，不得已……對，她是不得已，就把鏡子放進包裡了！

一整晚她都心驚膽顫，很怕學校群組訊息聲響起、怕新聞會報出顏家博物館失竊事件，不過現在都要十一點了，都沒有任何消息……再看一次，看完她就找機會，把鏡子放回去，對！

應該是沒人發現鏡子不見了，否則老師早就問了！她只要靜悄悄的，再跟別的學校的學生混進去參觀，不動聲色的擺回去就行了對吧？

她重新拿出鏡子，鏡面向著自己，雖然很離譜，但她下午真的在鏡子中瞧見了不一樣的自己——一點兒都不美，而是個醜陋又瘋癲的自己！

深呼吸後，她倏地轉過鏡子，鏡子映出的果然是一個枯瘦醜陋、蓬頭垢面的女人，而且她的眼睛有問題，精神也不正常，傻傻咧嘴而笑時，裡頭一口黑牙還不齊全，但是她眉上的痣，再再證明了就是她自己！

「不！」她嚇得把鏡子扔上桌，「那不是我！那才不是我！」

這鏡子是什麼科技鏡嗎？她看著鏡子背後，仔細觀察有沒有什麼開關，但怎麼看就是面普通的鏡子，今天顏思哲還說這是什麼白雪公主的鏡子？

『魔鏡。』

她腦海裡浮現了這兩個字。

即使緊張得心跳加速，她還是鼓起勇氣再看一次，這次看見的卻是現在的她，而且跟初次照鏡子時一樣，更美麗更漂亮，但是接著她開始變瘦，身上的衣服也變得陳舊，鏡子裡映出更多畫面：她很辛苦的打工，他們搬家到一個普通的小公寓裡，家裡到處都是酒瓶，爸爸攤在沙發上喝酒，媽媽……沒看到媽媽？

接著就是她瘋瘋癲癲在街頭遊盪，成為街友接受別人的接濟，有人給了她一整袋麥當勞她就開心得要死，抬頭看去……是一個長得有點像程佳羽的女人！

「這真的太扯了！」她再一次把鏡子扔到了一旁的床上，縮在椅子上瞪著那鏡子背面的寶石。「什麼叫真實？我現在的生活才是真實吧？」

就算她們只是中產階級，也遠遠不到那種窮途末路，爸爸自己有工廠，每個月生意都是幾千萬的進出，所以她們可以住在高級社區，要什麼有什麼，還能動不動就出國度假。

為什麼鏡子會照出那種東西？

她應該要去問問顏思哲，可是問了……他會不會發現鏡子不見了？萬一被發現她是小偷就麻煩了……啊！

她突然驚覺——該不會就是因為她偷了鏡子、判罪坐牢，改變了她的一生？

不不！她沒有偷鏡子，她只是不小心拿走而已……柳宜婷瞪著鏡子，她得讓這個鏡子消失才行，絕對不能坐實她偷竊的罪名！絕對不能！

「程佳羽！程佳羽這邊坐！」

意娟遠遠的拚命招手，她在一棵大樹下方，那兒鋪了好大一張野餐墊，好幾個同學都坐在那兒把帶來的食物拿出來，程佳羽趕緊卸下背包，拎著跑過去。

「程佳羽！恭喜妳！」平時不熟的同學都開始恭賀了，「好厲害耶！」

「對啊！可以出去交換三個月耶！」

程佳羽難掩興奮之情，今天又是一月一次的校外活動，上個月是比較硬的文化博物館，這個月由於老師發現大家喜歡戶外用餐，所以找了處海邊的公園，讓大家自備餐點，一同野餐。

原本程佳羽以為只會跟意娟一起吃，沒想到在車上時，老師宣布今年暑假出國的交換學生名單，全校只有三個名額，而程佳羽憑實力考取了第一名！

「妳有錢出去嗎？」路過的柳宜婷沒好氣的說著，「國外生活費也不少呢！還是又要問老闆要了？」

隨之小潔露出不懷好意的笑容，在柳宜婷耳邊說著悄悄話，大家都知道她們在抹黑程佳羽，說她可能利用身體交換學費跟資源，否則哪可能住在有錢人家，還免學費兼領零用錢的。

「妳們有完沒完啊？欺負別人也不會讓妳變得比較優秀！」意娟當即跳了起來，「柳宜婷不是一直說勢在必得嗎？結果名單沒有妳！」

柳宜婷臉色陣青陣白，意娟真的是直接往她心窩捅的！她的確自信過剩，她認為以她的成績跟考完的感覺，不可能連前三都沒有啊！

「宜婷需要這種名額嗎？她想去哪國交換學生都沒問題的好嗎？」不愧是朋友，小潔立即回嗆。「不過都是小錢！」

「是，考不上就拿錢說話了是吧？當然知道妳爸公司大、會賺錢，遊學小事一樁，但重點就是——妳考不上！」意娟一點兒情面都沒留，「要囂張，是要考上了再說不去，那才有本事！」

「意娟！」程佳羽連忙扯扯她的手，「別再說了，沒必要這樣！」

柳宜婷眼眶都紅了，推開了小潔，一個人獨自奔離。

全校多少人爭這三個名額，意娟對柳宜婷的諷刺，也間接的傷到其他報考的同學啊！

「她動不動就欺負妳，還不趕快趁機打擊她！妳別那麼聖母啦！」意娟可不平了。

「我不是聖母，我只是不想跟她一樣！」程佳羽無可奈何，附耳低語。「小敏跟倩倩她們不是也有去考嗎？妳這樣不是也在笑話她們？」

意娟一驚，低首看著默默擺放食物的同學們，這才發現自己禍從口出！

「我不是故……」

「等等跟她們道歉。小小聲的。」程佳羽把背包給她，「這些都是我媽準備的，大家一起吃……妳幫我擺，我去打電話跟我媽說這個好消息。」

「沒問……哇！好重喔！妳是帶了多少！」意娟驚喜的說著，其他同學跟著上前幫忙分發食物。

程佳羽想找個安靜處講電話，但到處都有人叫她跟她們一起坐，也不停有人道賀，她不停的微笑道謝，最終越走越遠，遠離了有學生的區域。

日常她是乏人問津的，跟一般同學也不太熟，交換學生的資格考拿了全校第一後，明顯感覺到班上同學對她的態度跟眼神都一秒轉變了！平常她成績就不錯，但也不像這次，這就是錦上添花吧！

她並不討厭這樣，反而覺得這是人之常情，如果她表現越好，就會越多人待她越好吧！

這裡雖是海邊，但卻是在海邊高台，無法下水，邊緣是五層樓高的懸崖，下方都是礁石，所以老師安排的場所不在崖邊，而在更遠的地方；讓大家坐在樹蔭下，看著青青草原及遠方藍天大海享受餐點，也相當愜意。

程佳羽找到幾棵矮樹圍繞的僻靜處，打電話給休息的母親，跟媽媽說這個好消息！學費的事情母親也說不必擔心，因為吃住都在顏家，學費也受到資助，母親早把錢存下來了。

「哎。」切斷電話的程佳羽，滿足的仰望著頭上的綠葉與點點陽光，海風徐徐，今天真的是她最最最快樂的一天。

耳邊海浪聲陣陣，她從樹下鑽出想要去看看海，原來旁邊就是懸崖，而那裡居然也站著一個人。

柳宜婷就站在崖邊，雙手環抱住自己，身體相當緊繃，從微顫的肩頭大概猜得出正在低泣。程佳羽當然不喜歡她，入學以來都被她輕視與欺負，怎麼可能會喜歡？但落井下石也不是她會做的事，她只求好好念書，只要柳宜婷不要太過分，言語上的羞辱她還是能忍。

因為她與媽媽從小歷經過很多苦，那些苦跟柳宜婷的輕視欺侮相比，嚴重得多了。

她看著那獨自哭泣的背影，看著眼前寬闊的天、碧藍的海……啊啊，她想起來了，她看過這一景這一幕！就出現在手持鏡上，它顯示著這一切，還有一隻手。

只要推下柳宜婷，就可以連結到那個變得美麗、自信且經濟獨立的她。

程佳羽緩緩走近柳宜婷的身後，腳步聲非常非常的輕，她緩緩伸出手，她食指裹著的

OK繃是因為前天不小心切到手，那時鏡子裡出現的手，也貼著一樣的OK繃。

原來鏡子裡映出的，真的是「真實」。

魔鏡啊魔鏡，誰會是那個掉下去而不知屍蹤的女人？

柳宜婷推開門時，是相當忐忑不安的，因為她沒考上交換學生，深怕被父母數落責備。只是回到家發現家裡相當安靜，連母親都不在。

「婷婷回來啦！」阿姨聽見動靜立刻出來，「我煮了綠豆湯，要喝嗎？」

「媽呢？」

「上午有通電話來，她很急的出去了。」張姨欲言又止，「她神色很不好，似乎跟妳爸的公司有關。」

「咦？」柳宜婷嚇到了，爸的公司發生什麼事了？

她回到房間，眼睛盯著床底下，這一個月來她飽受鏡子折磨，每天都在想著那鏡子裡出現的影像是什麼意思？為什麼她沒住在大房子裡？為什麼變得窮途潦倒？為什麼還得打工？

但她不敢把鏡子拿出來，她用數條圍巾把它裹好，藏進床底下，好幾次想拿出去丟，但礙於路上到處都是監視器，就更加不敢了。

心不在焉的寫完功課，可午夜了父母也都還沒回家，她窩在床上輾轉難眠，一直到聽見開門聲響時，已經是半夜兩點了。

「怎麼辦……這能怎麼辦？這資金缺口補不上的！他怎麼能這樣！」

書房裡傳來父親哽咽的聲音，母親則在一旁安慰著。

「我明天也跟我爸媽借借看，看銀行那邊能不能寬限，一定能撐過去的！」

「嗚……」父親哭了起來，母親溫柔的抱住他。

自門縫中偷看的柳宜婷嚇得渾身發抖，她再蠢也聽得出一二，她已經是高中生了！資金缺口、現金不夠，而且想借錢又要找銀行，小時候也認識不少叔叔，卻某一天後就沒再出現，她也聽爸媽說過，關於現金流不足，公司宣布倒閉的事。

這樣的事，也會發生在她身上嗎？鏡子裡映出的一切，真的會發生嗎？

柳宜婷衝回房間，將門反鎖，緊張恐懼的把床底下一口箱子拖出來，解鎖開箱，搬開上面的相簿，再將用重重圍巾裹住的鏡子拿出來。

「告訴我，我家會沒錢嗎？我爸的公司會倒閉嗎？」

她顫抖著看著鏡子，鏡子裡倒映的依然是她那張醜陋瘋癲，還有一隻眼睛受傷的臉！

「不是這個！我不要看這個！」她氣得把鏡子扔床上，「我是漂亮的、美麗的……」

鏡子在床上跳兩下後，露出背面的寶石，閃閃發光。

咦？古物、珍品……她忙不迭的爬上床，這麼大顆紅寶石能值多少錢？如果能賣掉的話，爸爸的公司是不是就有救了？

柳宜婷抽過桌上的美工刀，試圖把紅寶石挖起來。

『痛！』

喝！鏡子裡彷彿出現聲音，她嚇得住手。

緩緩再拿起鏡子，她顫抖著想翻過來，但卻怎樣都沒有勇氣……她寧願那是面普通鏡子，倒映出她平時正常的容貌就好。

這不是魔鏡嗎？她想起顏思哲的話。

「……魔鏡啊魔鏡。」她依樣畫葫蘆的學起童話故事裡的詞，「誰是世界上最美麗的女人？」

鼓起勇氣一秒把鏡子轉過來，結果鏡子裡的她，就是初見時那美麗得不可方物的她！

『應該是妳，總會是妳的。』鏡子裡的自己居然出聲說話了，『但要變美，總是要付出一些代價的。』

「代價……」柳宜婷看著鏡子裡的自己，好美啊！

她可以染淺棕色的髮，瞳孔可以換變色片，淺藍色的眼珠真美！

『一個破產家庭的孩子，沒有變美的權利啊，妳不會有錢保養的。』鏡子裡的美女，吃吃的笑了起來。『美容、化妝、醫美，都是要花錢的喔！』

破產？柳宜婷微怔。「我家會破產嗎？」

鏡子裡的美女笑著，巧笑倩兮，下一秒一震顫，瞬間又變成那個瘋狂醜陋的女人。

『我是最美的！我才是最美的！嘻嘻……嘻嘻……』鏡裡的她貼著鏡子說著，用誇張的姿態攬鏡自照！

但下一秒，柳宜婷什麼都沒看清，只見到鮮血四濺，「鏡子裡的她」被什麼東西重擊了！

鏡裡出現了一個少女，她穿著雪白鑲鑽的綴珠洋裝，披散著亮麗烏黑的長髮，非常漂亮……柳宜婷嚇了一跳，但鏡子裡的那個女孩——不是她。

『我才是世界上最美的女人。』少女白皙的臉上都是噴濺的血跡，『妳敢傷害我？』

什麼？柳宜婷愣住了。「我……我沒有……」

『我可以告訴妳誰是世界上最醜的女人，嘻嘻……』少女竊笑出聲，『就是妳喔！』

啪，下一秒，鏡子裡映照的又是柳宜婷她自己！

但這次的倒映更慘，她的臉上新增一處明顯可怕的大疤痕，從左額越過左眼一路到右下巴，如大蚯蚓般的傷疤，左眼皮如同被割開，頭髮稀梳蓬亂，牙齒掉落發黑！

『這就是妳的未來！』

「這不是我！」她瘋狂的把鏡子用圍巾隨便包裹，再度塞回盒子裡，推回床底下！

不是的不是的！柳宜婷埋在被窩裡哭泣，這一切都是幻覺，怎麼會有這種東西？鏡子裡的人還會跟她說話？不不，她明天要把鏡子拿給爸爸，這東西一定要賣掉，她不要把這種東西留在身邊！

噠！床底下的盒子突然傳出聲響，柳宜婷嚇了一跳，她緩緩起身，聽見床底的箱子裡，開始出現密集的砰噠、砰噠……砰噠砰噠砰噠！

為什麼！她驚恐的看著床底下，是那個鏡子在動嗎？

柳宜婷不敢遲疑，她怕被爸媽聽見，只能趕緊再度拉出箱子，拿出被裹住的鏡子，直接塞進枕頭下。

壓住！她死命壓在枕頭上的雙手抖個不停，這真的太扯了！

恐慌的抬起頭，剛好對上她桌上的梳妝立鏡。

鏡子裡的她，竟有條蚯蚓般的粗大疤痕在臉上……與剛剛鏡中的她，如出一轍！

「哇……哇啊啊啊啊！」柳宜婷嚇得衝到鏡前，看著鏡子裡的自己！

這是普通鏡子！可是她的臉……她稀疏的頭髮，她怎麼變成這樣了！

驚嚇未止，她的枕頭突然騰空飛起，柳宜婷驚恐回首，看著被壓在掌下的鏡子顫動著，然後鏡子竟原地浮起，抖落了裹住它的圍巾。

隨著圍巾紛紛滑落，她才看見鏡子不是「浮起」；而是有一隻手，從鏡子裡伸出來，用掌心撐住了床面！

『噁心醜陋的女人！妳居然敢把我偷走！還意圖割傷我！』鏡子裡傳出氣急敗壞的聲音，『我要奪去妳的臉、奪走妳的人生！』

那隻手在她的床上遊走，一把抓住了她剛剛拿來撬寶石的美工刀，接著居然「跳」起來，逕直朝柳宜婷撲去！

「哇啊！」女孩嚇得往一旁閃躲，同時房門外傳出了緊張的拍門聲。

「婷婷？婷婷妳怎麼了？」

柳宜婷慌張的打開房門就衝出去，撲向母親後躲到她身後，驚恐的直指房內。「裡面！裡面有怪物！」

媽媽抱著孩子，困惑的往房間裡看，除了紊亂的被子、倒在書桌上的直立鏡外，她什麼都沒看見啊！

「做什麼？都幾點了吵什麼？」柳父從書房走了出來，一臉疲態的唸著。

「沒事沒事！做惡夢了嗎？」媽媽趕緊安慰著孩子，試圖捧起她的臉，溫柔的撥開她的髮。

「不！不！」柳宜婷焦急的甩頭閃開，雙手掩面就衝進了浴室裡。「不要看我！這不是我！」

媽媽錯愕的愣在原地，婷婷很不對勁啊！

「她是怎麼回事？三更半夜在胡鬧些什麼？」

「你別這樣，孩子不會無緣無故這樣的！」

衝進廁所裡的柳宜婷雙手蓋著自己的臉，緊張的看著鏡子裡披頭散髮的自己……什麼叫奪去她的臉跟人生？

她止不住的顫抖，卻突然發現，自己的右手……竟緊緊握著那把美工刀。

她不可思議的放下右手，看著掌心裡握著的刀子，這把刀，不是鏡子裡伸出的那隻手抓著的嗎？

為什麼在她手上？

「今天不是發表交換學生資格嗎？她是不是沒考上在心虛？」

門外傳來柳父的聲音，這讓柳宜婷一陣驚恐。

「你少說兩句，有什麼事明天再說，你看不出來孩子有點怪嗎？」媽媽的聲音就在門口了，跟著叩門聲響起。

柳宜婷沒有時間理睬，她緩緩撥開自己蓋臉的頭髮……赫見那條可怕的傷疤橫跨了她的臉，她的模樣真的變了！

「呀——」她發出恐懼的慘叫，「我的臉！我的臉——」

「婷婷！」媽媽緊張的直接推門而入，看著孩子抱著頭對著鏡子歇斯底里！「妳怎麼了！婷婷！」

「我的臉——這不是我的臉啊！」她大吼著，這麼醜這麼噁心，為什麼她的臉會變成鏡子裡照出的那副模樣！

「妳在說什麼……媽媽看看！」媽媽捧著孩子的臉，仔細的端詳著。「沒事啊，妳的臉很漂亮啊！」

但柳宜婷眼尾餘光卻看見鏡子裡出現那黑髮美少女，正捧著她的臉訕笑著。『這是普通鏡子喔，它是會反射現實的——妳就是世界上最醜的女人。』

「我不是！把我的臉還給我！」她驀地對鏡子裡的女孩大吼，「妳不要碰我！」

剎。

鮮紅的血液剎時濺入她的雙眼，世界在幾秒鐘內變成一片血紅，柳宜婷一時反應不過來的眨了眨眼，看見的是驚恐看著她的母親，正雙手壓著自己的頸子，而大量的血正從她喉間噴湧而出。

「老婆！老——」柳父才走到廁所門口，就看見了牆上那漂亮弧度的血跡。

他嚇得上前攙住向後倒的妻子，跟著壓住妻子的傷口，但血真的太多了，滑到他根本壓不住。

他不可思議的抬頭看著站在洗手台邊的女兒，她右手正緊緊握著染血的美工刀，呆然的站在原地。

「不……為什麼……」柳宜婷茫然的喊著，「我不要變醜，我只是要我的臉回來而已！」

女孩終於鬆掉了手上的刀子，驚嚇得跪坐在地痛哭失聲，柳父根本聽不懂她在說什麼，只是吼著叫救護車！快點叫救護車啊！

女孩們依依不捨的告別，意娟眼睛都哭腫了，最後在門口緊緊擁抱程佳羽道別，她們都知道，此行一別，她們的人生軌跡終將不同。

原本只是暑假的交換學生而已，誰知道顏董直接資助程佳羽出國留學，立刻辦理休學不說，還將資助她一直念到大學畢業為止，所以原本是三個月後再見，而今卻不一樣了。

「我有空還是會回來的啊！別哭了！」程佳羽說得很沒說服力，她哭得比意娟慘。

「少來了……妳、妳在這裡又沒有親人，連回來探親都沒理由。」

「有電話啊，有視訊！」程佳羽心裡也很捨不得這個難得的唯一朋友。

送別會進行很多天，自從確定要出國後，不熟的同學都突然熟了起來，連平時會欺負諷刺她的人也笑臉相迎，一連幾天的送別餐會讓程佳羽吃到撐；不過，欺負她最兇的柳宜婷卻沒有來，這是讓她最難受的。

她寧願柳宜婷是因為討厭她而不出現，而非是因為……進了醫院。

她們家發生大事，老師難以隱瞞，因為柳宜婷居然殺了自己的母親，上了新聞頭條，人也進了醫院。

她的「好友」小潔現在成了八卦站，每天到處說柳宜婷瘋了，加油添醋說著柳家發生的悲劇；除了柳家跳票、柳宜婷弒母外，還說柳宜婷妄想與精神分裂，不停的說她臉上不但有傷疤、還變醜變老，甚至提到鏡子裡有別的人，她殺的不是她媽媽，是鏡子裡的女孩。

由於他們家謝絕採訪，也不能探病，即使程佳羽想在離開前去看看，也無能為力。

女孩們只能再度擁抱，所幸科技發達，至少她們還是能在社群上聊天的！

帶著一把鼻涕一把眼淚，程佳羽啜泣著回到了房間，這個資助來得又快又驚喜，她根本措手不及，但顏董是真的這麼做了！連學校、房子都準備好，而且也讓媽媽一起過去陪她！這麼大的恩惠媽媽起初是婉拒的，但是顏董非常堅持，程佳羽也不想推拒，因為顏家不缺一個幫傭，但她缺一個機會。

行李都已經整理妥當，媽媽疲憊又開心，可是心裡總不踏實。

「妳不覺得這太不真實了？顏董為什麼會……」媽媽為此輾轉反側。

「顏董不是已經先給了我們一筆生活費了嗎？」雖說她也有點不安，但想著這是堂堂企業家，不該會欺騙人的，對吧？

而且她的不安，只有少部分來自資助與不確定的未來，更多其實是來自……鏡子。

「佳羽。」幫傭叔叔敲著敞開的房門，「少爺回來了，他說妳可以去找他，他在餐廳吃飯了。」

「好！」程佳羽聞言，立即起身。

母親拉住她，一臉困惑。「妳找少爺？」

「我有點事……他之前幫過我，我想跟他道謝。」程佳羽微笑說著。

她說了謊，她是有事想問。

換了臉？變老變醜？鏡子裡出現其他的人？從小潔口中說出的這些都讓她非常恐慌，因為她想到了那面手持鏡，那天她們班參觀過後，媽媽就悄悄對她說：那面鏡子不見了！

可是，顏思哲卻一副無所謂的模樣，不報警不聲張，還說這種事常發生，過一陣子那鏡子就會回來了。

——因為，那是面魔鏡啊！——他是這樣對媽媽說的。

她曾想問柳宜婷是不是她拿的，因為那天她們很快就離開展覽室，當時她就在那張梳妝台旁，但是……她們關係這麼糟，即使真的是柳宜婷拿的，她也會否認，到最後被霸凌欺負的又是自己，未免吃力不討好。

但現在不一樣了，柳宜婷殺了自己的母親，精神還出狀況。

「要吃嗎？坐。」一進偌大的餐廳，桌邊的美少年便帶著微笑。

「我吃過了，謝謝。」她有點緊張的走近，「我、我有點事想……」

不安的眼神掃向一旁隨侍的傭人們，顏思哲立刻領會的支開所有人，還交代關上餐廳門；程佳羽緊張得手心冒汗，她站到顏思哲的右前方，還想著該從哪裡開口。

「妳那天在鏡子裡看見了什麼？」

明明有問題的是她，都還沒出聲，顏思哲卻先問了。

「天……真的是那面鏡子的關係嗎？它對柳宜婷做了什麼？」

顏思哲喝了口可樂，皺眉搖了搖頭。「我先問的！」

「我看見未來的我，事業有成，過得很好，很有自信。」她敷衍的回應，「為什麼柳宜婷會說她變醜了？我照鏡子時，明明是變美的！」

「鏡子會映照出真實啊，她真實就長那樣，沒辦法。」顏思哲有點無奈，「喔，最重要的，她想破壞鏡子。」

柳宜婷完全跟不上，「嗄？」

「有人想破壞魔鏡，不論皇后或公主都會生氣的吧？」顏思哲笑著說，「鏡子反映的都是真實，她本來就不漂亮，他們家也會衰敗，未來她也不會太好過……」

誤殺其母這點，倒是他始料未及的。

「但是她照一般的鏡子，看見的也是可怕的臉……」這也是小潔說的，說柳宜婷現在連喝湯看見倒影都會發狂。

除了嘶吼著那不是她的臉外，還會抓傷自己的臉，甚至還說後面有個可怕的女孩跟著她。

「喔。」顏思哲送一口炒飯入嘴，又是微笑。「那我就不清楚了。」

真可怕。程佳羽緊張的冷汗直冒，她沒有過多婉拒資助，是因為她根本不敢繼續住在顏家！以前總覺得顏家有錢、仁善寬厚，顏思哲又帥又菁英，但自從見過那面鏡子後，她開始覺得這裡到處都很嚇人。

顏董神秘，顏思哲的笑令她背脊發涼。

「妳沒說實話，妳在鏡子裡看見了什麼？」顏思哲突然把話題拉了回來。

程佳羽抿了抿唇，再度搖頭。

「如果妳把柳宜婷推下海，她會卡進隱密的礁石裡，救難隊遍尋不到，接著妳再藉著找尋同學的理由，努力不間斷的自發到岸邊找人，時機到了便找到她的屍體，妳會變成以德報怨的善心女孩，被媒體大肆報導、曝光，進而獲得名聲。」顏思哲突然自顧自的說出，那天她在鏡子裡看見的一切。「柳宜婷的家人也會感謝妳，接著妳會因為名氣而結交有力的朋友，這些資源將一路幫助妳到未來，開創自己的事業。」

程佳羽瞠目結舌，她雙手抓著的椅背都快被她摔斷了——為什麼少爺知道！

「但妳沒有推。」顏思哲瞇起眼，好奇的問：「妳明知道解決掉那個歧視的霸凌者後，未來便會一片光明！」

那天，柳宜婷站在崖邊的景象，跟鏡子裡瞧見的一模一樣。程佳羽走上前，冷不防的抓住柳宜婷就往後扯。

『妳站太近了，萬一不小心掉下去就糟了。』

柳宜婷當下不爽的甩開她的手，罵她多管閒事，氣呼呼的先走了。

程佳羽喉頭緊窒的深呼吸，絞起自己的雙手。

「少爺，你在開玩笑吧！殺了人，怎麼可能還有幸福的日子？」她苦笑著，握緊雙拳。「我自己的未來幸福，應該是掌握在我自己手中的。」

不需要靠殺人、謊言跟演戲，這樣的人生哪會快樂？

「很有趣，真的！所以我們決定資助妳到大學畢業，我想看看，妳能有怎樣的未來？」

程佳羽被那迷人的笑容激起一身雞皮疙瘩，寒意直灌腦門，她迅速退後，認真一鞠躬。

「謝謝您們的資助，我一定不會讓您們失望的！」

說著，她頭也不敢抬，匆匆的逃離了餐廳。

看著她離去的背影，顏思哲還是覺得非常有趣，因為不被鏡子迷惑的人，真的太少太少了！

「對不起！還有一件事！」

突然，女孩折返，站在遠遠的餐廳門口。

「請說。」

「……那面鏡子還是收、收好吧，不要再擺出來了！」

程佳羽趕緊說完，轉身就跑。

那面鏡子啊，顏思哲挑了眉，放心好了，過一陣子它就會回來的。

憔悴枯瘦、渾身酒氣的男人痛哭著將盒子遞給了顏董，再三的代自己的女兒道歉，他沒想到整理女兒的東西時，發現了這面要價不菲的鏡子，向同學詢問，方知竟是她以前校外參觀時在顏家偷的。

顏思哲關心的詢問柳宜婷的近況，聽說她在精神病院治療，但柳父聞言失聲痛哭，他的妻子死了，公司破產倒閉，而那個突然發瘋的女兒卻逃出了精神病院，不知所蹤。

顏董當然說會用人脈幫他尋找，事實上他們才不在乎。

顏思哲捧著盒子，重新回到那間展覽室，打開盒子看著那柄依舊美麗的手持鏡，轉向了自己。

鏡子裡倒映著他身後的珍奇異寶，卻沒有映出顏思哲。

「魔鏡啊魔鏡，誰是世界上最美的女人呢？」他笑看著鏡面。

膚如凝雪、唇如鮮血的美少女幽幽走進了鏡裡，梳著柔順黑髮：

『是我。』

後記

十年前，我正歷經轉換出版社的艱難路，除了過去的書得以陸續重新出版外，也繼續寫著新系列，還有答應大家的《惡童書》系列作品。

其實早在久遠的那個當年，《惡童書》原本便是規劃一系列的，但很多事不是作者「想」就可以的；所幸來到春天出版後，他們樂意讓我將此系列完成。

沒料到的是，居然十年後，連《惡童書》系列也迎來再版的一天了！

回想這十年真的太快，這十年間發生太多太多事了，當時的各種辛苦，現在回首看去，真的已經沒有什麼感覺了！剩下的就是勤奮與美好的回憶了！

彤大姐，也是我心目中一個重要的角色之一，藉由《惡童書》系列的再版，我也會跟大家一起，重溫她與刺毛的種種回憶。

當然，顏思哲，始終是我愛的特別反派，好歹是美少年啊，哈哈哈！

希望能再有下個十年。

最後，感謝購買本書的您，購書才是對作者最實質且直接的支持，沒有您們的購書，作者便無法繼續書寫，萬分感謝、銘感五內！謝謝！

惡童書
——Horror Fairy Tales

白雪公主

國家圖書館出版品預行編目資料

惡童書 ： 白雪公主 / 笭菁作 . -- 二版. -- 臺北市：
春天出版國際, 2023.12
面； 公分
ISBN 978-957-741-714-5 (平裝)

863.57 112010005

ISBN 978-957-741-714-5
Printed in Taiwan

作者	笭菁
總編輯	莊宜勳
主編	鍾靈
編輯	黃郁潔

出版者	春天出版國際文化有限公司
地址	台北市大安區忠孝東路4段303號4樓之1
電話	02-7733-4070
傳真	02-7733-4069
E-mail	frank.spring@msa.hinet.net
網址	http://www.bookspring.com.tw
部落格	http://blog.pixnet.net/bookspring
郵政帳號	19705538
戶名	春天出版國際文化有限公司
法律顧問	蕭顯忠律師事務所
出版日期	二〇二三年十二月二版
特價	360元

總經銷	楨德圖書事業有限公司
地址	新北市新店區寶興路45巷6弄6號5樓
電話	02-8919-3186
傳真	02-8914-5524

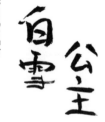

苓菁作品

笭菁作品

苓菁作品

苓菁作品